KB164429

트로츠키와 야생란

트로츠키와 야생란
이장욱 소설집
창비
Changbi Publishers

차례

잠수종과 독 ············ 7

귀 이야기 ············ 37

트로츠키와 야생란 ············ 73

●● ············ 109

유명한 정희 ············ 137

혹자가 말하길 ············ 173

5시부터 7시까지의 클레오 ············ 203

코끼리 고구마 그리고 오조의 발목을 잡은 손들 ············ 231

노보 아모르 ············ 261

작가의 말 ············ 293

수록작품 발표지면 ············ 298

잠수종과 독

환자는 호흡기에 중대한 손상을 입었다. 처음에는 자가호흡이 어려워 인투베이션까지 해야 했지만 상황이 호전되어 튜브를 뗄 수 있었다. OS 쪽에서는 요추 1번, 2번 압박골절로 신경손상이 수반되었을 가능성이 크고 비골과 종골에도 골절이 심각하다고 했다. 모든 상황이 안정되더라도 정상적인 보행은 불가능할 것이다. 하긴 문제는 보행이 아니다. 좌측 두개골 미세골절에 뇌 손상이 수반되었으니까. 의식은 부분적으로 회복했으나 여전히 기면과 혼미 상태를 반복하고 있었다.

긍정적인 것은 해마손상을 가까스로 피해서 언어와 기억 쪽은 회복 가능성이 크다는 점이었다. 의사 입장에서는 다행스러운 일이다. 의사 입장이 아니라고 해도 그것은 좋은 일이다. 누구에게 물어보아도 같은 대답일 것이다.

공은 진료실로 돌아와 의자에 몸을 묻었다. 의자 속으로 몸이 녹아드는 느낌이었다. 가을이라고 생각했는데 창밖은 겨울. 겨울이구나. 겨울이다. 회백색 건물들 사이로 회백색 나무들이 보였다. 풍경은 하루가 다르게 탈색되어가고 있었다. 모든 것이 무채색으로 변해가는 중이다. 공은 그것이 좋았다. 뭐든…… 그만두어도 좋을 것 같은 계절이.

공은 자신이 오래전부터 지쳐 있다는 것을 알고 있었다. 휴식이 필요한 것은 아니다. 휴식을 취하는 것이 때로는 반대 효과를 유발한다. 영혼을 방치하고 학대하는 일이 될 수도 있다. 공은 되도록 자신을 혼자 두지 않으려고 노력했다. 혼자 두더라도 무언가를 하는 상태를 만들려고 했다. 하다못해 믹서에 토마토라도 갈고 있어야 하는 것이다. 정신을 차려보면 믹서 안에서 갈리고 분쇄된 토마토를 한참이나 바라보고 있었다. 토마토는 변형되어 거의 액체가 되어 있었다. 그조차 다른 종류로 바뀔 것이다. 위장에서 소화되고 다른 물질들과 혼합될 것이다.

공은 토마토와 시신이 비슷한 과정을 거친다는 것을 알고 있었다. 서서히 삭고 스며들어 사라진다는 점에서. 결국 다른 것들과 구분되지 않는다는 점에서. 그것은 아마도 물속으로 가라앉으면서 주위를 둘러보는 일과 비슷할지도 모른다. 어두컴컴한 심연으로 내려가면서 자기 몸이 물리적으로 분산되는 것을 느끼는 일. 자신이 자신을 둘러싼 세계의 일부가 되어가고 있다는 것을 천천히 이해하는 시간.

지난 한달, 공에게는 많은 것이 바뀌었다. 바뀌었다는 것만으로는 부족하다. 공의 생활은 완전히 다른 종류의 것이 되었다. 그런데 그런 것을 생활이라고 할 수 있나. 숨을 쉬고 움직이면서 아직 지속되니 그냥 삶이라고 할 수 있나. 공이 그렇게 중얼거리면 현우는 웃으며 답했을 것이다. 그럼. 그런 것도 삶이지. 끈질기게, 삶이지.

공은 휴대전화를 켰다. 현우의 사진이 떴다. 사진 속의 현우는 말간 하늘처럼 웃고 있었다. 배경은 산이고 등 뒤로 등산객들이 보였다. 사진작가씩이나 돼서 성의 없이 휴대전화 셀카를 찍어 보내다니 너무해. 공이 그런 농담을 하면 현우는 웃음을 터뜨렸다. 말 그대로 푸하하……에 가까운 웃음이었다. 공은 그런 방식으로 웃어본 적이 없다. 태어나서 한번도……라고 해도 좋았다. 공은 현우의 사진만큼이나 현우의 웃음을 좋아했는데 아마도 사람을 무장해제시키는 웃음이라고 생각해서.

현우와 공이 동거를 시작한 지 5년이 지났다. 결혼하지 않을 생각은 아니었는데 어쩌다보니 시간이 그렇게 돼 있었다. 아이를 갖지 않을 생각은 아니었는데 어쩌다보니 시간이 그만큼 지나 있었다. 어쩌다보니 그렇게 된 일들이 인생을 이룬다고 생각하면 허망한가. 공이 그렇게 중얼거리면 현우는 또 아니라고 했을 것이다. 어쩌다보니 그렇게 된 일들에도 실은 우리의 의지와 선택이 들어가 있다고. 우리의 의지와 선택도 실은 세상의 논리가 작용해서 만들어진 것이라고. 사소한 선택이 의외의 결과를 만드는 데도 실은 온 세상이 개입하는 것이라고.

그렇게 당연하고 빤한 말을 하는데도 현우가 하면 묘하게 설득력이 있었다. 그럴 때면 공은 고개를 갸우뚱하게 기울이고 현우를 바라보곤 했다.

불편한 점이 너무 많잖아. 결혼하자. 현우는 침대에 누워 천장을 바라보며 그렇게 말했다. 공은 베개에 등을 대고 책장을 넘기면서 그러자고 대답했다. 결혼하자는 말에 감동을 받은 것도 아니었고 그러자고 답하는 데 망설임이 있는 것도 아니었다. 5년이란 그런 시간인가 하고 공은 잠깐 생각했다.

지금은 교통사고 같은 걸 당해도 보호자가 돼줄 수 없잖아. 내가 어디서 사고로 죽어도 시신조차 못 볼 거고. 현우는 그렇게 덧붙이고는 멋쩍게 웃었고 공은 웃지 않았다. 현우가 뻘쭘한 표정으로 아, 이거 심각한 문젠데 가볍게 말했네, 미안 하고 말해도 공은 대꾸하지 않았다. 내일 아침에 뭐 먹을까, 누룽지 끓일까, 그보다는 닭가슴살 샐러드가 낫겠다, 아니 둘 다 하지 뭐 둘 다. 하하…… 현우가 허둥지둥 말머리를 돌렸다.

한달 전의 그 아침, 공은 참으로 오랜만에 푹 잔 느낌이었다. 수면제 덕이었다. 몽롱한 느낌이 잔여물처럼 남아 있었지만 꿈도 없이 깊은 잠을 잤다는 사실이 마음에 들었다. 거실로 나갔을 때는 베란다에 햇살이 가득했는데 그 풍경이 너무 낯설어서 공은 이상한 기분이 되어버렸다. 이렇게 환한 빛 환한 이미지에 사로잡힌 게 처음인 사람처럼. 베란다에 햇빛이 내리는 것을 생전 처음 본 사람처럼. 공은 어이없는 느낌이었다. 이 집으로 이사 온 지 벌써 몇년이 지났는데. 저 베란다를 바라본 것이 수백번 수천번인데.

햇빛이 가득한 베란다에 현우가 있었다. 현우는 난간 바깥으로 몸을 내밀어 몸의 절반이 바깥쪽으로 나가 있었다. 떨어질 듯 자세가 위태로웠다. 공은 그 모습을 보고 숨을 멈추었다. 저러다가 정말 사라져버리려고. 정말 그러려고. 그런 예감이 공의 몸을 굳게 만들었다. 베란다에는 햇살이 물속처럼 넘실거렸고 현우의 몸은 윤곽이 자욱하게 번져 아슬해 보였다. 카메라를 손에 든 현우가 난간 밖으로 몸을 더 내미는 순간, 공은 한쪽 손을 들어 올리고는 뭐라고 소리를 지르려 했다. 하지만 목소리가 나오지 않았다. 공은 생각했다. 이건 꿈인가.

아무리 사진작가라도 그렇지, 꼭 그렇게 위험한 자세로 찍어야 해? 언젠가 공이 그런 말을 했을 때 현우는 하하하 웃고 나서 그런 걸 감수해야 사진에 영혼이 스며들어 걸작이 된다는 식으로 장황하게 설명했다. 공은 말도 안 된다며 논리적으로 반박하고 싶었지만 현우의 표정에 진지한 느낌이 없었기 때문에 더이상 말을 얹지 않았다.

현우가 4층 아래로 추락해버릴 듯 몸을 내밀어 찍는 것은 주로 새였고 고양이였고 건물 옥상의 환풍기 같은 오브제들이었다. 그는 최근에 식물을 찍고 동물을 찍고 거리를 찍어도 사람이 없는 화면만 포착했다. 힐링을 위해서는 아니야. 왜냐하면 힐링 같은 건 어디에도 없으니까. 자연이라고 해도 실은 자연이기 때문에 격렬하게 투쟁 중이니까. 심지어 바람이 선선히 불어오는 평화로운 숲을 거닐 때도 무릎을 구부려 자세히 보면 어디나 목숨 건 생존 투쟁의 장이거든. 현우가 또 그렇게 당연하고 빤한 말을 설득력 있게 해서 공은 고개를 갸우뚱하게 기울였다.

현우는 베란다의 식물들을 클로즈업으로 찍기도 했다. 그렇게 안전한 곳에서 안전한 자세로 사진을 찍는 현우가 공은 낯설었다. 뉴질랜드를 거쳐 남극을 여행하고 시베리아 횡단 열차로 영하 50도의 북구 마을을 찾아가고 몽골의 사막을 거칠게 달리며 오지라는 오지는 다 헤매고 다니는 사람이 현우였으니까. 어느 때부터인가는 또 분쟁 지역을 누볐는데 이스라엘의 공격이 시작되었을 때는 팔레스타인에, 시리아 정부군이 반군을 공격했을 때는 국경 난민촌에, 오큐파이 운동이 한창이던 때는 워싱턴에, 샤를리 에브도 테러가 일어났을 때는 파리에 가 있었다. 그런 것이 현우라서 공은 불안하면서도 싫지 않았다.

현우는 그제야 몸을 난간 안으로 들이며 공에게 손을 흔들었다. 그러고는 다시 난간 밖의 무언가를 향해 카메라 초점을 맞추었다. 현우답게, 몰두하는 모습이었다. 공은 현우가 무엇을 찍고 있나 생각하다가 조용히 혼잣말을 했다. 입에서 맥없는 문장이 새어 나왔다.

안녕. 좋은 아침이야.

공은 잠깐 망설이다가 다시 입을 열었다.

사랑해.

공은 그렇게 중얼거려놓고 자기 입에서 나온 말이 우스워서 혼자 웃었다. 누가 보았다면 그것을 웃음이라고 생각하지 못했을 것이다. 희미하고 보이지 않는, 그냥 어색하게 일그러진 표정에 가까워서.

공은 자신이 다감하지 않은 사람이라는 것을 알고 있었다. 좋아한다거나 사랑한다는 말은 입에서 떨어지지 않았다. 그거 핑계야, 핑계. 나한테 정이 없는 거지. 성격이 원래 그렇다고 퉁치지 말자고. 현우는 장난스럽게 골을 내곤 했고 공은 멋쩍게 웃었다. 공이 그렇게 멋쩍게 웃을 때 생기는 눈 모양과 입술 모양을 좋아한다고 또 현우는 말했는데 당신답지 않게 수줍은 미소라는 것이었다.

수줍다. 수줍지. 수줍은 것이다. 하지만 그게 무언가? 공은 그런 기분을 정확하게 이해하지 못했다. 기분과 감정에 관한 한 공에게는 여전히 익숙해지지 않는 것들이 있었다. 환한 빛은 창문으로 쏟아지고 베란다는 텅 비어서 공의 눈앞에 있을 뿐이었다. 그 아침처럼 베란다를 바라보며 혼잣말하는 일은 이제 없으리라는 것을 공은 알았다.

*

공은 회진까지 남은 시간을 가늠하며 집중치료실로 향했다.

환자 김정식. 65세.

노인보다는 중년에 가까워 보이고 선천적으로 피지컬이 단단한 유형. 물론 환자로 누워 있기 전에 그랬으리라는 뜻에서. 지금은 피부 여기저기가 훼손되고 각종 튜브와 선들이 연결된 상태.

몸에 불이 붙은 채 4층에서 뛰어내렸다고 했다. 나뭇가지에 걸린 뒤 자동차 선루프에 떨어져 목숨을 구한 모양이었다. 65세라고는 믿기지 않는 몸이 모든 것을 감당해낸 것이다.

처음 도착했을 때 CPR에 몇명이 달라붙었는지 몰라요.

수간호사는 그렇게 말했다. 기자들이 병원 로비뿐 아니라 정문 밖까지 진을 치고 있었다. 방송사 차량이 들락거렸다. 원장실 쪽에서 내려온 메시지는 '특별한 주의를 요망'한다는 것이었다. 진료진도 최선을 다해 구성한 모양새였다. 신경외과에서는 공이 차출되었다. 외상성 뇌출혈은 공의 전공 분야였으니까.

공이 협진에 참여했을 때는 외과 2년 차가 주치의였다. 피부 이식 등 긴급한 처치와 수술이 시행되었다. 지금은 신경외과 3년 차로 주치의가 바뀌었다. 여기저기 트랜스퍼를 하다가 신경외과와 신경과를 거쳐 재활의학과로 갈 환자였다. 물론 운이 좋다면 말이지만.

공은 최선을 다했다. 성실하고 실력 있는 레지던트를 주치의로 배정했을 뿐 아니라 공 자신도 매일 환자의 상태를 확인했다. 야간에도 혼자 집중치료실에 가서 환자를 살피기까지 했다. 경막하출혈에 의한 뇌부종 및 뇌압 상승 위험이 있었고 그걸 막는 게 중요했다.

환자에게는 면회 오는 사람이 없었다. 발 넓고 소식 빠른 수간호사가 기자들을 통해 얻은 정보에 의하면, 환자는 오랫동안 혼자 살아온 사람인 모양이었다. 10여년 전까지 제법 잘나가는 비디오 DVD 대여점을 여럿 운영했다고 했다. 매출액은 지속적으로 떨어졌는데, 누가 봐도 사양산업인 아이템에 집착한 결과였다.

얼마 지나지 않아 그가 운영하던 비디오 대여점은, 망했다. 예측 가능한 몰락이었다. 24시간 오픈에 코믹스와 각종 잡화 및 식료품

등으로 아이템을 넓혀 편의점 방식의 운영을 시도했지만 역부족이었다. 동네의 다른 대여점들은 문을 닫은 지 오래였다. 주위에 맛집과 카페가 생기면서 떠오르는 상권이 된 지역이라 임대료 압박도 심해졌다.

대여점을 정리했을 때는 빚만 남았다. 그후로는 전형적인 과정이 기다리고 있었다. 바다이야기에 빠졌다가 그게 사라진 뒤에는 온라인 도박에 몰두했고 사채를 끌어 썼으며 이혼을 했다. 노숙자 쉼터에서도 꽤 시간을 보냈다고 하는데 최근에는 고시원을 전전한 모양이었다. 당사자에게는 가혹했겠지만 너무 일반적이고 전형적이어서 누구의 관심도 끌지 못한 몰락이었다.

밤의 집중치료실은 물속처럼 적막했다. 공은 희미하게 일렁이는 빛 속에 서서 환자를 바라보고 있었다. 환자는 의식을 찾았으나 아직 온전치 않은 상태였다. 진통제와 각종 약물이 투여되었으므로 불투명한 의식 상태를 벗어나지 못했다. 깨어 있을 때는 부분적으로 대화가 가능했지만 정상적인 커뮤니케이션이라고는 할 수 없었다. 귀를 입에 갖다 대야 겨우 의사소통이 되는 정도였고 그나마도 물, 어두워, 아프다, 여기가 어디냐 같은 단편적인 내용뿐이었다. 다른 부위들도 아직 신경을 회복하지 못했다. 그의 몸은 뇌의 신호를 받아 미세하게 움직이기는 했으나 반응이 느리고 제한적이었다.

잠수종과 나비.

그런 영화가 있었다. 잠수종, 그러니까 다이빙벨에 갇혀 물속으로 하염없이 내려가는 사람의 이야기. 다이빙벨이라는 건 비유이고 실은 뇌혈관 트러블로 전신이 마비된 백인 남자의 내면을 그린 영화였다. 냉소적이고 오만하며 잘나가던 마초의 몰락. 그리고 죽음. 저런 사람도 나비가 되기를 꿈꾸는구나. 공은 영화를 보며 생각했는데, 아닌가 저런 인간이기 때문에 나비가 되기를 꿈꾸는 건가. 공은 다시 생각하며 고개를 갸우뚱하게 기울였다.

똑. 똑. 똑. 수액이 규칙적으로 떨어지고 있었다. 환자는 기면 상태로 호흡이 불안정했다. 공은 환자의 얼굴을 가만히 바라보았다. 각이 진 얼굴 때문인지 칼끝 하나 들어갈 것 같지 않았지만, 지금은 거의 완전한 무방비 상태. 외부의 침입이나 위해에 아무런 대비가 없는. 유통기한이 지난 두부처럼 방심한 상태.

공은 환자의 목에 손가락을 갖다 댔다. 경동맥을 가만히 눌러보았다. 가장 연약한 곳. 공은 눈을 가늘게 뜨고 손가락 끝에 힘을 주었다. 혈관이 도드라졌다. 면도칼 같은 것으로 이곳을 살짝 그으면 몸속의 혈액이 빠른 속도로 유출될 것이다. 고무 튜브에서 바람이 빠지듯 온몸의 생기가 새어 나갈 것이다.

인간은 무엇보다도 물리적 존재라는 것을 공은 알았다. 인간 영혼은 고귀하거나 선량하거나 사악하지 않다. 그것은 신체의 물리적, 유전적 조건과 환경의 변화에 반응한 결과일 뿐이다. 약간의 약물을 주입하면 뇌의 신경전달물질 체계가 교란되고 전혀 다른 차원의 존재가 된다. 간단한 방법으로 감각을 바꾸고 욕망을 바꾸고 성격을 바꿀 수 있다. 연약하고 유동적이며 조작 가능한 생물. 그외에 달리 인간을 표현할 길이 없다고 공은 생각했다.

공은 환자의 팔에 주사를 놓았다. 약물은 출혈을 억제하고 뇌압 상승을 제어하는 데 도움을 줄 것이다. 신체의 물리적 상황이 호전되면 대화가 가능해질 것이다. 환자의 입에 귀를 갖다 대고 환자의 말을 들을 수도 있을 것이다. 환자의 귀에 입을 갖다 대고 환자에게 말을 할 수도 있을 것이다. 상태가 더 좋아진다면 고개를 끄덕이며 반응도 하겠지.

공은 집으로 돌아와 베란다를 바라보았다. 베란다는 침묵에 잠겨 있었다. 오늘은 비가 내리지 않았고 눈이 내리지 않았으며 미세먼지가 햇빛을 가리지도 않았다. 베란다는 그 자리에 그대로 있었다. 해가 뜨고 지는 방향도 바뀌지 않았다.

현우만이 그 풍경에서 지워졌을 뿐인데도 베란다의 식물들은 민감하게 반응했다. 몇몇 수종은 금방 죽었다. 손쓸 수 없을 정도로 빠르게 시들어갔다. 처음에는 물을 주기도 했지만 공은 곧 포기했다. 식물들이 물도 햇빛도 영양제도 거부하는 것 같았다. 공은 차가운 마음이 되어 어느 밤 화분들을 모두 처분했다. 포인세티아도 제라늄도 밖에 내놓았다. 자정에 청소차가 지나갈 때 일부러 나가 미화원에게 지폐를 쥐여주었다.

베란다에는 단 하나의 화분만 남아 있었다. 현우의 골분을 묻은 것이었는데 거기서 식물이 자라고 있었다. 식물 이름은 알지 못했다. 알고 싶은 마음도 없었다. 휴대전화만 갖다 대면 알 수 있겠지만 이름을 안다는 것이 대체 무슨 의미인가. 식물은 가늘고 긴 줄기에 기형적으로 무거운 잎을 달고 있었다. 잎은 넓고 어두운 초록빛을 띠고 있었다. 무거운 잎을 견디기 위해 연약한 줄기가 안간힘을 다하는 것처럼 보였다. 공은 그 불균형이 마음에 들지 않았다.

자신이 살아가는 세계가 건조하다는 것을 공은 알고 있었다. 세계가 건조한 것이 아니라 자신이 건조한 것이라는 점도 자각하고 있었다. 이미 균형을 잃은 사람의 마음으로 살아왔는지도 모르지. 가늘고 긴 줄기에 매달린 무거운 잎의 느낌으로.

인턴 시절 과별로 턴을 돌 때 치매 환자들의 인지 검사를 맡은 적이 있다. 자, 따라 해보세요. 사과, 나무, 기차.

다시 한번 갈게요. 사과, 나무, 기차. 잘 기억해두세요.

잠시 날씨 얘기를 한 뒤 사과 다음에 뭐지요? 하고 물으면 환자들은 공의 얼굴을 물끄러미 바라보았다.

사과…… 사과…… 다음에 뭐였더라. 배인가…… 산인가…… 고향인가…… 천장으로 향하면서 길을 잃은 시선을 공은 물끄러미 바라보았다.

공은 그런 대화를 무한히 반복할 수 있다고 생각했다. 사과와 나무와 기차가 있는 풍경 속을 혼자 걸어가는 사람을 마주할 수 있다고 생각했다. 그럴 때 공은 환자의 내면 깊은 곳에 도착한 느낌을 받았다. 그 깊은 곳에는 사과와 배와 산과 고향이 가만히 자리하고 있었는데, 그럴 때 공은 슬픔도 쓸쓸함도 느끼지 않았다. 연민도 동정도 하지 않았다. 영혼의 텅 빈 자리를 매만지는 일이 자신에게 맞는다고 느꼈다.

공은 요가나 필라테스에도 관심이 없었고 식물이나 동물, 음악이나 미술 같은 것에도 빠져본 적이 없다. 맛집에서 친구들을 만나 수다를 떠는 것도 카톡으로 안부를 묻는 것도 하지 않았다. 틈틈이

트위터와 인스타를 둘러보았지만 그건 지인들의 팔로워로서였고 무엇보다 현우의 팔로워로서였다. 술 담배도 즐기지 않았다. 일주일에 한번 정도 혼자 바이젠을 마시는 게 전부였지만 그나마 두어시간 동안 책을 읽거나 오래된 영화를 보며 캔 하나를 비우는 정도.

현우는 그런 공에게 고개를 갸우뚱하게 기울이고 말했다. 당신, 무슨 재미로 살아? 나는 당신과 같이 사는데도 당신을 볼 때마다 신기해. 공은 그런 질문을 하는 현우를 물끄러미 바라보았다. 재미? 재미라. 공은 그 단어가 낯설게 느껴졌다.

현우의 사진에 대해서는 대략 알고 있었다. 감정이 풍부한 사진들이라는 것도 알고 있었다. 위태롭거나 격렬하거나 그리워하는 순간들로 가득한 화면. 아름다움과 추함 또는 의미와 무의미로 가득한 이미지들. 이제 겨우 전시회를 두어번 하고 사진 에세이 한권을 출간했을 뿐이지만, 프리랜서 기자로서뿐 아니라 사진작가로서도 꽤 주목을 받는다는 것도 알고 있었다. 앞으로는 대중적인 호소력도 기대할 만하다는 게 주위의 평이었다. 얼마 전에 출간한 사진 에세이는 벌써 베스트셀러 대열에 진입하고 있었다.

공은 뇌의 신경회로와 두개골의 구조에만 관심이 있었다. 뇌혈관을 도는 피의 속도와 상태에만 관심이 있었다. 혈관에 쌓여가는 찌꺼기들과 지주막하출혈 여부와 뇌동맥류에만 관심이 있었다. 공은 자신이 세계의 부속품 같다고 느꼈다. 자신이 그렇다는 것에 공은 아무런 불만이 없었다.

*

형사 둘이 소파에 앉아 있었다. 한명은 50대로 보였고 다른 한명은 30대 초중반으로 보였다. 중년 형사는 이 바닥에서 산전수전 다 겪었다는 듯 나른한 표정을 짓고 있었다. 버디 영화에 나오는 능구렁이 형사의 전형 같아서, 이 사람은 영화의 영향을 받고 저런 자세를 취하는 게 틀림없다는 생각까지 들었다.

질문은 주로 젊은 형사가 했고 중년은 게슴츠레한 눈으로 공을 관찰하고 있었다. 관찰이 아니라 관람을 하는 것 같기도 했다. 상대가 여성이라는 사실이 그들을 편하게 만들었을 것이다. 공은 상관없다고 생각했다. 시간이 지나면 그들도 알게 된다. 이 분야에 관한 한 그들이 아는 것은 단 하나도 없다는 것을.

공의 진료실은 단순하고 평범했다. 겨울 햇빛이 커튼에 어려 있었다. 진료를 하지 않을 때 공은 커튼을 치고 대신 보조등을 켜두었다. 진료실은 대체로 어두웠고 조도는 눈을 자극하지 않을 정도로 조절되어 있었다.

"선생님, 기사는 좀 보시죠?"

"네, 보고 있습니다."

"환자는 좀 어떻습니까?"

"두어주 정도 지나면 만나게 해드리려고 노력하고 있습니다만, 그건 추정이고……"

"두어주."

젊은 형사가 공의 말을 끊고 중얼거렸다. 이번에는 중년 형사가 손깍지를 끼워 턱을 받치며 반복했다.

"두어주."

공이 인상을 살짝 찌푸리며 덧붙였다.

"추정……이라고 말씀드렸습니다. 기억해두십시오. 상태가 갑자기 악화할 가능성이 있습니다."

"어쨌든 보름까지는 걸리지 않는다는 말씀이군요."

젊은 형사가 확인하듯 말했다. 공은 고개를 끄덕이지 않았다.

"지금은 폐와 뇌신경계 쪽이 문제입니다만 간단하지가 않습니다. 급성 심장마비나 코마도 올 수 있어요."

공은 사실과 추정을 적절히 섞어 말했다. 상황이 좋아진다면 이주가 지나기 전에 환자를 형사들에게 제공할 수 있을 것이다. 제공. 그렇다. 제공하는 것이다. 그때까지 간단하나마 대화가 가능한 수준으로 환자를 회복시키는 것이 공을 비롯한 의료진에게 부여된 임무였다.

하지만 공은 언제나 최악의 경우를 전제로 형사들에게 상황을 전달했다. 기대치를 낮추기 위해서가 아니었다. 정말 무슨 일이 발생할지도 모른다. 그것을 대비시키지 않으면 안 된다. 바이털사인이 안정되고 무엇보다도 언어능력을 회복하는 데는 시간이 필요하다. 그때까지 취조는 물론이고 간단한 질문도 불가능하다. 사건의 진실을 파악하는 것이 중요하다고 생각한다면 기다려야 한다. 진술의 신빙성을 위해서라도 당신들은 기다려야 한다. 기다려야 한다. 그것이 공을 비롯한 의료진의 메시지였다.

언론이라든가 포털 댓글에서는 제대로 된 진상 파악을 위해 시간이 필요하다는 점을 인정하는 분위기였다. 서두르지 말자. 조급

할 것은 없다. 그런 의견들이 올라왔다. 경찰 쪽에서도 드러내놓고 반발하지는 않았는데 여론을 파악한 윗선에서 신호가 내려온 모양이었다. 서두르지 말라. 조급할 것은 없다. 하지만 담당 형사들에게서는 확실히 불만이 느껴졌다. 젊은 형사가 입을 열었다.

"벌써 한달째 대기만 하고 있습니다. 아주 간단한 대화는 가능해진 걸로 아는데 더 기다려야 한다니. 아시겠지만 지금은 일단 동기 파악이 중요합니다."

공은 침묵했다. 젊은 형사가 덧붙였다.

"어째서 그런 일을 저질렀는가."

어째서 그런 일을 저질렀는가. 그렇다. 어째서 그런 일을 저질렀는가.

사람들은 동기에 관심을 갖는다. 동기는 중요하다. 하지만 공은 그것이 궁금하지 않았다. 사건은 이미 발생했고 되돌릴 수 없다. 동기를 파악하는 것은 형사들의 일이다. 환자를 죽이고 살리는 것은 공의 일이다. 형사는 형사의 일을 하고 의사는 의사의 일을 한다. 그것이 이 세계가 돌아가는 원리다.

기자들은 경찰에서 흘린 몇몇 정보들을 조합해서 이야기를 만들고 있었다. 신문 기사를 보면 어디까지가 사실이고 어디까지가 허구인지 애매했다. 사실과 허구가 기사 안에서 싸우고 있는 느낌이었다.

기자들이 만들어 낸 이야기를 간추리면 이런 것이었다. 60대 중반의 남성 A씨가 신문사에 난입해 방화를 했다. A씨가 난입한 곳은 로비나 사장실이 아니라 편집국이 위치한 4층이었다. 4층에는 편집국뿐 아니라 회의실과 인터뷰실이 있었다. 신문사가 운영하는 소규모 스튜디오에서는 동영상 플랫폼을 위한 녹화가 진행되고 있었다.

A씨는 유유히 복도를 가로질러 편집국으로 들어갔다. 1층 입구를 통과해 엘리베이터를 타고 4층으로 올라가 복도를 거쳐 편집국에 들어가는 데 단지 2분 30초가 걸렸을 뿐이다. 4층 엘리베이터를 나온 그는 휘발유통 뚜껑을 열고 회의실과 인터뷰실, 스튜디오 앞의 복도를 지나 편집국까지 빠르게 걸어갔다. 걸어가면서 휘발유를 흘렸다. 이 사람이 뭘 하고 있는지 곧 무슨 일이 일어날지 주위 사람들이 인지한 때는 이미 불이 붙은 뒤였다.

유력 언론사를 대상으로 한 전대미문의 방화였다. 피해는 컸다. 일부 리모델링 공간에 사용된 폴리에틸렌 내장재가 불길과 유독성 연기를 키웠다. 일산화탄소 중독에 의한 사망이 한명, 질식사가 두 명, 그리고 다수의 부상자가 나왔다. 열일곱명의 부상자 가운데 중태가 세명이었기 때문에 사망자가 더 나올 가능성도 있었다. 편집국뿐 아니라 그 옆의 스튜디오도 전소되었다. 그곳에는 창문도 뒷문도 없었다.

희생자 가운데는 젊은 인턴 기자도 있었고 얼마 전에 외국에서 언론상을 받은 편집국장도 있었다. 그는 퇴임을 며칠 앞두고 변을 당했다. 인터뷰나 방송 출연을 위해 신문사를 방문한 게스트들 가운데서도 부상자가 나왔다.

사건 현장이 정리되기도 전에 한 언론에서는 누전으로 인한 화재라는 기사를 냈다. 기사는 옥상으로 나가는 출입문이 닫혀 있었다는 점을 부각했다. 사람들이 옥상에 올라가 담배를 피우는 것을 막기 위해 철문을 닫아놓은 것이 피해를 키웠다고도 했다. 얼마 전 저층부에 실내 흡연실을 설치했으며 옥상 출입구는 폐쇄했다는 관리인의 진술이 근거였다. 화재 방지 시설 관리가 도마에 올랐다. 전적으로 관리인의 말만으로 이루어진 추정 기사였고 오보였다. 기사는 한시간도 채 지나지 않아 삭제되었다.

사건의 진상은 쉽게 드러났다. 해당 건물이 화재에 취약한 것은 사실이지만 화재 원인은 누전이나 흡연 같은 것이 아니었다. 방화였다. 의식을 회복한 생존자들의 진술이 있었다. CCTV에는 방화자가 휘발유통을 들고 건물 내부에 진입하는 광경이 그대로 찍혀 있었다. 사건 다음 날에는 영상 일부가 온라인에 유출되기까지 했다.

방화자는 회색 작업복을 입은 채 휘발유통을 들고 1층 출입구로 들어갔다. 1층에는 신분증이 있어야 출입이 가능한 보안 게이트가 있었지만 유유히 관문을 통과했다. 작업복을 입은 범인은 관리실에 앉아 있던 경비원을 향해 오른손을 들어 보였다. 경비원도 오른손을 들어 보이고는 선선히 게이트를 개방해주었다. 당시 2층에서 일부 공간의 리모델링 공사가 진행 중이었다. 하청 업체가 바뀌면서 새로 투입된 젊은 경비원은 그가 공사 현장의 작업자인 줄 알았다고 진술했다.

다음으로 논란이 된 클립이 있었다. 동영상 서비스 플랫폼에 올라온 클립은 마치 영화 속의 한 장면처럼 보였다. 영상은 붉게 타오르는 실내로 시작된다. 카메라는 창 쪽을 비추었다가 다시 불타는 실내로 향한다. 동영상 촬영 모드를 실행한 뒤 휴대전화를 창가에 올려둔 것 같았다. 화재 현장에서 방화자가 자신을 찍으려는 모양이었다. 그는 화면 상태를 점검하는가 싶더니 곧 불로 뛰어들었다. 불 속에서 만세를 부르듯 두 손을 치켜들었다. 화염을 배경으로 두 팔을 든 사람의 검은 실루엣이 극적인 장면을 연출하고 있었다. 악마를 찍은 이미지 같았다. 방화자는 이것을 SNS 계정을 통해 실시간으로 전송했다. 영상은 플랫폼 관리자에 의해 곧 삭제되었으나 이미 전세계로 퍼진 뒤였다.

범인은 불이 모든 것을 집어삼키는 과정을 실시간으로 송출했다. 불 속에서 퍼포먼스까지 벌였다. 클립은 '악마의 영상'이라는 제목을 달고 퍼져나갔다. 당시 세계 각지에서 벌어진 혐오 테러를 본뜬 모방 범죄라는 말이 나왔다. 기관총으로 게임을 하듯 사람을 죽이고 그 장면을 실시간으로 송출하는 테러리스트들을 흉내 냈다는 얘기였다. 기관총 대신 휘발유통을 든 것이 차이라면 차이였지만.

'악마의 영상'은 이것이 혐오 범죄인지 사이비종교 관련 범죄인지 여러모로 의구심을 일으켰다. 방화의 대상이 된 신문사는 한국에서 종교가 어떤 부정적 영향을 미치고 있는지를 주제로 탐사 기획물을 연재 중이었다. 근대 이후 종교가 어떻게 '정신적 서비스업'으로 바뀌었는가, 제도권과 비제도권을 불문하고 경제적 이익을 얻기 위해 종교가 어떤 수단을 동원하는가, 인간은 어째서 '믿음'에 취약한가, 특히 한국에는 왜 맹목적 열성 신도가 많은가, 종교적, 정치적, 사회적 '빠 문화'는 한국에서 어떻게 대중의 문화 코드가 되었는가. 그런 것이 심층 탐사 기획의 목차였다. 일부 정치

편향적 독자들과 종교 관련 단체의 반발이 있었으나 데스크는 기획을 밀어붙였다. 방화자의 손에 들린 신문에 그 특집 기사가 실려 있었다.

하지만 방화자는 65세의 독신자로 종교와 무관하다는 것이 밝혀졌다. 그는 오래전에 교회에 다닌 적이 있지만 헌금도 제대로 해본 적이 없는 평신도일 뿐이었고 최근에 종교적 광신에 빠진 흔적도 없었다. 그의 주거지에서는 별다른 특이사항이 발견되지 않았다. 가난한 독거인의 흔적만이 남아 있을 뿐이었다. 정신적 질병을 앓은 기록도 없고 반사회적 사이코패스로 볼 근거도 부족했다. 정황상 신문의 연재 기사 때문에 원한을 품은 것이라고 보기는 어려웠다.

몇몇 기자들이 방화자의 과거 이력을 추적했다. 고시원을 전전하면서 일용직 노동조차 할 수 없는 상태에 처하게 되자 절도를 저지른 기록이 주목을 받았다. 2년 전의 일이었다. 편의점 점원이 잠시 자리를 비운 사이에 도넛 상자와 위스키를 훔쳤다. 좀도둑이었지만 집행유예 상태의 재범이었기 때문에 판사는 매뉴얼에 따라 징역 1년 6개월을 선고했다. 같은 날 나온 재벌 총수의 형량은 징역 6개월에 집행유예였다. 총수는 1조 5천억 상당의 기업비리에 연루되어 있었지만 경제에 미칠 악영향이 참작되었다고 했다. 60대 좀도둑이 훔친 것은 도넛 한 박스와 잭 다니엘 한병, 시가 4만 5천원 상당이었다.

잭 다니엘이 좀 걸리긴 했지만, 진보 언론은 장 발장에 빗대어 사법부를 비판했다. 한 보수 신문에는 국가 경제가 중요하기 때문에 이런 식의 비교는 부당한 데가 있다는 내용의 칼럼이 게재되었다. 구조는 바뀌지 않고 사람들의 목소리만 모여들었다가 흩어졌다. 반복되는 일이었다.

60대 독신자로 도둑질을 하고 징역 1년 6개월에 처해진 당사자는 달랐던 것 같다. 그는 그로부터 1년 3개월이 흘러 감형을 받고 출소했다. 그게 반년 전이었다. 출소 후 그가 저지른 범행은 엉뚱하게도 진보 색채의 신문사에 불을 지르는 것이었다. 장 발장 비유로 사법부를 비판한 신문사였다. 그가 그 기사를 읽었는지는 확인되지 않았지만, 읽었든 읽지 않았든 아귀가 맞지 않는 것은 사실이었다.

방화자는 비디오 대여점을 하던 십수년 전에 홍보용 블로그를 운영한 적이 있다고 했다. 그 게시판에 극우적인 정치 발언을 올렸다는 주장이 제기되었다. 비디오 대여점 시절에 그가 몰두한 영상물들도 영화가 아니라 각종 정치선전물들이라는 증언이 나왔다.

팩트 체크가 이루어진 결과는 좀 달랐다. 극우적인 정치 발언이라는 것은 판매부수 1위의 보수신문 칼럼들을 옮겨놓은 것으로, 극우적이기는 했지만 반드시 반사회적이라고 보기는 어려웠다. 방화자 자신의 글은 비디오 대여점 홍보 글 외에는 발견되지 않았다. 당시 몰두한 것이 정치선전물이라는 주장 역시 신빙성이 없었다. 당시는 유튜브 같은 동영상 서비스 플랫폼이 활성화된 때가 아니어서 정치적 견해가 영상물로 소비되기 이전이었다.

한 일간지 칼럼니스트는 그런데 혹시…… 지금까지 거론된 이유들 모두가 범행 동기였던 것은 아닌가?……라고 질문을 던졌다. 하나의 동기로 환원함으로써 우리는 다른 모든 문제를 덮어두려는 것은 아닌가? 혐오와 분노와 무차별적인 복수심으로 가득한 사회를 애써 묵인하고 문제를 은폐하는 것은 아닌가? 혐오와 분노와 복수심과 극심한 빈부격차로 점점 부풀어 오르고 부풀어 오르다가 걷잡을 수 없이 폭발한 후에 우리는 무엇을 할 것인가? 등등의 내용을 이어간 뒤에 그는 이렇게 글을 맺었다. 이것은 사회 전반에 대해 적의를 가진 전형적인 반사회적 범행이다. 이 모든 문제를 면밀하게 살피고 문제를 제어하기 위해 최선을……

하지만 이 칼럼은 왜 하필이면 방화 대상이 그 신문사였는지, 왜 하필이면 그 시간이었는지, 왜 하필이면 4층이었는지, 왜 하필이면 악마의 영상이었는지, 왜 하필이면…… 60대 중반의 바로 이 남자가 그런 일을 저질렀는지 설명해주지 못했다.

방화자의 진술과 자백이 중요했다. 방화자 자신이 자살을 기도했다는 점이 문제를 어렵게 만들었다. 그는 불이 붙은 몸으로 4층에서 뛰어내렸으나 목숨을 건졌다. 목숨을 건졌으나 중상을 입고 뇌를 비롯한 전신의 신경계가 훼손되어 진술이 가능한 상태가 아니었다.

사건의 전말을 알아내고 진실을 파악하기 위해서는 방화자 자신이 살아야 한다. 그것은 모두가 알고 있었다. 기자도 시민들도 의료진도 경찰도 알고 있었다. 경찰이 병원 측에 추가로 요청한 것은, 범인에게 사건의 실상을 알리지 말아달라는 것이었다. 다수의 사상자가 발생했다는 사실이 범인에게 알려질 경우 문제가 발생할 수 있다는 경고도 잊지 않았다. 범인이 정서적으로 불안정한 상태가 되면 무슨 짓을 할지 알 수 없고, 진술을 거부할 위험이 있으며, 결국 진실은 묻힐 것이라는 얘기였다. 그가 진실을 알아서는 안 된다. 그가 진실을 아는 순간 진실이 변질될 것이다.

공은 수긍했다. 우연한 교통사고에서조차 진실은 완강하게 존재한다. 그것은 확고하게, 단 하나인 채로, 물리적 시간 속에 존재한다. 사고가 어떤 이유로 발생했는지, 누구의 실수나 잘못 때문에 발생했는지, 어떤 종류의 의지와 선택이 개입했는지, 그런 의지와 선택에 스며든 세계의 논리는 어떤 것인지……

자백이 이루어지고 모든 것이 밝혀지면 범인은 아마도 사형을 선고받을 것이다. 항소심에서 무기징역으로 감형될 것이다. 감옥에서 팔굽혀펴기를 하고 체력을 단련할 것이다. 반성문을 쓰고 모범수로 지정되고 요양병원에 기거하던 모친의 사망에 맞추어 외박을 나갈 것이다.

공은 이미 그런 일을 겪은 사람처럼 모든 과정을 이해할 것 같았다. 공은 자신이 공공연한 사형제 반대론자라는 사실을 잊지 않고 있었다. 인간 사회가 한 인간에게 죽음을 선고하고 공공연한 살인을 시행해서는 안 된다…… 하지만 죽어 마땅한 일을 저지른 자는 공공연하게 죽여야 한다…… 공은 자기 내면에서 충돌하는 모순을 물끄러미 느끼고 있었다.

현우는 교통사고로 사망했다. 말이 씨가 되었다고는 생각하지 않았다. 말이 운명을 만들었다고도 생각하지 않았다. 생활동반자법이 없으니 지금은 교통사고를 당해도 보호자가 돼줄 수가 없잖

아. 내가 어디서 사고로 죽어도 시신조차 못 볼 거고…… 아, 이거 심각한 문젠데 가볍게 말했네, 미안……

현우의 말이 귀에서 맴돌았다. 현우의 말은 아프가니스탄이나 시리아의 국경 지대를 헤매거나 겨울의 산중을 떠돌며 위험을 무릅쓸 때를 염두에 둔 말이었다. 서울 시내 교차로에서 좌회전하다가 교통사고로 사망하는 경우는 포함되어 있지 않았다.

현우는 그날 인터뷰 시간에 맞추기 위해 급히 집을 나섰다. 그날따라 공이 점심때 집에 돌아와 같이 식사를 했기 때문에 예정보다 5분 정도 늦은 셈이었다.

이번에 출간하신 사진 에세이의 인기가 좋은데 비결이 뭐라고 생각하세요? 현우는 그런 질문을 받을 경우에 대비해 짐짓 미소를 지으며 대답하는 흉내를 냈다. 카메라가 아니라 대상 자체를 존중하기 때문이 아닐까 싶습니다…… 과거에는 오지 탐험 사진작가였다가 지금은 위험한 분쟁 지역을 주로 다니시는데 특별한 이유가 있나요? 그런 질문에는 어떻게 답하는 게 좋을까 하고 공의 의견을 묻기까지 했다. 위험을 감수해야 사진에 영혼이 스며들어 걸작이 된다……는 식으로 민망한 대답을 하지는 말라는 것이 공의 조언이었다.

집에서 신문사까지 승용차로 겨우 25분 거리를 이동했을 뿐이었다. 현우는 오블라디 오블라다를 크게 틀어놓고 고개를 까딱이며 운전을 하고 있었다. 도로 사정이 나쁘지 않은 덕분에 인터뷰 시간에 간신히 맞출 수 있을 듯했다. 현우는 1차로 맨 앞에서 좌회전 신호를 기다리고 있었다.

그 순간 왼쪽에 보이는 빌딩에서 불길이 치솟았다. 두 블록 정도 떨어진 빌딩이었고 중간층이 발화 지점이었다. 그 빌딩은 현우의 목적지였다. 옛 노래는 절정으로 치닫고 있었다. 오블라디 오블라다 인생은 계속되고 랄라, 인생은 계속되는 것이죠. 현우는 불길을 보자마자 본능적으로 조수석의 카메라를 집어 들었다. 주황색 신호가 꺼지고 좌회전 화살표가 켜지려는 순간 현우는 급하게 액셀을 밟았다. 한 손으로 카메라를 들고 한 손으로 핸들을 잡은 채였다. 스키드마크가 도로에 새겨지고 현우의 몸이 한쪽으로 쏠렸다. 반대편 도로에서는 주황색 신호가 꺼지는 순간 속도를 높여 네거리를 통과하려던 SUV가 달려오고 있었다.

현우의 사망은 우연이었다. 하필이면 그 시간에 인터뷰가 잡혀 있었고, 하필이면 그 시간에 좌회전 차선의 맨 앞에 정차해 있었으며, 하필이면 그 순간에 신문사 건물에서 불길이 치솟았다. 현우는 다음 신호가 좌회전 신호라는 것을 알았고, 좌회전을 하면 곧바로 현장에 도착할 수 있으리라는 것을 알았다. 현우는 본능적으로 카메라를 집어 들었으며 좌회전 신호가 뜨려는 순간 액셀을 밟았다.

너무 전형적인 사고였으므로 현우의 사망에는 아무도 관심을 갖지 않았다. 블랙박스 영상만으로도 모든 것이 명약관화했다. 단순 교통사고였으므로 진실을 다툴 필요도 없었다. 불길이 치솟았다는 것과 교통사고가 일어났다는 것 사이의 인과관계는 공 이외에는 아무도 알지 못했고 알고 싶어 하지도 않았다. 공은 그 순간 치솟은 불길과 교통사고 사이의 거리에 대해서 생각했다. 각도에 대해서 생각했다. 심연에 대해서 생각했다. 그 심연으로, 잠수종에 갇힌 채, 공은 하강하고 있었다.

집중치료실에는 창문이 없었다. 공은 병실에서 환자를 바라보고 있었다. 환자 역시 공을 바라보고 있었다. 서로 바라보았지만 눈이 마주쳤다고는 말할 수 없었다. 서로가 서로의 먼 곳을 바라보는 느낌이었다. 이윽고 환자는 할 말이 있는 듯 입술을 달싹였다. 말이 되어 나오지는 않았다. 환자의 입에 작은 기포가 생겼다가 무력하게 흩어졌다. 입가에 물기가 남았다. 물기는 하얗게 굳어가고 있었다.

제가 살아날 수 있나요?

환자가 그렇게 묻는 것 같지는 않았다.

네, 살 수 있어요. 살아야 합니다.

공이 환자에게 그렇게 답한 것은 아니었다. 단지 시선을 두고 있을 뿐이었다. 물끄러미 바라볼 뿐이었다.

살아서 뭐 합니까. 곧 취조가 시작되고 사회적 지탄을 받겠죠.

환자가 그렇게 말하는 것 같지는 않았다.

살아 있으세요. 그래야 내가…… 당신을 죽일 수 있습니다.

공이 환자에게 그렇게 말한 것은 아니었다.

그래요. 나를 죽여줘. 가급적 빨리.

환자가 공에게 그렇게 말한 것은 아니었다. 환자가 그렇게 말한다면 공은 그를 죽일 수 없을 것이었다.

열흘째였다. 공이 환자의 팔에 직접 주사를 놓은 것은. 신경전달물질을 조절하는 약물이었다. 적절하게 사용하면 효과를 보지만 과량 사용하면 치명적인 부작용을 유발한다. 심기능이 정지하거나 순환기에 문제가 유발될 수 있다.

부작용을 최소화하고 작용을 최대화하는 것이 의사의 능력이다. 외부 강의가 있을 때마다 공이 늘 강조하는 내용이었다. 모든 약물은 작용과 부작용 속에서 작동합니다. 항암제뿐 아니라 감기약이나 진통제조차 그렇습니다. 파르마콘은 그리스어로 약이자 독이라는 뜻이지만 실은 모든 약물을 가리킵니다. 파머시의 어원이기도 하죠. 약물만 그런 것은 아닙니다. 세상의 모든 것이 그런 방식으로 존재하기 때문에……

그렇다고, 공은 생각하고 있었다. 부작용이 없으면 작용도 없다. 그것을 이해하지 않으면 약리학도 배울 수 없고 사랑도 할 수 없고 인생을 이해할 수도 없다.

산책 중에 길고양이가 쥐를 잡는 것을 본 적이 있었다. 요즘 고양이는 쥐 같은 것에 관심을 갖지 않는다던데. 길고양이는 다른가. 그렇게 중얼거리는 현우의 낯빛이 어두웠다. 길고양이는 말 그대로 쥐를 물어뜯고 있었다. 한참 갖고 놀다가 이윽고 쥐를 죽이기로 한 모양이었다. 길고양이는 피로 물든 이빨과 번들거리는 눈으로 현우를 바라보았다. 현우도 고양이를 바라보았다. 공은 그 순간 고양이가 아니라 현우를 바라보고 있었다. 공은 현우가 고양이를 오래 바라볼 것을 알았다.

현우는 지쳤다고 말했다. 이제 이런 장면은 재현하고 싶지 않다. 세상은 이미 상상을 초월할 만큼 속악하고 공격적이고 가학적이므로 사진이나 글로 그걸 재현하는 게 무의미한 동어반복으로 느껴진다. 현우는 그런 말을 했다. 공은 현우의 말이 너무 감정적이라고 생각했다. 현우는 언제나 감정에 충실했으며, 대상을 향해 직진했으며, 위험을 무릅썼으며, 자주 부딪치고 상처받았다. 그 점이야말로 현우의 단점이자 매력이라고 공은 생각하고 있었다. 생각이 많고 양면성을 강조하고 사태의 복합적 측면들을 고려하며 아우르려는 사람들이야말로 무기력하다는 것을 공은 알고 있었다.

이제 오지도 분쟁 지역도 가지 않게 될 것 같습니다. 조용한 생활, 그런 생활 속의 평화와 고요한 투쟁, 마침내 찾아오는 사랑과 죽음, 그런 것들에 관심을 갖게 되었습니다. 이번 사진집은 그런 생각을 담고 있죠⋯⋯ 현우는 인터뷰에서 그런 말을 장황하고 설득력 있게 할 예정이었다.

영안실 관리인은 시신을 보여줄 수 없다고 말했다. 가족관계가 아니기 때문에 규정상 불가능하다는 것이었다. 안 된다니까요. 게다가 차량 화재 때문에 일부 훼손이 심한 곳이 있습니다. 피부도 그렇고 여러 면에서⋯⋯ 공이 의사라는 것을 알고 관리인이 말끝을 흐렸다. 공도 알고 있었다. 외부의 충격이 육체를 훼손하고 피부와 내장과 몸의 신경들을 망가뜨렸을 것이다. 거기에는 어떤 복합성도 양면성도 없다. 공은 그 모습을 초음파라든가 MRI로 보듯이 상상했다. 눈을 감고 그 흑백의 이미지만을 자꾸 상상했다. 상상하지 않을 수 없었다. 상상하는 일을 멈출 수 없었다. 이 또한 지나가지 않으리라는 것을⋯⋯ 공은 알았다.

공은 눈을 떴다. 가만히 환자를 응시했다. 공은 주사기를 손에 들었고 환자는 눈을 감고 있었다. 목의 혈관들이 도드라져 보였다. 혈관에 약물을 주입하는 데는 약간의 주의력만이 필요하다. 그곳에 바늘을 꽂고 엄지손가락에 힘을 주면 된다. 주사기 속의 약물이 혈관으로 주입될 것이다. 약물은 환자의 피와 함께 혈관 속을 흘러갈 것이다.

이 사람은 잠수종이 무엇인지 모르고 잠수종에 갇혀서 심연으로 내려가는 일이 무엇인지 모른다. 이 사람은 살아날 것이다. 공은 잠수종에 갇힌 채 심연으로 하강하면서 그를 물끄러미 바라보았다. 주위의 모든 것이 조용히 일렁였다. 잠수종은 서서히 가라앉고 있었고, 공의 몸과 영혼은 서서히 변질되어가고 있었다. 마음속에서 서서히 독이 퍼져가고 있었지만, 공은 그것을 알지 못했다.

집중치료실에는 창문이 없었다. 목적이 단순했으므로 바깥이 없는 공간이었다. 환자가 힘겹게 눈을 떴다. 시선은 공을 향하고 있었다. 이 사람이 누군가, 나는 왜 이 사람 앞에 누워 있는가. 그런 것을 가늠하는 듯했다. 이윽고 상황을 이해했는지 환자가 입술을 달싹였다. 공은 눈을 가늘게 뜨고 그 모습을 바라보다가 가만히 그의 입 쪽에 귀를 갖다 댔다. 환자의 목소리가 공의 귓속으로 흘러들기 시작했다. 공의 표정이 서서히 굳어갔다.

귀 이야기

잠수부와 연애를 한 적이 있다. 만나고 얼마 안 되었을 때 잠수부가 이런 얘기를 했다.

'처음 잠수를 할 때는 귀가 제일 중요해요. 바다 밑으로 내려갈 때 지상과 물속의 차이를 가장 격렬하게 느끼는 게 귀거든요. 하늘에서도 마찬가지예요. 비행기를 타고 올라가면 일단 귀가 멍해지잖아요.'

'아, 그런가요?'

나는 흥미로운 표정을 지었다. 그런데 귀는 하늘 위와 물속 중에 어느 쪽을 더 좋아하나요? 하고 물어보려다가 입을 다물었다. 바다 밑이든 하늘 위든 상관없다는 생각이 들어서였다. 그곳이 육지만 아니라면.

나는 겨우 이렇게 말했다. '육지는 힘이 들고 외로워요.'

잠수부는 고개를 갸우뚱하고는 가만히 이해하려는 표정을 지었다. 그랬던 것 같다. 아니, 잠수부가 정말 그런 표정을 지었던가. 내가 그런 말을 하긴 했던가.

사실 확신할 수 없다. 거의 10여년 전 일이라서 지금은 당연히 기억이 희미하다. 기억은 희미한데 희미한 기억이란 진짜로 있었던 일일까. 나는 그런 게 늘 자신이 없다.

잠수부와는 세번인가 네번 만나고는 헤어졌다. 연애가 시시해서 그런 것은 아니었다. 내 잘못도 아니었다. 그 사람이 물속에 들어갔다가 나오지를 않았기 때문이다. 어째서 그 사람은 파도가 그렇게 높은 날에 물속에 들어갔을까? 그걸 생각하면 지금도 서운하고 침울해진다.

*

잠수부의 귀 이야기가 생각난 것은 내가 친척과 예수와 함께 여행을 가게 되었기 때문이다. 여행을 가게 된 것은 친척이 여행을 가자고 제안했기 때문이다. 원래 나만 동행하려고 했는데 뒤에 예수가 합류하게 되었다. 목적지는 강원도였고 강원도의 무슨 박물관인가 기념관인가 그렇다고 했다.

나는 여행을 좋아하고 예수는 여행을 좋아하지 않는다. 나는 혼자서 여기저기를 잘도 쏘다니는 편인데 예수는 전혀 그렇지를 않았다. 예수는 어디든 처박혀서 지내는 히키코모리 스타일이었기 때문에 예수가 여행을 같이 가겠다고 했을 때는 어리둥절한 기분이었다. 예수와 나는 만난 지 꽤 되었지만 여행을 같이 가본 적이 한번도 없었다. 생각해보니 소풍조차 가본 적이 없구나. 그런 것을 생각하니 또 한숨이 났다.

내가 여행을 가자고 하면 예수는 고개를 절레절레 흔들곤 했다. 그러면서 자기가 여행을 왜 싫어하는지를 설명하기 시작했는데 그 이유라는 게 엉뚱했다. 비행기의 탄소배출량이 얼마인지 아느냐, 여행을 가면 온갖 이동수단을 이용해야 하고 다방면으로 엄청난 에너지를 소모해야 한다, 식사는 또 어떤가, 아무래도 여행이니까 평소보다 으리으리하게 먹어야 할 텐데 그걸 어쩔 테냐, 여행을 가지 않는 것만으로도 우리는 지구를 엄청 보호하는 셈이다.

나는 입을 다물었다. 뭔가 이상한 논리이긴 했지만 가만히 생각하면 맞는 말이었기 때문이다. 그래도 배알이 꼴리는 것은 어쩔 수 없었다. 평소에는 플라스틱 컵에 든 음료를 잘도 사 먹고 내 차를 곧잘 얻어 타고 다니고 돈가스를 척척 썰어 드시면서 여행을 가자고 할 때만 탄소배출량이니 으리으리한 식사니 운운하는 게 어이없었다. 지구환경에 대해 말할 때마다 예수의 결론은 한가지였다. 인간의 수를 줄이는 것 외에는 답이 없다. 인간 하나를 줄이면 몇십만 리터의 물과 몇천 톤의 화석연료가 절약되는지 아느냐. 그런 얘기를 하고서도 예수 자신은 스스로 지구상에서 사라지거나 그러지는 않았다. 그래서 꼴사나웠다는 얘기는 아니지만 어쨌든 배알이 꼴리는 것은 어쩔 수 없었다.

예수는 여행을 안 좋아하고 나는 여행을 좋아한다. 나는 여행을 좋아해서 여기저기를 잘도 쏘다니는 편이지만 그렇다고 친척 어르신과 여행하는 것을 좋아할 리는 없다. 아무래도 어르신은 어르신이라서 대하기가 불편하고 나는 불편한 건 딱 질색이기 때문이다.

하지만 이 친척은 좀 예외다. 이 친척이라고 하니까 이상한가? 그러면 당숙이라고 하겠다. '이 친척은 당숙이야' 하고 말하면 예수는 어리둥절한 표정을 지으며 이렇게 물을 것이다. '당숙? 당숙이 뭐지? 사돈의 팔촌인가?'

그러면 나는 '당숙이면 오촌이지 무슨 말이야' 하고 대답하겠지만 예수가 뭐라고 반응할지는 뻔하다. '오촌이면 먼 거잖아. 사촌보다 먼 거잖아. 나는 사촌들도 안 만나는데 왜 오촌을?'이라고 말해서 맥 빠지게 만들 것이다.

그래서 나는 당숙이고 뭐고 다 빼버리고, '아, 좀스럽게 따지지 말고 그냥 가까운 친척이니까 그렇게 알아'라고 말하고는 입을 다물어버렸다. 내가 어린 시절부터 친척에게 신세를 많이 졌다는 얘기는 하지 않았다.

*

친척은 귀가 좀 약하다. 그렇다고 했다. 나이가 들었기 때문에 당연한 일이라고도 했다. 하지만 친척은 이제 60대 중반이니까 나이 때문에 귀가 잘 안 들리는 건 아닌지도 모른다. 그래서 내가 '꼭 나이가 드셔서 잘 안 들리는 건 아닌지도 몰라요' 하고 말했더니 친척이 '뭐라고? 뭐라고 했니?' 하고 되물어서 그만두었다.

60대 중반이라고 했지만 사실 정확한 나이는 모른다. 물어본 적이 없기 때문이다. 어렸을 때부터 친척의 신세를 많이 지고 살았는데도 나는 그의 나이 같은 것에는 관심이 없었다. 게다가 '연세가 어떻게 되세요?' 하고 묻는 건 어쩐지 실례인 것 같았다.

친척은 혼자 살았는데, 어린 시절은 전쟁 후라서 지독한 가난밖에 기억이 안 나고 커서는 일만 하느라 평생 결혼한 적이 없다는 것이다. 게다가 군대 시절에는 훈련 중 오발 사고로 폭탄이 근처에 떨어져 엄청난 폭음을 내는 바람에 귀가 멀 뻔한 적도 있다고 했다. 그때부터 귀에 문제가 생겼다고 친척은 덧붙였다.

듣고 보니 이상해서 나는 질문을 했다. '그러니까 역시 나이가 들어서 귀가 잘 안 들리는 건 아니네요?' 하고 물으니까 또 '뭐라고?' 하고 되물어서 나는 입을 다물었다.

한참을 가만히 있다가 친척은, '그래도 젊었을 때는 청력이 조금 약했을 뿐이고 생활에는 지장이 없었다'라고 말했다. 그러고 나서 또 한참을 있다가 — 창밖의 나뭇잎이 두개쯤 떨어지는 걸 물끄러미 바라본 뒤에 — 말하기를, '그런데 너는 참 집요하구나'라는 것이었다. 나는 당황해서 '네? 뭐라고요?' 하고 되물었는데 친척은 이미 시선을 돌려 먼 산을 바라보고 있었다.

먼 산 위의 구름 모양이 양 떼에서 우주선으로 바뀔 즈음, 친척은 문득 침울한 표정을 지으며 입을 열었다. '잘 안 들리는데 정말 잘 안 들린다고 말하면 취직이 안 되니까 잘 들리는 척했고 잘 들리는 척했더니 정말 잘 들리더라'라는 것이었다. 나로서는 복잡하고 알쏭달쏭한 이야기였다. 내가 정확하게 이해한 것인지는 모르겠지만, 어쨌든 살짝 안 들리는 정도라서 직장생활에 별다른 문제는 없었다는 것이다.

그래도 나는 귀가 잘 안 들린다는 친척의 말에 여전히 의구심을 갖고 있다. 꽤 깊은 의구심이다. 언젠가 친척을 종로통에서 우연히 만난 적이 있다. 실내가 아니라 길에서 만나니 매우 낯설게 느껴졌다. 몸도 왜소하고 어딘지 없어 보이고 그래서 사람이 희미해 보였다. 군중 속으로 들어가서 슥, 흔적도 없이 사라질 것 같았다. 그래서 친척을 향해 걸어가면서 '아니, 저 양반이 저렇게 키가 작았나' 하고 혼자 중얼거렸다.

이윽고 가까이 다가가서 '어르신, 이런 데서 뵙네요. 어디를 가세요?' 하고 인사를 했더니 친척이 무뚝뚝한 얼굴로 대답했다. '나는 키가 170센티미터이고 내 나이 또래로서는 작은 편이 아니다' 라는 것이었다.

나는 '네? 그게 무슨 말씀이세요?' 하고 되물어보려다가 손으로 내 입을 막았다. 먼 거리에서 내가 혼잣말로 중얼거린 걸 들은 게 틀림없었기 때문이다. 나는 '아니, 그게 아니고, 어디를 가시냐고요' 하고 되묻는 것으로 수습을 하려 했지만 친척은 들은 체도 않고 또 엉뚱한 말을 했다.

'용돈을 줄 테니 일간 찾아오너라.'

그러고는 가던 길을 갔다.

그래서 나는 생각한다. 친척의 귀는 작은 포유동물의 귀처럼 아주 섬세하고 예민한지도 모른다고. 아주 먼 거리에서 누가 혼자 중얼거린 말도 진공청소기처럼 흡! 하고 흡수해버리는 고성능 귀가 틀림없다고.

*

친척에 대해 말했으니 이제 예수에 대해 말할 차례다. 처음에 예수를 만났을 때는 이름이 예수라서 이상하게 느껴졌다. 이미 수많은 사람에게서 같은 질문을 받았을 거라고 생각해서 묻지 않으려 했지만 결국 묻지 않을 도리가 없었다. 나는 한참 숨을 참다가 토해내는 사람처럼 하아, 하고 질문을 했다.

'아마 교회를 다니시는 모양예요?'

그러자 예수는 '교회요? 누가요?' 하고 되물었다. '아 물론 예수 씨 얘기죠' 하고 대꾸했더니 예수는 별 이상한 말을 다 듣는다는 듯 고개를 갸웃거리더니 '아니죠, 당연히' 하고 대답을 했다. 그러고는 묵묵부답이었다. 나도 더 묻지 않고 있었더니 한참 있다가 예수가 말했다.

'교회에 다니는 사람이 예수라고 이름을 짓겠어요? 불경스럽잖아요.'

나는 약간 샐쭉해져서 대꾸를 하지 않았다. 하긴 그렇겠네, 하고 생각하다가, 하지만 꼭 그렇게 생각할 건 아니라는 생각이 또 들어서 반론을 제시했다.

'아니, 서양 사람들 중에도 조슈아라는 이름이 있잖아요. 조슈아가 여호와 아닌가요? 매리는 마리아고 피터는 베드로 아닌가요? 폴은 바울이고 톰은 도마고…… 그런 게 불경해요?'

예수는 '엇, 엄청 똑똑한걸?' 하는 표정으로 나를 바라보더니 한참 뜸을 들였다. 나중에 알았지만 예수는 뜸을 들이는 데는 천재여서 좀 답답했는데, 정말 한참 만에 꺼낸 말은 이런 것이었다.

'이봐요, 예수가 그 예수만 있는 게 아닙니다.'

나는 예수의 어조가 차갑게 느껴져서 좀 서운했다. 그때 이미 예수에게 호감을 갖고 있었던 걸까? 하긴, 잘생기고 과묵하고 착하다고 생각하긴 했으니까. 하지만 이렇게 여행을 같이 가게 될 정도로 가까워질 줄은 몰랐지.

어쨌든 예수가 그 예수만 있는 게 아니라는 건 맞는 말이다. 예수금 할 때 예수도 있고, 여수라는 도시도 있으니 어디 도시 이름 중에 예수가 있을지도 모른다. 아니면 그냥 사람 이름으로 예수가 있다고 해도 좋겠지.

예수가 이어서 입을 열었다.

'사실은 우리 아버지가 박정희 대통령을 좋아했어요.'

'박정희 대통령이요?'

'네, 박정희 대통령.'

'그런데요?'

'그런데요라니요?'

예수가 그렇게 되묻고는 뜨악한 표정을 지어서 나는 또 당황했다. 당황한 내 표정을 보더니 예수가 하하하, 웃은 뒤에 말했다.

'박정희 대통령의 사모님이 육영수 여사잖아요. 아세요, 육영수 여사?'

나는 대답하지 않았다. 아니, 그런 걸 아느냐고 물어보는 것 자체가 실례 아닌가? 다른 사람한테 자꾸 뭘 아느냐 모르느냐 묻는 것은 역시 대단한 실례인 것이라고 나는 생각했다. 뜻밖에 예수는 뜸을 들이지 않고 말했다.

'육영수 여사 아시느냐고 물어봐서 미안해요.'

예수는 그렇게 사과를 했는데 표정이 너무 진지해서 진정한 사과라고 느껴졌다. 뭐라고 대꾸할 새도 없이 예수가 이렇게 덧붙였다. '당연히 모르실 텐데.'

나는 기가 차서 '이봐요' 하고 입을 열었다. '내가 육영수 여사를 모를 것 같아요?' 하고 짜증을 냈는데, 예수는 지금 무슨 소리를 하고 있느냐는 표정을 짓더니 이렇게 항의하는 것이었다.

'아니, 저는 육영수 여사가 아니라 육영수 여사의 여동생 얘기를 하고 있거든요?'

'여동생이요?'

나는 어리둥절한 상태로 또 야코가 죽고 말았다.

사실 나는 육영수 여사의 여동생에 대해서는 태어나서 단 한번도 생각해본 적이 없었다. 그러고 보니 육영수 여사의 여동생은 물론 육영수 여사의 사촌이나 고모부 같은 존재들에 대해서도 생각해본 적이 없었고, 실은 육영수 여사 자신에 대해서도 마찬가지였다. 세상에는 내가 생각도 해보지 않은 존재가 얼마나 많을까 생각하니 아득해졌다. 예수가 다시 말했다.

'그렇죠. 여동생이죠. 육영수 여사의 여동생. 여동생 이름이 육예수거든요. 이름은 예수지만 기독교와는 상관이 없어요.'

육영수 여사의 여동생. 여동생 이름이 육예수. 기독교와는 상관이 없다. 설명을 듣자 어쩐지 다행이라는 느낌이 들었다. 종교와 무관하다고 하니 예수라는 이름이 불경하게 느껴지지 않았다. 아니

잠깐. 종교와 관계가 있어도 별로 안 불경하잖아.

사실 나는 박정희 대통령을 별로 안 좋아하고 예수는 박정희 대통령을 좋아한다. 그러니까 나는 육영수 여사라든가 육영수 여사의 여동생에 대해 별다른 감흥이 없는데 예수는 나와 다른 모양이었다. 하긴, 사람은 다 생각이 다르고 생각이 다른 삶을 오래 살아왔으니까 차이가 있는 건 당연하겠지. 더구나 한참 오래전 얘기인걸.

하지만 그래도 그렇지 박정희 대통령은 독재를……이라고 말하려는데, 예수가 먼저 입을 열었다.

'사실 어렸을 때는 저도 교회에 다녔어요. 뭔가 이름 때문에 어쩔 수 없다, 그런 생각이 들었거든요. 교회에 다니기 시작했는데 교회 사람들이 모두들 이름이 좀 그렇다고 뭐라 해서 그만 다녔어요. 게다가 신을 믿기가 어려웠거든요. 기도는 물론 열심히 했지만.'

예수의 말은 종잡을 수가 없었다. 예수라는 이름 때문에 어쩔 수 없이 교회에 다녔는데, 사람들이 이름을 갖고 뭐라 해서 그만 다녔으며, 신을 믿는 건 아닌데, 또 기도는 열심히 했다…… 대체 무슨 말을 하고 싶은 건지 이해가 되지 않았지만 그런 건 예수만 그런 게 아니니까.

우리는 곧 다른 화제로 넘어갔다. 내게는 예수의 귀가 특히 인상적이었다. 귀가 정말 귀처럼 생겨서 자기가 귀라는 것을 강력하게 주장하는 것 같았다. 상당히 크고 오밀조밀하게 뚫린 구멍을 가진 귀였기 때문에 한번 소리가 들어가면 그 안에서 마구 증폭될 것 같았다. 데시벨이 올라가서 귀가 아플지도 모르겠다는 생각이 들 정도였다.

그래도 저렇게 커다랗고 준수하게 생긴 귀를 가지면 좋겠지. 좋을 거야. 좋고말고. 나는 그런 생각을 했다. 그래서 '귀가 큰 사람은 오래 산다던데' 하고 말했더니, 예수는 대체 무슨 말을 하고 싶은 건지 모르겠다는 표정을 짓고는 '그건 오래 사는 사람들이 대체로 귀가 크기 때문에 생긴 오해입니다'라고 대답했다. 나는 그건 또 무슨 해괴한 논리냐 하고 따지려다가 그만두었다. 예수와의 대화는 대개 그랬으니까.

예수는 한번 엉뚱한 논리에 빠져들면 헤어날 줄을 몰라서 내가 듣기에는 영 어색한 주장들을 자주 했다. 귀가 큰 사람이 오래 사는 게 아니라 오래 사는 사람이 귀가 크다는 식으로 앞뒤를 바꿔서 말했고, 환경 문제가 나오면 인간을 줄이고 없애야 한다는 식으로 과격한 논리를 폈으며, 인간을 줄이고 없애려면 전쟁을 하는 수밖에 없다는 엉뚱한 결론으로 치달았다. 그뿐이 아니다. 육영수 여사의 여동생 이름이 육예수인데 그건 종교와는 관계가 없지만 기도는 열심히 해야 한다, 그런 식으로 먼 데 있는 사건과 더 먼 데 있는 사건을 이어서 어리둥절한 주장을 하곤 했다.

귀가 큰 사람의 특징인가 하고 생각해서 '귀가 큰 사람은 이상한 논리에 빠져들면 헤어날 줄 모르나봐요' 하고 말한 적도 있다. 그렇게 말하자마자 신체적 특징을 갖고 예의 없는 농담을 했구나 싶어서 미안한 마음이 들었고, 그래서 사과하려는 순간 예수는 '귀가 큰 사람이요? 누구요? 부처님이요?' 하고 반문해서 내 말문을 막았다.

*

친척이 강원도에를 다녀오자고 했을 때 나는 속으로 좀 놀랐다. 친척이 나에게 뭘 하자고 하거나 뭘 하라고 하거나 한 게 처음이었기 때문이다. 친척은 과묵하고 언제나 근엄한 표정을 짓고 있지만 마음이 후한 사람이라서 내 나름대로는 츤데레라고 생각하고 있었다. 그런데 얼마 전에 갑자기 전화를 걸어와서 강원도에를 가자는 것이었다.

'강원도에를요?'

'그렇다, 강원도.'

'강원도에는 왜요? 강원도 어디요? 강원도에 뭐가 있어요?'

나는 그렇게 물었는데 친척의 대답은 '강원도에는 갈 곳이 많다'는 것이었다. 강원도에는 춘천도 있고 대관령도 있고 속초도 있고 바다도…… 거기까지 말하다가 친척은 갑자기 침묵하더니 한참 만에 입을 열었다. '강원도에는 내 친구의 집이 있다'는 것이었다.

'친구의 집이요?'

'그렇지. 친구의 집.'

'친구분 집에서 지내다 오시려나봐요?'

내가 그렇게 묻자 친척은 느릿한 어조로 대답했다.

'아니다. 그 친구는, 죽었다.'

나는 또 어리둥절할 수밖에 없었다.

어쨌든 친척의 말을 종합하면, 친척의 친구는 이미 어렸을 때 죽었는데 요즘 자꾸 그 친구가 생각나고 눈에 선하게 보인다는 것이었다. 그 친구가 불쌍하고 그 친구가 안쓰럽고 그 친구 때문에 눈물이 난다는 것이었다. 그래서 그 친구의 집에 가보고 싶다, 요는 그런 것이었다.

'그런데 운전면허증을 얼마 전에 반납해버렸기 때문에 갈 수가 없다'고 친척은 부연했다. '혼자 운전을 해서 갈 수 있다면 당연히 혼자 갈 텐데, 이미 운전면허증을 반납하고 차를 팔아버려서 불가능하게 되었으니 네 차를 타고 가면 좋겠다.' 그게 결론이었다.

'아니, 아직 창창하신데 운전면허증을 왜 반납하셨어요?' 하고 물으니 친척이 곧바로 대꾸했다. '뭐라고?'

'아니, 아직 창창하신데 운전면허증을 왜 반납하셨어요?' 하고 반복해서 묻자 친척은 단호하게 대답했다. '뭐라고? 잘 안 들린다.'

나는 휴대전화를 귀에서 떼어내고 물끄러미 바라보다가, '아니, 아직 창창하신데 운전면허증을 왜 반납하셨어요?'라고 또박또박한 발음으로 야무지게 다시 물었다. 정말 궁금했기 때문이다. 친척은 한참 뒤에 대답했다.

'그런데 너는, 참 집요하구나.'

내가 말문이 막혀서 전화기를 그냥 들고만 있자 친척의 침울한 목소리가 흘러나왔다.

'내가, 아프다.'

그 말을 듣는 순간, 나는 군말 없이 친척을 픽업해서 강원도에를 가기로 결심했다. 그러지 않을 수 없었다.

친척은 아픈 사람이고 나는 어린 시절부터 꽤 오랫동안 친척에게 신세를 졌기 때문에, 이런 경우에는 군말 없이 친척을 픽업해서 강원도에 가는 게 당연하다고 예수에게 말하지 않을 수 없었다.

그러자 예수가 나에게 결정적인 질문을 던졌다.

'어디가 아프신데?'

아, 하고 나는 작은 신음을 흘렸다. 어디가 아픈지 묻지 않았다는 것을 그제야 깨달았지만, 어디가 아픈지를 아픈 사람에게 묻는 것이 어쩐지 예의에 어긋난 것 같아서 물어보지 않았다고 예수에게 대답했다.

예수는 '아마 심각하게 아프신 모양이구나' 하고 넘어가주었다. 귀도 크고 착한 사람이 틀림없다고 나는 생각했다.

*

'친구가 동행하자고 하는데 괜찮으세요?' 하고 나는 친척에게 양해를 구했고 친척은 의외로 선선히 승락해주었다. 한참을 있다가 '애인인가?' 하고 물은 게 다였다.

그렇게 해서 나와 예수와 친척은 내 차를 타고 강원도에 가게 된 것이다. 나는 월차를 냈고 예수도 월차를 냈다. 1박 2일의 짧은 여행이지만 여행은 여행답게 가야 한다고 생각해서 가는 길에 여기저기 구경도 하고 그러면서 놀기로 했다.

친척은 그래도 목적지가 옛 친구의 집이라는 것은 명확히 했다. 자신은 강원도가 고향이고 고향에는 옛 친구가 있고 그 친구의 집에를 가는 것이라고 여러번 강조했다. 그 친구는 어린 시절에 죽었고 그런데 요즘 이상하게도 그 친구가 자꾸 생각나고 눈에 선하게 보인다는 말은 이미 들은 말이었다. 친척은 이미 한 얘기를 토씨 하나 바꾸지 않고 또 말하는 경우가 많았는데, 동행하게 된 예수를 위해서 예전에 한 말을 반복하는 것 같지는 않았다. 그냥 머릿속에 엇비슷한 생각이 고여 있다가 자꾸 흘러나오는 것이 아닐까.

'아니, 친구분은 어린 시절에 돌아가셨다면서요. 그런데 눈에 보인다고요?' 하고 예수가 엉뚱한 질문을 했다. 뭐라고? 잘 안 들린다, 하고 대꾸할 줄 알았는데 친척은 의외로 선선히 대답을 했다. '그렇다. 자꾸 눈에 보인다. 꿈에서도 보이고 거리에서도 보이고 집에서도 보인다'는 것이었다. 그만큼 옛 기억이 생생한 모양이었다.

'아니, 친구분은 어린 시절에 돌아가셨다면서요, 그런데 지금 강원도에 집이 있어요?' 하고 예수가 이번에는 정당한 질문을 했다.

친척은 대답하기를, '사실 집이라기보다는 기념관이다'라는 것이었다. 나는 운전을 하면서 룸미러를 힐끗거리며 물었다. '아니 집이면 집이고 기념관이면 기념관이지 집이라기보다는 기념관이라니 그게 무슨 말이에요?'

뒷좌석에 앉은 친척은 이번에야말로 확실하게 소리쳤다. '뭐라고? 잘 안 들린다.'

'아니 내 참, 그게 아니고요. 내 질문은……' 하고 다시 물어보려는데 예수가 내 얘기를 가로채서 말했다.

'어르신 말씀은, 집은 집이지만 기념을 하는 집이다, 그런 말씀이시지'라는 것이었다. 길이 막혀서 짜증도 나고 지금 이게 다 무슨 말인지 도통 이해를 할 수 없었는데, 뾰로통한 내 얼굴을 쳐다보더니 예수가 이어서 설명을 했다.

'어르신 말씀은, 어르신의 친구였지만 이미 세상을 떠난 소년의 집이 나중에 기념관이 되었고, 기념관이 되었다는 것은 어르신의 친구였던 소년이 기념할 만한 분이라는 뜻이지.'

나는 '아,' 하고 감탄을 했다. 진짜 감탄이었다. 완전히 이해를 해버린 것이다. 예수가 친척의 말을 정확하게 통역한 것으로 느껴졌다.

친척의 옛 친구였던 소년은 어린 시절에 죽었고 지금은 소년의 기념관이 강원도에 있다…… 그렇다면 그 소년은…… 아, 하고 나는 다시 감탄사를 내뱉었다. 역시 진짜 감탄사였다. 그게 누군지 알 것 같았기 때문이었다.

'혹시 그 소년, 이……, 이…… 뭐더라, 성이 이씨 아닌가요?'

내가 그렇게 묻자마자 친척이 단호하게 되물었다. '뭐라고? 잘 안 들린다.'

나는 약간 새쭉해져서 다시 묻지 않았다. '너는 참 집요하구나' 하는 소리를 들을 것 같아서였다. 한편으로는 그냥 다 이해가 되어버렸기 때문인지도 모른다.

어쨌든 친척은 그 소년과 어린 시절에 이웃 동네에서 살았는데 지금 소년의 기념관이 평창 어디에 있으며 그래서 우리가 그곳을 향해 달리고 있다는 얘기였다.

*

여행의 목적지는 친척이 정했지만 디테일은 내가 정했다. 가령

'우리는 평창에 간다' 하고 친척이 말하면 거기서 묵을 호텔과 식당 같은 것은 내가 정해서 예약을 하는 식이었다. 예수는 그외의 나머지를 담당하겠다고 했다. '나머지'가 뭔지는 알 수 없었는데, 무슨 일에든 나머지라는 것은 없을 수가 없다고 주장해서 나는 알겠다고 그러라고 했다.

그래도 운전은 내가 해야 했다. 왜냐하면 우리 셋 중에 운전을 할 줄 알고 운전면허증을 가진 것은 나뿐이었기 때문이다. 친척은 운전을 할 줄 알지만 운전면허증이 없었고, 예수는 운전면허증이 있지만 운전을 못했다. 친척은 아파서 운전면허증을 반납했고, 예수는 예전에 눈앞에서 교통사고를 목격한 뒤로 손이 떨려서 운전을 할 수가 없다는 것이었다.

조수석에 앉아서도 내내 교통사고의 위험성에 대해 떠드는 통에 내가 소리를 질러서 예수의 입을 막아야 했다. '그런 소리는 차에 타고 있지 않을 때 하는 게 타당하다'는 게 나의 주장이었는데 예수는, '왜 그래야 하는가? 오히려 차에 타고 있을 때 하는 것이 효과적이다'라고 반박했다. 친척은 우리의 대화를 듣는지 안 듣는지 뒷좌석에 앉아 아무런 반응이 없었다. 창밖 풍경에도 관심이 없는 듯 휴대전화 화면만 들여다보고 있었다.

*

그러는 와중에 차는 내비게이션을 따라 평창에 도착했다. 우리는 호텔에 짐을 풀자마자 근처의 동계올림픽 시설들을 구경하기로 했다. 하지만 한 바퀴 돌아보니 대부분 문을 닫고 폐쇄돼 있어서 김이 샜다. 성수기가 지난 평일이라 그런지 무슨 전염병이라도 도는 것인지 지역 전체가 텅 빈 것처럼 느껴졌다. 그래도 우리는 차갑고 고요한 계절을 산책하는 것으로 마음을 달래기로 했고 좋은 식당을 찾아 맛난 저녁을 먹는 것으로 여행 기분을 내기로 했다.

'여행을 하는 것에는 돈이 든다. 나는 은퇴했지만 돈이 있으니 이 카드를 이용하라.'

친척은 그렇게 말하면서 내게 신용카드를 맡겼다. 친척은 확실히 츤데레가 틀림없었는데, 예수는 내내 어딘지 삐딱이처럼 굴었다. 산책을 겸해 텅 빈 시설을 둘러보면서 내가, '괜히 들떠서 올림픽 같은 걸 개최하면 이렇게 된다. 못 쓰는 철골 시설들만 녹슬어 갈 뿐이다'라고 말을 했는데 예수가 곧바로, '올림픽을 하면 경제가 활성화된다. 경제를 활성화시키기 위해서는 올림픽을 해야 하는데, 가장 강력한 사례는 88 서울올림픽이다'라고 반박했다.

나는 말문이 막혀서 예수를 쳐다보았는데, 저 뒤에 10미터는 뒤처져서 혼자 걸어오던 친척이 한참 후에 우리 곁에 다가오더니 이렇게 말하는 것이었다. '그런 건 쌍팔년도 시절에나 맞는 말이고 지금은 시대가 달라졌네.'

친척의 귀는 확실히 작은 포유동물의 귀를 닮아 예민한 게 틀림없다고 나는 생각했는데, 예수는 친척의 예민한 귀에 놀란 표정이 아니라 자기 말에 딴지를 걸다니 하는 샐쭉한 표정을 지어서 그게 우스웠다.

*

첫날은 호텔 근처의 식당에서 저녁 식사를 했다. 으리으리한 식사는 아니고 소박한 한식이었다. 곁들인 소주에 꽤 취하기도 한 김에 나는 예수에게 시비를 걸었다. 친척이 화장실에 다녀온다면서 잠시 자리를 비운 참이었다.

'예수씨와는 역시 안 되겠어요. 왜냐하면 예수씨는 잘생겼지만 대화가 통하지 않으니까요' 하고 존댓말을 써서 얘기를 했더니 예수는 나보다 더 취한 목소리로 대꾸했다. '내가 잘생겼다는 것은 나도 알아요. 하지만 나보다 잘생긴 사람들은 세상에 많은걸요.'

예수가 무슨 말을 하는 건지 이해하느라 시간이 걸렸다. 한참 후에 예수가 한 말의 뜻을 이해하고는 하, 하고 긴 숨을 내쉬었다. '나보다 잘생긴 사람들은 세상에 많다'고 말하면서 예수가 자신을 겸손한 사람이라고 생각할 것을 생각하니 기가 찼다. 그래서 '예수씨, 예수씨는 어째서 잘 듣지를 못하죠? 귀가 큰 사람들은 잘 듣는다던데. 예수씨는 공무원 시험에서 합격했는데 면접에서 떨어진 적이 있다면서요? 묻는 말마다 엉뚱한 대답을 해서?'라고 시비를 걸었다.

이 정도로 시비를 건다는 것은 내가 좀 화가 났다는 뜻이다. 하지만 예수는 완연하게 취해서는 천연덕스럽게 대답했는데, '공무원 시험에 합격했죠. 제가 공부머리는 좀 있거든요. 귀가 큰 게 아무래도 도움이 됐나?'라는 것이었다.

그때 화장실에 다녀온 친척이 자리에 앉으면서 이상한 소리를 했다. '예전에 스님 한분이 있었다. 그분은 귀가 없었다. 귀를 스스로 자른 것이다.' 그 말을 듣자마자 예수는 나와의 대화는 금방 잊은 듯 혀 꼬부라진 목소리로 물었다. '그 스님 이름이 혹시 고흐인가요?'

이런 썰렁한 농담을 하는 예수를 예전에는 웃기고 잘생기고 귀엽다고 생각했다는 게 믿어지지 않아서 나는 소주잔을 들어 확 마셔버렸다. 친척이 다시 입을 열었는데 이번에도 알쏭달쏭하기는 매한가지였다.

'현명한 사람은 보는 것을 믿고, 어리석은 사람은 믿는 것만을 본다.'

예수는 '오, 그거 멋진 말씀인데요?' 하고 꼬인 혀로 감탄을 했다. 나도 '오, 그거 멋진 말씀인데요?' 하고 더 꼬인 혀로 감탄을 했다. 현명한 사람은 실제로 보이는 것을 믿고, 어리석은 사람은 자기가 믿는 것만을 자꾸 보면서 더 심하게 믿어버린다는 건, 주변 사람들 몇몇만 떠올려도 알 수 있었다.

하지만 사실 이제는 눈에 보이는 것도 무조건 믿으면 안 되는데…… 하는 생각이 나는 들었는데, 친척이 냅킨으로 입을 닦으면서 이렇게 덧붙였다. '그런데 그 말을 한 사람이 스탈린이다. 그게 함정이지.'

예수가 금방 되물었다. '스탈린이요? 러시아의 스탈린이요?'

내가 정정했다. '러시아가 아니라 소련이지.'

예수가 대꾸했다. '러시아나 소련이나 그게 그거지.'

'어떻게 그게 그거냐, 돌고래랑 고래가 같냐.'

'돌고래랑 고래의 관계는 러시아랑 소련의 관계와 같지 않다. 왜냐하면……'

예수가 거기까지 말했을 때 나는 듣기가 싫어서 '러시아는 돌고래가 아니고 소련은 고래가 아니라는 거잖아!'라고 외쳤다.

그러자 예수는 나를 쳐다보더니 갑자기 차분한 목소리로 대꾸했다. '그렇지. 러시아는 돌고래가 아니고 소련은 고래가 아니지. 하지만 러시아에는 돌고래나 고래보다 벨루가라는 철갑상어가 유명하다. 게다가 벨루가는 정말 멋진 보드카다'라는 것이었다.

이런 얘기가 오가는 동안에 친척은 침묵을 지켰다. 귀를 자른 스님은 현명한 걸까 어리석은 걸까? 그런 생각이 들었지만 더 묻지는 않았다.

*

다음 날 아침에는 다들 느지막이 일어나서 목적지로 향했다. 대개 좁고 꼬불꼬불한 도로인 데다 갈림길이 많았는데 내가 천부적인 길치여서 여러모로 곤란했다. 내비게이션도 업데이트를 한 적이 없어서 한번 길을 잘못 들면 엉뚱한 산중을 헤매고 있다는 표시가 떴다. 휴대전화의 지도 앱을 켰더니 이상하게도 우리가 달리고 있는 길과 매칭이 되지를 않았다. 좌회전을 해도 각도가 맞지 않았고 분명 직진을 했는데 앱 속의 화살표는 2시 방향으로 접어드는 식이었다.

예수와 친척은 우리가 어디로 가는지 관심도 없는 사람들처럼 태평한 표정이어서, 차마 다른 앱을 켜서 길을 찾아달라고도 말하지 못했다. 예수는 밤에 뭘 했는지 조수석에 앉은 채 졸다가 깨다가 했으며 친척은 뒷좌석에 앉아 말이 없었다. 이어폰을 귀에 꽂고 휴대전화를 들여다볼 뿐이었다.

말이 나왔으니 말이지만 친척은 60대 중반인데도 스마트폰을 귀신같이 다루는 것 같았다. 예전에 슬쩍 곁눈질한 적이 있는데, 가령 온라인으로 정보를 찾는다거나 동영상을 업로드한다거나 하는 것은 나보다 더 익숙해 보였다. '최근에는 유튜브를 주로 이용한다'는 말을 들은 적도 있었다. 나는 이 길이 아닌데…… 저 길도 아닌 것 같고…… 뭐 가다보면 나오겠지…… 하는 생각을 하다가 룸미러를 힐끗거리며 친척에게 물었다. '요즘도 유튜브를 주로 보세요?'

그러자 친척은 고개를 들어 누가 방금 뭐라고 했던 것 같은데 하는 표정을 지었다가 다시 전화기로 시선을 돌렸다. 귀에 이어폰이 꽂혀 있었다. 그때 조수석에서 졸다가 깬 예수가 갑자기 이렇게 말했다. '어르신은 유튜브를 보시는 게 아니라 유튜브 콘텐츠를 만드신다.'

이건 또 무슨 소린가 싶어서 내가 되물었다. '유튜브를 보는 게 아니라 콘텐츠를 만들다니 그게 무슨 말이냐.' 그러자 예수는 친척이 유튜브에 올린 콘텐츠의 제목들을 장황하고 의기양양하게 죽 나열했는데, 그 순간 또 길을 잘못 드는 바람에 나는 으악, 하고 짧은 비명을 질렀다.

당황해서 제대로 듣지는 못했지만, 퇴직 교사답게 친척은 사회적이고 역사적인 이슈들을 대중적으로 소개하는 콘텐츠를 만들어 유튜브에 올리는 모양이었다. 오래전부터 친척에게 신세를 진 것은 나인데 정작 친척에 대해서는 예수가 더 많은 것을 알고 있었다. 나는 마음이 좀 샐쭉해졌다.

'아니, 그럼 너는 어르신을 이미 알고 있었던 것인가' 하고 내가 목소리를 낮추어 묻자 예수는 무슨 엉뚱한 소리를 하느냐는 표정을 짓더니 이렇게 대꾸했다. '너는 어르신이 얼마나 스타신지 모른다는 거냐. 모르면 간첩이지.' 그러고 나서 운전하는 내 쪽을 물끄러미 쳐다보다가 덧붙이기를, '확실히 너는 간첩이 틀림없구나'라는 것이었다.

예수는 또 중얼중얼 말을 이었는데, 어수선하고 맥락 없는 내용을 간추리면 이런 것이었다. '유튜브 세계에서 어르신은 스타다. 스타는 곧 별이다. 한번 콘텐츠를 업로드하면 시청자 수가 엄청나다. 아마도 네가 평생 만난 사람의 수를 다 합해도 모자랄 것이다.'

예수는 덧붙이기를, '내가 이 여행에 동행을 하는 것도 어르신이 유튜브 스타이기 때문이다. 그런데 최근에 갑자기 유튜브를 그만두고 모든 콘텐츠를 폐기하겠다고 선언하셨다. 그래서 대체 이유가 뭔지 궁금해서 따라온 것이다.' 그런 얘기였다.

확실히 예수와 친척은 밀접한 관계였구나. 나는 어쩐지 뒤통수를 맞은 것 같은 느낌이었다. 예전에 나는 친척 이름이 특이하다는 둥 까칠하지만 좋은 분이라는 둥 하면서 친척 얘기를 했던 적이 있다. 그때 예수가 유달리 흥미를 보이며 이것저것 캐물었는데 그게 이유가 있었구나. 나는 깨달았다.

솔직히 말하자면 나는 SNS를 좋아하지도 않고 동영상 서비스 플랫폼에도 별반 관심이 없고 음악도 벅스로 듣기 때문에 유튜브에 대해서는 잘 알지 못한다. 왜 다들 그런 개인 방송 콘텐츠에 빠져 있는지도 이해하지 못했는데 예수가 대뜸, '네가 시대정신에 무심하니까 그렇다'고 타박을 해서 내가 화를 낸 적도 있었다. '그놈의 시대정신은 어디서 굴러먹던 개뼈다귀냐, 아무 데나 갖다 붙이면 되는 줄 아느냐'고 막말을 하기까지 했다.

예수 역시 '크리에이터'라는 것은 나도 알고 있었다. 나름 유튜브 콘텐츠로 수익을 얻고 있다는 것도 알고 있었다. 하지만 예수가 뭘 업로드하는지에는 관심이 없었다. 예전에 한번 들어가봤는데 나로서는 요령부득인 내용뿐이어서 실망한 기억이 있을 뿐이다.

처음에 보게 된 동영상은 21세기 이후의 미국 대통령 선거가 철저하게 조작된 것이라는 내용이었는데, 이유인즉슨 전세계 장악을 노리는 일루미나티들의 개입 때문이라는 것이다. 나는 일루미나티가 뭔지도 모르겠고 미국 대통령 선거에도 관심이 없어서 재미가 없었는데, 신기한 것은 사람들이 예수의 유튜브 방송을 열심히 퍼나른다는 점이었다.

클립을 훑어볼수록 납득이 가지 않는 주장이 많았다. 나사에 보관돼 있는 UFO 문서가 만천하에 공개되면 전세계에서 테러가 일어날 것이라는 둥, 남북한이 통일되면 유럽연합이 붕괴할 것이라는 둥 알쏭달쏭한 주장을 하다가 나중에는 지구가 둥글다는 것은 유대인의 음모이며 지구가 평평하다는 옛 사람들의 말이 진실이라는 얼토당토않은 내용까지 있었다.

처음에는 웃으면서 시청을 했다. 뭔가 유머와 위트가 있는 방송이라고 생각했기 때문이었는데 전혀 그렇지를 않았다. 얼핏 얼토당토않아 보이는 주장을 뒷받침하는 논거들을 한량없이 듣고 있으면, 그게 또 그럴듯해서 나조차도 고개를 끄덕이고 있으니 귀신이 곡할 노릇이었다.

둘이 있을 때도 마찬가지였는데, 예수가 무슨 정보들을 잔뜩 인용하면서 꿰어 맞추면 말이 안 되는 게 없었다. 프리메이슨과 카발리스트들이 다보스포럼을 장악하고 있다든지, 괴승 라스푸틴과 그 후예들이 아직도 크렘린을 지배하고 있다든지, 나로서는 관심도 없고 반박할 지식도 없는 내용이 대부분이었다. 그래서 멍청하게 듣고 있다가 종내는 고슴도치처럼 짜증을 내고는 했다. '백개의 정보 중에 서너가지만 골라서 의미부여를 하면 어떡하느냐. 그렇게 이야기를 엮으면 어떤 논리라도 만들 수 있다'고 타박을 한 적도 있다. 당연히 예수는 즉각 반발했다. '내 얘기가 다 체리피킹이란 말이냐'라고 항의하길래 '체리피킹이 뭐냐?' 하고 되물었는데, 화가 난 예수는 곧바로 '체리피킹이 아니면 내 얘기가 다 주작이라는 말이냐'라고 또 항의를 했다. 나는 '주작은 또 뭐냐?'라고 되물었고 예수는 '주작이 주작이지 뭐냐'고 외치고는 삐쳐서 입을 닫아버렸다. 나는 아직도 체리피킹이 뭐고 주작이 뭔지 모른다. 실은 알고 싶지도 않다.

*

좁은 도로를 한참 헤맨 끝에 도착한 곳은 목적지인 기념관이 아니라 월정사라는 곳이었다. 아아, 이건 또 어떻게 된 거지. 나는 긴 한숨을 토해냈다. 내비게이션들이 일치단결해서 나를 홀리려는 게 아니면 이럴 수가 없었다.

'아니 여기는 절이잖아. 기념관이 아니라고.' 예수가 정당한 문제 제기를 했는데, 이어폰을 뺀 친척이 곧바로 이렇게 말해주었다. '아주 잘되었다. 월정사에는 들러야 한다. 월정사에는 전나무숲이 있고 전나무숲에서는 산책을 해야 한다. 게다가 여기가 내 고향에 더 가깝다.'

친척의 말에 예수가 골이 난 표정을 지었고 나는 빠르게 혓바닥을 내밀었다가 수습했다.

목적지가 멀지 않은 곳이었으므로 우리는 일단 절을 구경하기로 했다. 입장료를 내고 월정사에 들어가서 전나무숲을 산책하기로 했다. 산책을 한 뒤에는 곧바로 기념관에 갈 예정이었는데 전나무숲이 좋아서 다들 산책을 더 오래 하게 되어버렸다.

나무향이 깊고 그윽해서인지 친척은 자꾸 코를 벌름거리면서 걸었다. 귀를 자른 스님처럼 느릿하게 걸었다. 그게 숲과 나무들을 경외하고 존중하는 사람처럼 보여서 나는 좋았다.

뒷짐을 지고 걷는 친척 옆에 붙어 서서 예수는 자꾸 질문을 했는데, 그중에는 무례한 질문도 있었다.

'그런데 어르신, 어르신은 어디가 아프신 거죠?'

예의에 어긋난다고 생각해서 하지 못한 질문을 예수는 잘도 해댔다. 친척은 '뭐라고? 잘 안 들린다'라고 소리치지 않고 선선히 대답해주었다. '나는 귀에 병이 들었다'라는 것이었다.

'중이염인가요? 외이도염인가요?' 예수가 또 천진한 표정으로 묻자 친척은 한참 대답을 하지 않았다. 울울하게 깊은 나무들과 나뭇가지들 사이로 빛나는 햇빛을 한참 올려다볼 뿐이었다. 햇빛 사이로 나뭇잎이 두어개쯤 떨어질 무렵, 친척은 생각난 듯 이렇게 대답했다.

'아니다. 귓속에서 나무가 자라는 병이다.'

'네? 귓속에서 나무가 자라는 병이요?' 하고 예수가 어리둥절한 표정을 짓자 친척은 또 한참을 가만히 있다가 이렇게 말했다.

'이 숲처럼, 이 숲에서 자라는 나무들처럼, 내 귓속에서 나무들이 자란다. 햇빛도 없이 잘 자란다……'라는 것이었다. 나무들 사이로 보이는 구름의 모양이 토끼에서 비행접시로 바뀌고 있었다.

'오, 귓속에서 나무가 자라다니, 시적인데.'

나는 혼잣말로 감탄을 했다. 그와 동시에, '귓속에서 나무가 자란다'는 시집을 언젠가 읽은 적이 있다는 생각이 떠올랐다. 하지만 친척은 확실히 작은 포유동물처럼 예민한 귀를 가진 게 틀림없었는데, 곧바로 이렇게 말했기 때문이다.

'시적인 게 아니다. 내 얘기는 비유가 아니라 그냥 사실이니까.'

친척이 그렇게 말하는 순간, '내 귓속의 장대나무 숲'이라는 시집 제목이 떠올라서 나는 손뼉을 탁, 쳤다. 그 시집을 쓴 시인이 누구더라. 최…… 최…… 뭐였는데…… 매력적인 시인이었는데…… '햇빛 속에 호랑이'가 대표작이고…… 하면서 기억을 더듬는데, 친척이 숲 한가운데서 하늘을 바라보며 중얼거렸다.

'귓속에서 자꾸 나무들이 자란다. 나무들이 슥슥거리는 소리가 들리고 나무들이 슬슬거리는 소리가 들리고 나무들이 울울거리는 소리가 들린다. 아무도 하지 않은 말이 바람 소리로 들리고 이상한 대화들이 메아리가 되어 돌아온다.'

친척의 말은 나도 예수도 이해할 수 없었다. 하지만 귓속에서 누가 중얼거리는 기분이라면 나도 좀 안다. 그럴 때는 숨을 가만히 참고 눈을 가만히 감고 한참 시간을 보내야 한다. 고요한 상태가 될 때까지. 정적을 유지한 채로.

전나무숲은 넓고 깊어서 나무들 외에는 모두 숨을 죽이고 있는 것 같았다.

'아니, 근데 지금 그게 다 무슨 말씀이세요. 아직 이렇게 정정하신데 귀에서 무슨 소리가 들린다고 그러세요. 선생님의 독고황제 시사 TV는 언제나 최고라구요! 황제님이 약한 소리를 하시면 안 되죠!'

예수가 갑자기 그렇게 소리쳐주어서…… 나는 고마웠다.

하지만 예수의 얘기를 들었는지 못 들었는지 친척은 묻지도 않은 이야기를 늘어놓기 시작했다. 자신은 이미 준비를 다 해놓았다, 혼자 살기 때문에 모든 것이 편하다, 요양원도 예약을 해두었다, 이번 여행이 끝나면 요양원으로 떠날 계획이다……라고 평온한 표정으로 설명하는 것이었다.

'아니, 요양원은 90살은 되어야 가는 곳이죠. 누가 60대에 가요' 하고 내가 항의조로 말하자 친척은, '귀에서 나무가 자라서 유튜브는 그만두었다'라고 또 엉뚱한 대답을 했다.

나는 어쩐지 골이 나서 혀를 삐죽 내밀었고 몹시 침울해졌다. 어린 시절부터 나를 물심양면으로 지원하고도 아무런 대가를 바라지 않은 분이었다. 집에서는 혼자 나물을 무쳐 먹고 수제비를 끓여 먹고 자린고비처럼 살면서 기회 있을 때마다 여기저기 기부를 한다는 얘기를 들은 적도 있었다.

숲에는 바람도 있고 고요도 있지만…… 인생은 없는 것 같았다. 나는 멍하니 전나무숲과 숲 곁의 물과 물 위의 하늘을 바라보고 있었다. 이윽고 예수가 입을 열었는데, 지금까지 나눈 대화는 다 농담이라는 듯 태평한 목소리가 흘러나왔다.

'뭐, 어쨌든 이제 목적지에 가야 할 때입니다.'

기념관에를 가자는 말이었다.

*

강원도의 늦겨울은 차갑고 아름다웠으며 강원도의 도로는 정갈하고 평온했으며 강원도의 저녁은 안온하고 차분했다. 하지만 나처럼 미숙한 운전자에게는 울울하고 창창하고 불친절하기도 했다. 분명히 목적지를 향해 차를 몰았는데도 근처를 빙빙 돌고 있을 뿐 기념관이라는 곳은 도무지 나타나지 않았다. 가라는 데로 가는데도 엉뚱한 곳을 헤매는 일이 반복되자 나는 거의 자포자기 상태가 되어버렸다.

내비게이션을 꺼버리고 굽이마다 걸려 있는 표지판만을 바라보면서 달렸다. 아까 지난 곳을 또 지나고 있다고 낙담할 즈음, 목적지가 거짓말처럼 스윽, 눈앞에 나타났다. 아니 여긴 분명히 아까 지난 곳인데. 목적지를 지나치면서도 알아채지 못한 건가. 나는 긴 한숨을 내쉬었다.

이승복기념관은 눈으로 덮인 산자락에 위치해 있었다. 도착했을 때는 어느덧 해가 지는 중이어서 뉘엿뉘엿, 하는 소리가 들릴 지경이었다. 그래도 아직 5시가 채 안 된 시간이었기 때문에 한시간 정도는 둘러볼 수 있겠다고 생각했다.

'그런데 이승복 소년을 기념하다니 이상한 것 아닌가' 하고 나는 중얼거리듯 혼잣말을 했다. 이승복은 '공산당이 싫어요' 하고 외치며 죽었다는 소년인데…… 동상이 세워지고 기념관이 만들어지고 반공 이념의 상징이 되었다고 했는데……

내 혼잣말을 들었는지 예수가 의심스러운 표정을 지으며 친척에게 물었다. '이승복 소년이 정말 친구인가요?' 친척은 귀에 이어폰을 끼고 있어서인지 또 엉뚱한 대답을 했다. '귀는 연약하고 습하고 울울한 곳이다. 이끼가 자라고 늪이 있고 나무들이 속삭인다.' 친척이 뭐라는 건지는 예수도 나도 이해할 수 없었다. 친구라는 건지 아니라는 건지 모를 일이었다.

어쨌든 우리는 텅 빈 주차장에 차를 대놓고 붉은 벽돌 건물을 향해 걸어갔다. 학교처럼 철문이 세워져 있었다. 철문 앞 주차장에 녹지 않은 눈이 쌓여 있었는데, 눈은 처음 보는 세상에 도착한 외계인들처럼 조용히 지구의 공기를 음미하고 있었다.

기념관 철문은 굳건하게 닫혀 있었다. 외계인들이 와도 열어주지 않을 것 같았다. 문을 밀고 들어가려 했으나 소용이 없었다. 주변에는 사람이 하나도 보이지 않았고 철문 옆 관리실 쪽에서도 인적이 느껴지지 않았다.

'비수기라서 휴관하는 모양이다. 돌아가자.'

친척이 담담하게 말했다.

나는 모든 게 내 잘못인 것 같아서 주위를 열심히 둘러보았다. 안내판을 보니 운영 시간이 적혀 있었는데 오후 6시까지였다. 아직 꽤 시간이 남아 있었다. 하지만 바로 옆에는 괄호 열고 '하절기'라고 적혀 있었다. 나는 내 이마를 탁, 소리 나게 쳤다. '동절기'는 5시까지라고 되어 있었다. 입장은 4시까지. '아, 동절기라는 단어를 못 봤네. 바보 같아.'

나는 '내일 다시 와야겠어요. 죄송해요' 하고 말했고 예수도 '그래요, 내일 다시 와요. 나도 기념관을 보고 싶어요' 하고 동조해주었다.

하지만 친척은 벌써 저기 먼 데 주차해놓은 차 쪽으로 돌아가서 물끄러미 우리를 바라보고 있었다. 나는 맥이 빠져서 터벅터벅 눈을 밟으며 걸어갔다. 모두가 차에 탔을 때 친척은 뒷자리에 앉아 조용히 입을 열었다.

'이제 서울로 돌아가자. 내 친구는 여기 없다.'

'아니, 그럼 이승복 소년이 친구가 아니라는 말씀인가요?' 하고 예수가 외치자 친척은, '어쨌든 여기는 기념하는 곳이라 친구가 없는 것 같구나. 친구는 옛집에 있다'고 중얼거리듯 말했다. '아니, 어제는 기념관이 집이라면서요' 하고 예수가 정당한 의문을 제기했지만 친척은 이미 이어폰을 귀에 꽂고 휴대전화를 들여다보고 있었다. '뭐라고?'라고도 외치지 않았다.

나는 어쩐지 침울해져서 아무 말도 덧붙일 수 없었다. 예수도 마찬가지였는지 더이상 군말을 하지 않았다. 나는 시동을 걸고 후진을 하기 위해 뒤를 돌아보았다.

그 순간, 기념관 철문 안쪽에서 묘한 실루엣이 눈에 띄었다. 작은 소년 하나가 서서 이쪽을 멍하니 바라보고 있었다. 소년은 키가 작았고 두 팔을 얌전하게 내려뜨리고 철문 사이로 가만히 우리 쪽을 바라보고 있었다. 거리가 좀 되었는데도, 나는 소년이 슬픈 눈빛을 하고 있다는 것을 직감으로 알 수 있었다.

'아, 이 동네 사는 아이인가 봐요.'

나는 차를 후진시키면서 말했다. 친척과 예수는 아이를 보지 못했는지 별다른 대꾸를 하지 않았다. 나는 드라이빙 모드로 기어를 바꾼 뒤 액셀을 지그시 밟았다.

차가 기념관 주차장을 천천히 빠져나올 때 다시 룸미러를 보니, 소년의 실루엣은 철문 안에서 점점 희미해져가고 있었다. 해가 지고 사위가 뉘엿뉘엿 소리를 내며 저물어가는 시간이었다.

*

서울로 돌아오는 차 안에서는 다들 침묵을 지켰다. 할 말이 없어서라거나 침울해서는 아니었다. 예수도 친척도 피곤했는지 잠이 들어버렸기 때문이다. 예수는 리듬을 타면서 작게 코를 골았고, 나는 그 리듬이 어쩐지 나쁘지 않아서 코 고는 것도 음악이 되는구나, 하는 생각을 하고 있었다. 뒷자리에 앉은 친척은 평안한 표정으로 잠들어 있었는데, 좁은 일차선 도로를 빠져나와 국도로 접어들었을 때였나, 룸미러에 비친 뒷자리의 어둠 속에서 뭔가 이상한 것이 보였다.

친척의 왼쪽 귀에서 삐죽 튀어나와서 가만히 흔들리는 것이 있었다. 무슨 벌레라고 하면 벌레랄 수도 있었고 나뭇잎이라고 하면 나뭇잎이랄 수도 있었는데, 확실히 그것은 친척의 귀에서 살금살금 돋아나서 조용하고 리드미컬하고 수줍은 자세로 흔들리고 있었다.

'아, 나무가 자란다더니, 저건가' 하고 나는 혼자 중얼거렸다. 룸미러로 뒤를 힐끗힐끗 보며 차를 몰았다.

차는 이윽고 고속도로로 접어들었다. 나는 전방을 주시한 채 액셀을 힘껏 밟았다.

*

끝으로 덧붙여둘 것이 있다. 잠수부는 왜 파도가 높은 날에 물속에 들어갔다가 나오지 않았을까. 그것에 대한 이야기다.

잠수부는 바다에 들어가자마자 귀에 이상을 느꼈다. 물속의 소음이 그를 둘러쌌다. 가청 주파수 너머의 소음이었다. 귀의 깊은 곳에서 통증이 시작되었다. 한번도 들어보지 못한 목소리가 그의 이름을 불렀다. 감미로운 목소리라고…… 잠수부는 생각했다.

그런 날은 곧바로 물에서 나와야 하는데 그날은 그럴 수가 없었다. 왜냐하면 그냥 재미로, 레저로 연습으로 입수한 것이 아니었기 때문이다. 귀가 예민한 사람이니 위험을 감지했겠지만 그는 위험을 알고도 더 깊은 곳으로 들어갔다. 그렇게 나는 믿고 있다. 그렇게 믿지 않을 수가 없다. 파도가 높은 날의 그 물속에는 그에게 소중한 무언가가 있었다고. 귀가 예민하게 반응을 해도 모든 것을 감수하게 만드는 소중한 무엇이 그 물속에 있었다고. 그래서 그 어둡고 캄캄한 물속으로 더 깊이, 더 깊이 들어갔다고. 그렇게 믿지 않으면 나는 나의 잠수부를 이해할 수 없고 나의 사랑도 수긍할 수 없다.

확실히 나는 잠수부의 귀를 사랑했던 것 같다. 그렇다고 생각해. 귀가 아름다운 사람이었으니까. 물리적으로 형태적으로 미학적으로 귀가 유려한 곡선을 그리고 있었기 때문에, 나는 그가 고개를 돌릴 때마다 나도 모르게 그의 귓속에 손가락을 넣어보고 싶었다. 에로틱한 욕망이라고 해도 좋지만, 나로서는 정말 사람의 귀가 이렇게 아름다워도 되는 것일까 하는 생각을 했다는 것만은 말해두고 싶다.

트로츠키와 야생란

1

안녕. 창문을 열면 눈보라 치는 거리가 보여. 가늘고, 차고, 냉혹한 눈이다. 눈보라. 눈보라. 나는 중얼거린다. 이 도시는 일년 중 일곱달은 눈과 얼음에 갇혀 있는 것 같다. 행인들의 발밑은 미끄럽고 걷는 것은 위태로워. 사람들은 끊임없이 움츠러든다. 누구든 자신의 내부로 유폐될 수밖에 없는 풍경. 영하 27도의 압도적인 추위. 동쪽으로 이동하면 키로프 광장이 나오고 남쪽으로는 레닌 거리가 이어질 것이다.

내가 이 도시에 도착한 것은 일주일 전이다. 새벽 역사에 내렸을 때 친구여, 나의 황량한 마음을 이해할 수 있을는지. 극동 블라디보스토크에서 수도 모스크바까지 달려갈 열차는 이곳 중간 기착지의 어둠 속에 나를 내려놓았다. 시베리아의 한복판. 영하 27도의 밤. 이 밤의 구성물은 흩날리는 눈과 비잔틴풍의 성당들. 그리고 너의 없음.

블라디보스토크의 후미진 숙소에 묵을 때도, 하바롭스크의 뒷골목을 헤맬 때도, 치타의 벌판을 망연히 바라볼 때도, 나는 혼자였다. 나는 침묵을 동무로 삼았으며, 끊임없이 이동했으며, 사람들 사이로 스며들었다. 그리고 나는 이곳에 도착하고 말았다, 친구여. 오래전 우리가 함께 머물던 이 도시에. 이 도시의 황량하고 텅 빈 거리에, 변두리의 낡은 숙소에.

기억하는지. 너와 내가 사소한 농담에 웃음을 터뜨리며 엘리베이터를 타고 올라와 403호실에 캐리어를 부려놓았던 그때를. 캐리어가 열리며 안에 든 옷가지와 잡동사니들이 튀어나오자 다시 웃음을 터뜨렸던 그 낡은 호텔을. 창밖의 광장을 바라보며 영하의 추위는 없다. 위태롭고 캄캄한 19세기식 자의식도 없다. 그렇게 중얼거리던 시간을. 그리고 천천히 단순해짐. 무심해짐. 암전.

그때 우리는 센티멘털한 여행자들이었다. 여비를 아끼고 아껴 드디어 이 도시에 도착했을 때 우리는 그런 것을 하려고 했다. 사생활과 오후와 음악만으로 살아가기. 관념과 세계사와 사후세계를 버리기. 성별과 이름과 가족계획을 망각하기. 우리가 사랑하며 함께 머물렀던 도시를 홀로 찾아와 헤매는 미래를 상상하지 않기.

친구여, 나는 그 미래에 도착하고 말았다. 우리가 상상하지 않으려 했던 바로 그 미래에. 이 도시를 다시 찾아와 홀로 헤매는 미래의 어느 날에.

뒷골목의 낡은 숙소에 도착했을 때 나는 혼자였고 웃지 않았다. 엘리베이터를 타고 우리가 묵었던 방으로 올라왔으며 그렇게 올라오는 동안에 아무런 농담도 하지 않았으며 객실에 캐리어를 부려놓은 뒤에 웃음을 터뜨리지도 않았다. 침대에 멍하니 누워 천장을 바라보았을 뿐. 천장을 바라보다가 창밖을 바라보다가 다시 천장을 바라보았을 뿐. 시간이 흘러 추위도 허기도 이국의 공기도 느껴지지 않을 무렵 옷을 챙겨 입고 숙소를 나왔을 뿐.

무거운 패딩에 고개를 묻고 나는 걸었다. 버스가 엉금엉금 기어다니는 도로를 피해 좁은 골목으로 접어들었다가 다시 큰 길로 나갔다. 얼음과 눈으로 뒤덮인 키로프 광장을 지나 레닌 거리를 따라 걸었다. 공기는 차가웠고 행인들은 아무도 나에게 관심을 두지 않았다. 그것이 좋았다. 그것이 좋았지.

시베리아의 공기는 시베리아의 시간을 저장했다가 이방인들에게 한꺼번에 풀어놓는다. 마치 불수의적 기억이라도 떠올리라는 듯이. 그래서였을 것이다. 셰도바 거리에 접어들었을 때 갑자기 오래전 너와 함께했던 시간이 떠오른 것은. 친구여, 기억하는지. 그때 그 시절 우리가 함께 들렀던 콘서트홀과 사설 동물원의 풍경을. 공기를. 냄새를.

콘서트홀에서는 정장을 차려입은 늙은 관객들이 구체제의 향수에 젖어 기악곡을 듣고 있었다. 오래된 코뮌의 정서를 담은, 희망을 담은, 의지를 담은, 이제는 사사로운 추억이나 취향이 되어버린 음악을. 어째서 모든 회상은 우리를 애수에 젖게 하고 그것으로 흐릿한 만족감을 얻게 하는 것일까.

친구여, 너는 아니라고 말했다. 그렇지 않다고 너는 말했다. 이 도시를 감싸고 있는 노스탤지어는 사사로운 추억이 아니라고. 안온한 후일담이나 애수 어린 감상도 아니라고. 그것은 오래전의 그것과는 다른 형태로 변형되어 허공에 섞여 들고 다른 형태의 미래를 암시하며 도시를 떠돌 뿐이라고. 그것은 침울하고 뾰족하며 위태롭지만 또 그리운 것이기도 하다고. 너는 너답지 않게 단호하게 말했다. 나는 너의 얼굴을 물끄러미 바라보았다. 바람에 흩어지는 길고 부드러운 머릿결이 너의 어조와 대비되었다.

친구여, 네 말이 맞을 것이다. 너는 이 나라의 언어와 이데올로기를 공부한 사람이니까. 이 나라에 오래 체류한 적이 있는 사람이니까. 하지만 왜였을까. 너는 자신의 말이 마음에 들지 않을 때 짓는 표정을 하고 있었지. 말하자면 오른쪽 눈가가 미세하게 흔들리는 표정을. 지금 눈앞에 있는 듯 나는 너의 얼굴을 떠올려.

그때 너는 옛이야기를 하나 들려주었다. 늙은 혁명가 레온 트로츠키에 대한 이야기를. 스탈린과 대립하던 트로츠키가 망명객의 신분으로 세계를 떠돌다가 멕시코에서 피살된 이야기를. 1940년이었고, 암살이었으며, 소비에트를 장악한 정적 스탈린의 지령에 의해서라고 했다. 너는 중얼거리듯 말을 이었다. 창밖에는 시베리아의 겨울과 흩날리는 눈발. 그리고 어디 멀리서 들리는 나뭇가지 꺾이는 소리.

멕시코시티 외곽의 은거지였다. 젊은 암살자는 자신의 신분을 숨기고 혁명가에게 접근했다. 그는 혁명가에게 존경을 표하며 자신의 원고를 읽어봐달라고 간곡하게 청했다. 노혁명가는 원고를 들고 온 청년의 요청을 수락하고 그를 자신의 서재로 들였다. 노혁명가는 암살자가 가져온 원고를 읽기 위해 구부정하게 몸을 숙였다. 그리고 프랑스의 정치 상황에 대한 그 원고를 주의 깊게 읽어 나갔다. 혁명가의 등 뒤에는 정체를 숨긴 암살자가 서 있었다.

모든 혁명가는 동물처럼 기민하지만 한편으로는 동물처럼 순진하다. 기민하면서 동시에 순진하지 않으면 혁명의 일을 할 수 없다. 기민한 직관과 순진한 의지가 그의 것이다. 불안과 회의와 의심 같은 것을 그는 모른다. 노혁명가가 가장 단순한 영혼이 되어 문장에 몰입하고 있을 때, 등 뒤의 암살자는 등산용 손도끼를 품에서 꺼내 들었다. 원고에 대해 호의적인 평을 하기 위해 혁명가가 뒤를 돌아보는 순간, 암살자는 손도끼를 꺼내 높이 치켜들었다. 그리고 암전. 암전. 격렬한 암전.

전직 소비에트 군사혁명위원회 의장이었던 트로츠키는 스탈린과의 권력투쟁에서 패한 뒤 1930년대 내내 일군의 동행자들과 함께 망명지를 떠돌았다. 스탈린에 적대적인 외국 정부의 조력에 의지해 트로츠키는 망명생활을 이어갔다. 마지막 체류지였던 멕시코에서도 마찬가지였다. 그것은 거의 공개적인 은둔이었으므로 그가 결국 암살당한 것은 의외의 사건이라고 하기 어렵다. 멕시코에서 트로츠키는 저 유명한 화가 프리다 칼로와 사랑을 나누었는데, 프리다 칼로의 집에 머물도록 주선한 것은 프리다의 바람둥이 남편 디에고 리베라였다. 프리다에게 트로츠키는 마지막 이성애 상대였으며, 트로츠키에게 프리다는 인생의 마지막 연인이었다. 그리고 죽음이 왔다. 죽음은 생각보다 빨리 도착했고, 트로츠키는 그것을 받아들였다.

나는 몇가지 방법으로 트로츠키의 운명을 피할 것이다. 나는 동행을 데리고 다니지 않을 것이며 신분을 노출하지 않을 것이며 완전하게 잠적할 것이다. 아무에게도 연락을 취하지 않을 것이며 끊임없이 이동할 것이며 익명으로만 존재할 것이다. 같은 숙소에 사흘 이상 머물지 않을 것이고 사람들 사이로 스며들어 군중의 일부로만 존재할 것이다. 밤이 되면 낡고 좁은 게스트하우스를 찾아 하루나 이틀씩 묵으며 살아갈 것이다. 그리고 조용히 죽어가겠지. 그것이 유일하게 남은 결론이라는 듯이.

친구여, 나도 알고 있다. 나는 혁명가가 아니고 정치가도 아니다. 망명객도 아니고 유명인사도 아니다. 나는 사사로운 원한으로 죄를 저지르고 도피 중인 자. 사적인 보복을 하고 외국으로 도망쳐 떠도는 자. 앙상하고 피폐한 원한감정만이 나의 것. 그것이 트로츠키의 서사시적 비극과 나의 감상적 희비극의 차이.

기억한다. 그런 식으로 말하지 말라고 너는 충고했었지. 자기비하를 자존의 방식으로 삼지 말라고. 19세기식 자조는 이미 낡을 대로 낡았다고. 지금은 21세기라고. 도스토옙스키식의 장광설은 시베리아의 얼어붙은 호수에 묻고 돌아가라고. 19세기 문학의 작가정신이란 귀족이 되지 못한 백인 남성 작가들의 과대포장된 피해의식에 불과하다고. 거기에는 인간 심연의 탐구를 빙자한 설교와, 하급 귀족 특유의 사회적 불만과, 계급투쟁의 역사에 대한 몰이해가 배어 있을 뿐이라고. 이제 그것은 유효기간이 끝난 구시대의 유물이 되었다고.

나는 너의 말이 과장되었다고 생각했고 동의하지 않았다. 하지만 나는 단지 고개를 갸우뚱하게 기울였을 뿐. 가만히 너의 말을 들었을 뿐. 너의 등 뒤로 세도바 거리의 가로등들이 이어져 있었던가. 내가 가로등들을 따라 시선을 옮겼던가. 가로등 끝에 빛의 소실점이 보였던가.

2

친구여, 기억하는지. 세도바 거리에서 동남쪽으로 이동하면 콘서트홀이 나온다. 콘서트홀에서 도보로 5분 거리에는 사설 동물원이 있고 동물원 근처에는 이름 모를 공터가 있다. 짓다 만 건물이 방치돼 있는 곳. 웃자란 풀들이 여기저기 흩어져 있는 곳.

그곳으로 아침마다 승합차들이 모여든다. 여행자들을 태워 또다른 여행지로 실어 나르기 위해서. 세계에서 가장 거대하다는 호수로 떠나기 위해서. 19세기에도 21세기에도 아름다운 그 호수에 닿기 위해서.

나는 도망자이자 여행자로서 그 공터에 갔다. 승합차들 주변에는 담배를 피우는 운전자들이 모여 있고 커다란 배낭을 멘 서양인들이 차에 앉아 출발을 기다리고 있다. 이곳에서 매일 반복되는 풍경. 나 역시 여행자의 모습으로 승합차에 올랐다. 여행자의 자격으로 다른 여행자들 사이로 스며들었다. 어느 모로 보나 여행자로 보일 차림과 표정과 자세를 연기했다. 그것이 좋았다. 그것이 좋았지.

낡은 승합차 뒷좌석에 엉덩이를 붙이고 앉아 네시간 반 동안 거친 도로를 달렸다. 창밖은 시베리아의 겨울. 흰빛의 자작나무들이 끝없이 이어지는 눈과 얼음의 풍경. 그것은 누군가에게는 버킷리스트 속의 로맨틱한 이미지일 것이고, 누군가에게는 생활과 노동의 배경일 것이고, 누군가에게는 빈곤하고 피폐하여 거의 내 마음에 가까운 폐허의 풍경. 내 마음의 궁핍과 혼곤에 가까운 풍경.

이렇게 적고 보니 친구여, 당장이라도 너의 목소리가 들려올 듯하다. 너는 이렇게 말하겠지. 타이르듯 부드럽고 친근하게. 하지만 간곡하게 설득하는 목소리로. 이봐요, 이봐. 들어봐요. 원한만큼 괴로운 감정은 없잖아. 그런 감정은 당신을 갉아먹을 거예요. 원한은 당신을 상하게 하고 당신을 빈곤하게 하고 당신을 피폐하게 만들 거야. 그러니 그만둬. 그만둬줘……

친구여, 나도 알고 있다. 그저 모든 걸 우연으로 치부하면 된다는 것을. 그러면 원한감정 따위에 시달리지 않아도 된다는 것을. 너는 단지 사고를 당한 것이라고. 자신의 실수로 사고를 당해 중상을 입은 것이라고. 그저 우연한 사고였으므로 거기에는 아무런 배후도 맥락도 이유도 없다고. 친구여, 알고 있다. 알고는 있다. 그렇게 생각하면 원한감정에 시달리지 않아도 된다는 것을.

정말이지 너는 식물을 채취하고 채집하고 사진을 찍기 위해 산에 올랐을 뿐인지도 모른다. 고산지대에서나 볼 수 있는 애기사철란을 발견했을 때 너는 단지 순수하게 기뻤던 것인지도 모른다. 하필 그곳이 벼랑 옆이었고 신발 아래 둥근 돌이 있었던 것도 우연이었는지 모른다. 그래서 한 발을 내딛는 순간 몸의 균형을 잃었을 뿐인지도. 발밑의 둥근 돌 때문에 균형을 잃고 미끄러졌을 뿐인지도. 두 다리가 너의 의지와 달리 허공에 떴을 뿐인지도. 그리하여 허공에 뜬 몸이 중력의 작용에 따라 지상으로 추락했을 뿐인지도…… 지상은 벼랑 아래 15미터.

3

정치란 결국 적을 만드는 일이라고 너는 말했다. 적을 만들지 않는 정치는 수사에 불과하다고. 모두를 만족시키는 정치란 싸움을 포기한 자의 변명일 뿐이라고. 적이 없는 정치는 정치가 아니라 행정이라고. 씁쓸한 미소를 지으며 너는 덧붙였다. 이런 주장을 한 것이 하필이면 독일의 파시스트 철학자였는데 어쩌면 그런 것이 역사의 유머인지도 모르겠다고.

그러므로 예견된 일이었을 것이다. 네가 늘 적에 둘러싸여 살아야 했던 것은. 시간이 흐르고 결국 너의 적들이 공개적으로 너를 공격하기 시작한 것은. 당연한 결과였을지도 몰랐다. 너는 언제나 누군가를 비판해왔으니까. 권력을 가진 자들을 공격해왔으니까. 그들의 해명을 요구하고 그들의 반성을 요구하고 시스템의 시정을 요구해왔으니까. 권력자들은 변명을 하고 사과를 하고 참회를 하지만, 변명을 하고 사과를 하고 참회를 한 뒤에는 은밀하면서도 공공연하게 너의 적이 되었으니까. 네가 적에 둘러싸여 살아야 했던 것은 애초부터 예견된 일이었으니까.

하지만 예견되지 않은 일이었지. 그 적이 내부에도 있었다는 것은. 네가 속했던 환경단체 내부에도 너의 적이 있었다는 것은. 처음에는 어디에나 있는 조직 내의 분란으로 보였다. 열명 이상이 모이면 반드시 다른 생각들이 나타나고 다른 비전들이 충돌하고 다른 기질들이 경합한다. 과격한 급진파와 절충적인 중도파와 타협적인 보수파로 갈라진다. 지역의 소규모 환경단체라고 해도 상황은 다르지 않았다. 처음에 그것은 흔한 노선투쟁으로 보였다. 하지만 정작 싸움 안에 있는 사람들에게 그것은 흔하디흔한 것이 아니다. 그것은 유일한 것이며 치명적인 것이며 일생일대의 것이다. 무언가를 걸지 않으면 그곳에서 스스로를 지탱할 수 없다.

네가 비판한 권력자들 가운데는 진보정당의 유력 정치인도 있었다. 그는 지역의 국회의원으로 집권여당의 핵심인물이었으며 정의로운 인물로 정평이 나 있었으므로 대중적 인지도가 높았다. 네가 그 유력 정치인의 감춰진 비리를, 문제를, 권위적 면모를 인지하고 내부 조사를 시작하자마자…… 적들은 나타났다. 너의 진심을, 너의 노력을, 너의 정의를 폄훼하는 이들은 여기저기서 나타났다. 불행하게도 그들 가운데는 너의 동료도 있었다.

발밑의 둥근 돌은…… 모든 것을 쉽게 무너뜨린다. 너의 동료는 너의 사소한 공금 사용처를 문제 삼고 의심스러운 사생활을 들춰냈으며 너의 길티플레저를 누설했다. 법인카드 지출 내역의 문제점을 지적했으며, 오래전 한때 나와 동거했던 경력을 비아냥거렸으며, 환경운동가가 외제차를 소유하고 있다며 비난했다. 너의 동료는 그것을 내부 온라인망에 올렸다가 네가 해명을 하기도 전에 곧바로 지역신문사의 기자들에게 누설했다.

순식간에 너는 횡령을 한 자, 여성으로서 사생활이 의심스러운

자, 대의를 위해 목소리를 높이지만 실은 외제차를 모는 자가 되었다. 그렇게 되는 데 걸린 시간은…… 겨우 이틀이었다. 한 지역 언론이 이를 기사화한 뒤 잠깐 포털 메인에 노출되었을 뿐인데 너는 모든 면에서 사악하고 이중적인 인간으로 규정되었다. 비난 글이 폭주하기 시작했다. 너희도 기득권 세력과 똑같구나, 환경단체가 환경을 망친다, 시민단체 지원금을 끊어야 한다, 운운.

한번 형성된 여론은 스스로 증식한다. 너는 그것을 경험으로 알고 있었다. 여론은 진영을 넘어 확산되었다. 반대 진영의 지지자들은 네가 소비에트 이데올로기를 공부했다는 것까지 문제 삼았다. 너 같은 빨갱이는 소련으로 돌아가라고, 네 조국 소련으로 가서 돌아오지 말라고, 너 같은 인간은 차라리 시베리아로……라고 그들은 외쳤다.

그런 것은 아무래도 좋다고 너는 말했다. 그런 것은 가볍게 넘길 수 있다고 너는 침울한 표정으로 중얼거렸다. 사실 중고 미니쿠퍼는 그리 비싸지 않다고, 시베리아는 멋진 곳이며 거기에는 아름다운 호수가 있다고, 가능하면 그곳에 유배라도 가고 싶다고 농담을 하기까지 했다.

하지만 가는 비에 옷은 젖고 몸은 마르지 않는다. 폭우가 쏟아지고 우산은 바람에 날아간다. 결국 너는 너 자신을 견딜 수 없었다. 무엇보다도 안이한 회계 처리가 문제였다는 것을, 용도에 맞지 않는 사용처가 있었다는 것을, 관례라고 생각한 소액의 선물 수수가 불법 향응이었다는 것을, 너를 비난하는 목소리가…… 팩트에 근거하고 있다는 것을…… 너는 견딜 수 없었다.

일주일째 되는 날 너는 모든 것을 순순히 수긍하고 사과하고 잘못을 인정하고 모든 직위에서 물러난 뒤…… 그곳을 떠났다. 그 바닥을 떠났다. 완전하게 떠났다. 모든 활동에서 손을 떼고 발을 뺐으며 옛 동료들을 포함하여 아무도 만나지 않았다. 너는 너 자신을 유폐시켰다. 창문을 열면 영하 27도의 압도적인 추위뿐이라는 듯이. 자신의 내부에 갇히는 것 외에는 이제 다른 방법이 없다는 듯이.

친구여, 솔직히 말할까? 나는 그것이 좋았다. 그것이 좋았지. 나는 너와 함께 다시 먼 나라를 여행할 수 있으리라 생각했다. 우리가 연인이자 동거인이었던 그 시절처럼 먼 나라의 도시와 바다와 호수를 여행할 수 있으리라 생각했다. 사생활과 오후와 음악만으로 살아가기. 관념과 세계사와 사후세계를 버리기. 성별과 이름과 가족계획을 망각하기. 우리가 함께 머물렀던 도시를 홀로 찾아와 헤매는 미래의 어느 날을 상상하지 않기.

그런 것을 너와 함께.

4

하지만 친구여, 나는 혼자 그 미래에 도착하고 말았다. 우리가 상상하지 않기로 했던 바로 그 미래에. 우리가 함께 머물렀던 곳을 홀로 찾아와 헤매는 미래의 어느 날에……

승합차는 세계에서 가장 넓고 깊다는 호수에 나를 부려놓았다. 호수가 아니라 바다에 가깝다고 했다. 일본 열도를 조금 줄여놓으면 크기나 모양이 비슷할 거라고도 했다. 거의 국가에 가까운 그 호수에…… 하지만 물은 없었다. 물은 흐르지 않았다. 물은 찰랑이지 않았다. 왜냐하면 모든 것이 얼어붙어 있었기 때문에. 얼음의 수평선이 눈앞에 펼쳐져 있었기 때문에.

여러분, 저것은 얼어붙어 있다. 그렇기 때문에 여러분은 걸어서, 도보로, 주위를 둘러보며, 호수를 건널 수도 있다. 세시간이나 네시간을 걸어가면 호수 안에 있는 섬에 닿을 수 있다.

그렇게 말한 것은 빙상차를 운영하는 사내 트로츠키였다. 그는 승합차에서 내린 우리를 한명 한명 바라보다가 양손을 허리춤에 얹고 빙글거리며 덧붙였다. 하지만 시도하지 않는 게 좋아. 무엇보다 얼음의 강도가 불균질하다. 언제 어디서 어떻게 얼음이 깨질지 아무도 알 수 없다. 그래서 종종 사고가 일어나지. 외국 어느 나라 대통령의 아들도 이 호수에서 얼음이 깨지는 바람에 익사했다더군. 아무리 얼음이 두껍게 얼어도 어느 지점에서는 얇고 약한 얼음층이 생기기 마련이니까. 말하자면……

트로츠키는 말을 잠깐 멈추고 여행자들을 둘러보다가 말을 이었다.

인생과 비슷하달까.

트로츠키는 몸이 왜소하고 등이 굽은 중년이었다. 자기 아내가 게스트하우스를 운영하고 있으니 예약한 곳이 없는 사람은 자신을 따라와도 좋다고 말했다. 그렇게 말하면서 하필이면 가까이 서 있던 내 뺨을 슬쩍 쓰다듬었는데 그의 손에서 아르마딜로처럼 단단한 각질이 느껴졌다. 나는 웃음을 지어 보이며 고개를 끄덕였다.

트로츠키는 호수 안의 섬에서 태어나 자라온 토박이라고 했다.

두어번 모스크바를 다녀온 것을 빼면 호수와 섬을 떠나본 적이 없다고도 했다. 이곳이 그의 세계라는 것이다. 자신은 빙상차를 운행하고 아내는 게스트하우스를 운영하며 살아간다고 트로츠키는 덧붙였다.

그는 이 모든 것을 영어로 말했는데, 몇개 안 되는 단어들만으로도 하려는 말을 정확하게 전달했다. 문법도 무시하고 관사나 관계대명사도 없이 명사 동사 몇개를 나열하는데도 누구나 그의 말을 물 흐르듯 이해했다. 그는 관광객들을 대상으로 그런 방식으로 말하는 데 익숙한 것 같았다.

트로츠키가 운영하는 빙상차는 고무보트처럼 생긴 것으로 후면의 팬을 돌려 풍력과 부력으로 얼음 위를 달린다. 그것을 타고 20여분을 달려야 호수 안의 섬에 닿을 수 있다. 관광객들은 트로츠키의 빙상차를 타고 거대한 호수 안의 커다란 섬에 들어가서 며칠을 보낸다. 관광객답게 투어를 하고 얼어붙은 호수를 구경하고 시베리아의 허름한 식당에서 식사를 하고 목조 게스트하우스의 삐걱거리는 침대 위에서 잠든다. 며칠 후 그들은 다시 빙상차를 타고 호수 밖으로 나온다. 그래야 다시 도시로 돌아갈 수 있으니까. 도시로 돌아가야 공항으로 이동할 수 있으니까. 공항으로 이동해야 자신의 나라로, 자신의 집으로, 일상으로 돌아갈 수 있으니까. 결국 그렇게 돌아가는 것이 여행이기 때문에.

빙상차를 타고 호수 안의 섬에 도착하기까지 나는 입을 열지 않았다. 낯선 서양인들이 양쪽에서 몸을 옥죄었다. 모두들 카메라 셔터를 누르기에 바빴다. 눈앞에 얼음의 지평선이 펼쳐져 있었고 얼음의 지평선은 태초부터 거기 있었던 것처럼 완강해 보였다.

섬에 도착하자 승객들은 빙상차 밖으로 몰려 나갔다. 그들은 트로츠키에게 쌩큐를 연발한 뒤 대기하고 있던 승합차를 타고 떠났다. 섬 안의 게스트하우스에서 보낸 승합차들일 것이다. 나는 예약한 곳이 없었으므로 트로츠키를 따라 그의 게스트하우스로 갔다. 오래전에 동행과 함께 묵었던 적이 있다는 말은 하지 않았다. 트로츠키와 내가 구면이라는 것도 말하지 않았다. 시간이 많이 흘렀고 그는 나를 기억하지 못할 테니까.

트로츠키는 낡은 오토바이 뒷자리에 나를 태우고 산길을 달렸다. 몸이 허공에 붕 떴다가 떨어지기를 반복했다. 호수는 호수가 아니라 바다에 가까웠고 섬은 섬이 아니라 육지에 가까웠다. 오토바이는 섬 안의 언덕과 구불구불한 산길을 거칠게 달렸다.

그의 아내가 운영한다는 게스트하우스도 사실 게스트하우스가 아니었다. 단층 가옥에 방이 서너개밖에 없는 곳으로 일반 가정집의 구조를 바꾸어 손님을 받는 듯했다. 나는 트로츠키가 안내한 방에 륙색을 내려놓았다. 방은 넓고 높고 흰색으로 가득했다. 두꺼운 이중창 덕분에 겨우 실내온도가 유지되는 듯했다. 라디에이터가 돌아가고 있었지만 냉기가 발을 타고 올라왔다.

삐걱거리는 침대에 누워 천장을 바라보았다. 천장을 바라보다가 창밖의 하늘을 바라보다가 천장을 바라보다가 다시 창밖의 하늘을 바라보았다. 나는 몸을 천천히 일으켰다. 언젠가 너를 따라 이곳에 왔었다는 것을 믿을 수 없었다. 내가 혼자 이런 미래에 도착했다는 것을 믿을 수 없었다.

이중창문 바깥으로 낯선 것이 보였다. 예전에는 보지 못했던 것이 창문 너머 뒤뜰에 있었다. 유리로 만든 작은 집 같기도 했지만 집이라기에는 좁고 낮고 작은 구조물이었다.

아, 온실이다.

나는 나도 모르게 중얼거렸다. 그랬다. 그것은 유리 온실이었다. 내부에 화단이 있고 붉은 꽃들이 도열해 있었다. 화사하고 정갈해 보였다. 한겨울인데…… 시베리아인데…… 영하 수십도인데…… 유리 안의 식물들은 다른 공간에 존재하는 듯이 느껴졌다.

저건 무슨 꽃들일까…… 한겨울인데 왜 꽃을 피우나…… 온실은 온실이니까 따뜻한가…… 나는 맥락 없이 중얼거렸다. 나른한 기분이었다. 화사한 식물들이 거기 있다는 것만으로도 어쩐지 위로를 받는 느낌이었다. 조금씩 졸음이 몰려왔다.

5

저녁에는 트로츠키와 그의 아내와 함께 저녁식사를 했다. 트로츠키와 그의 아내는 나이를 가늠할 수 없었다. 예순이라고 생각하면 예순 같았고 마흔이라고 생각하면 마흔 같았다. 트로츠키는 왜소했고 그의 아내는 몸이 컸다. 트로츠키는 말이 많았고 트로츠키의 아내는 말이 없었다. 나중에 들어보니 트로츠키의 아내는 정말 말을 하지 않는다고 했다. 말을 하는 일에 환멸을 느껴서 하지 않을 뿐 못하는 것은 아니라고 트로츠키는 덧붙였다.

트로츠키의 아내는 젊은 시절에 이 지역 콤소몰 간부로 활동했는데, 나름 고위급이었기 때문에 말을 하거나 토론을 하거나 연설을 하는 게 일이었다고 했다. 아, 물론 그건 젊은 시절 얘기지. 미래를 향한 열정으로 가득하던 시절이었고 무엇보다도 우리가 연애를 하던 때였으니까. 트로츠키는 그렇게 말하며 웃었다. 웃는다기보다는 찡그리는 것 같은데도 어딘지 아이 같은 천진함이 느껴졌다.

트로츠키의 아내 이름은 류다였다. 류드밀라의 애칭으로, 사랑스러운 사람이라는 뜻이라고 했다. 소비에트가 사라지고 콤소몰이 해체된 뒤 류다는 삶에 적응하지 못했다. 실은 적응하려 하지 않았다. 류다가 연금 액수 외에 어떤 것에도 관심을 두지 않게 되는 데 걸린 시간은 불과 이삼년이었다. 시간이란 참으로 빠르고 깊게 흘러가니까. 말을 잘 하지 않는 대신 힘이 세서 자신을 때릴 때는 무자비하다고 말하면서 트로츠키는 다시 웃음을 흘렸다. 콤소몰 시절에도 사실 류다는 자주 논란에 휘말렸어. 힘이 너무 셌던 게 문제라니까. 권력도 셌고. 하하.

나는 순무가 떠 있는 보르시 국물을 입에 떠 넣고 마른 흑빵을 씹었다. 보르시는 낯선 향을 품고 있었다. 시베리아의 보르시란 이런 맛이군. 나는 한국어로 중얼거렸다. 내 말을 이해하기라도 한 듯 트로츠키가 영어 단어들을 잇대어서 대꾸했다.

시베리아의 겨울밤은 길고 깊다. 거의 끝나지 않는다. 그건 알고 있겠지? 나는 고개를 끄덕였다. 나도 몇개 안 되는 영어 단어를 이어서 대답했다. 알고 있다. 여름의 밤은 희고 짧고 약하다. 겨울의 밤은 길고 검고 강하다. 나의 대답에 트로츠키는 웃었다. 류다는 나를 무표정하게 바라보았다. 창밖에는 시베리아의 겨울과 흩날리는 눈발과 어디 멀리서 들리는 나뭇가지 꺾이는 소리.

트로츠키가 창밖을 바라보며 회상하듯 말했다. 나는 도시를 좋아하지 않았지. 류다도 도시를 좋아하지 않았다. 모스크바도 상트페테르부르크도 좋아하지 않았어. 그곳에는 거대한 빌딩들과 바로크풍의 멋진 건축물들이 있지만 우리는 이 섬에서 ○○○을 키우며 사는 것이 좋다.

나는 ○○○이 뭐냐고 되물었다. ○○○은 영어가 아닌 것 같았다. 발음을 따라 하기도 어려웠다. 트로츠키가 손을 들어 창밖을 가리켰다. 그의 손가락이 유리 온실 안의 붉은 식물들을 향하고 있었다. 붉은 식물들과 트로츠키를 번갈아 바라보다가 나는 고개를 끄덕였다. 그렇군. 저것이 ○○○이군. 제대로 발음한 것인지는 알 수 없었다. 아마 서양란의 한 종류인 모양이지. 나는 엉성하게 말끝을 흐렸다. 트로츠키가 시선을 창밖에 둔 채 덧붙였다. 나는 저 식물들을 사랑한다. 류다도 저 식물들을 사랑한다. 저들은 무엇에도 속하지 않고 무엇에도 의지하지 않고 자기 자신이 되도록 해주기 때문에.

트로츠키의 마지막 문장은 다소 잠언적이어서 내가 정확하게 이해한 것인지는 확신할 수 없었다. 무엇에도 속하지 않고 무엇에도 의지하지 않고 자기 자신이 되도록 해준다는 것은 무슨 뜻일까?

트로츠키가 말을 마치자 류다는 고개를 저었다. 아니라는 뜻인지, 못 말리겠다는 뜻인지, 어이가 없다는 뜻인지 알 수 없었다. 하지만 류다의 표정은 의미 같은 것은 아무래도 상관없다는 듯 무심해 보였다. 트로츠키는 온실의 식물들을 오래 바라보고 있었다.

6

친구여, 너는 점점 식물에 가까워졌지. 가까워졌다.

동네 꽃집에서 사온 조그만 다육식물들이 창가에 늘어서기 시작했다. 장미와 수국, 치자, 유칼립투스 그리고 물과 바람과 볕을 좋아하는 화분들이 집 안에 하나둘 늘어갔다. 너는 꽃시장에 나가 베고니아와 칼라데아를 종류별로 들였다. 물꽂이로 개체를 늘렸다. 마음을 건드리는 식물이라면 거리에서도 온라인에서도 눈에 뜨이는 대로 사들이기 시작했다. 돌과 화분과 배양토를, 식물등과 플러그트레이와 원예도구를 주문하고 식물학과 원예학 책들을 구매했으며 보타닉 카페에 접속해 밤을 새웠다.

탐닉이라고 해도 좋았지. 탐닉이라고 해도 좋았다. 식물들의 평화를, 고요함을, 아름다움을, 그리고 마침내 식물의 삶을 너는 살아가려는 것 같았다. 식물들은 베란다에서 거실을 거쳐 안방까지 스며들었다. 식물들이 너의 공간을 차지하고 장악하기 시작했다. 겨우 몸을 움직일 만큼 좁은 통로를 빼고는 집 안이 온통 꽃과 허브와 작은 나무들로 채워졌다. 식물들은 점점 자라났다. 자라났어. 너는 너의 집에서조차 옴짝달싹할 수 없었다.

이것은 사람의 집이 아니라 식물의 집이 아닌가. 소규모 밀림이라고 해도 좋지 않은가. 나는 중얼거렸다. 너는 정말 잃어버린 모양이었다. 관념과 세계사와 사후세계를. 성별과 이름과 가족계획을. 우리가 함께 먼 나라의 도시를 헤매며 웃던 그리운 시간을.

마침내 화장실에까지 식물들이 들어차기 시작했을 때 나는 너에게 간청했던가. 애원했던가. 이러지 말라고. 제발 이러지 말라고. 너는 지금 식물을 키우는 것이 아니라 식물에 갇힌 거라고. 식물들에 빠져 질식사라도 하려는 것이냐고. 이래서는 나조차도 너의 집에 발을 들일 수가 없다고……

나는 설득했다. 항의했다. 화를 냈다. 화가 났으니까. 화를 내지 않고는 어쩔 수가 없었으니까. 하지만 너는 나를 물끄러미 바라볼 뿐 아무런 반응도 보이지 않았다. 내가 현관문을 거칠게 닫고 나갈 때까지.

7

친구여, 너도 알고 있지 않느냐. 어떤 아름다움은 우리를 외부와 단절시킨다는 것을. 어떤 아름다움은 우리를 은둔과 유폐와 고독으로 이끈다는 것을. 그리하여 소거와 소멸에 닿게 한다는 것을.

그래서는 아니었나. 너의 추락은 정말 사고였나. 그것은 정말 발을 헛디딘 것이었나. 그날 너는 어째서 주위에 한마디 말도 없이 등산을 갔나. 어째서 휴대전화조차 지니지 않은 채 그 높은 산을 올랐나. 어째서 고산지대의 벼랑에서 그 작은 식물에 매혹되었나. 그런데 그것은…… 정말 매혹이었나.

친구여, 나는 국가에 무관심한 인간이다. 국가나 정부라고 하면 세금과 연금과 부동산 정책에만 관심이 있는 종류의 인간이다. 나는 대리 직함을 달고 판촉에 열을 올리고 성과 지표 하나하나에 일희일비하는 소시민이다. 나는 그런 나의 삶에 불만이 없다. 야근을 밥 먹듯 하면서도 곧 있을 인사이동에서 승진을 기대하는 내 마음에 불만을 품은 적이 없다. 나는 내가 한때 소설가가 되려 했다는 것을 믿을 수 없고, 문학이니 예술이니 하는 말을 들으면 먼 데 떠 있는 구름을 바라보는 기분이 되고, 역사니 진보니 정의니 하는 거창한 단어는 의심부터 하는 인간이 되었다. 말하자면 정상적인 인간이. 일반적인 사람이. 건전한 시민이 된 것이다. 그렇다고 생각해.

그런 내가 복수니 응징이니 보복이니 하는 것들을 생각하게 되리라고는 상상하지 못했다. 그런 감정에 시달리리라고는 상상하지 못했다. 네가 누워 있는 병상 주위를 맴돌다가, 너의 늙은 부모가 너를 간병하는 모양을 훔쳐보다가, 병원 산책로를 하릴없이 떠돌다가…… 나는 사표를 썼다. 회사를 그만두었다. 매일 술을 마시며 벽을 바라보다가…… 천장을 바라보다가…… 나는 결국 굴복하고 말았다. 내 마음속 깊은 곳에서 올라오는 분노에. 원한감정에. 말하자면 복수심에.

친구여, 너는 이미 알고 있을 것이다. 내가 어째서 그자를 찾아갔는지를. 내부 자료를 유출하고 너를 모함하고 사회적 모욕을 유도하여 결국 너를 산에 오르게 한 그자를. 너를 벼랑 위에 세우고, 너의 두 발을 허공에 뜨게 만들고, 너의 몸이 지상으로 추락하게 만든 그자를. 너를 조직에서 내몬 뒤 너의 자리를 차지한 바로 그자를.

친구여, 너는 이해해다오. 내가 그 환경단체의 회원인 척 후원자인 척 가장한 것을. 그리하여 후원자들이 모인 어느 밤의 주점에서 술을 마시고 만취했을 때까지도 나는 그에게 정말 위해를 가할 생각은 아니었다. 나는 진심으로 묻고 싶었을 뿐이다. 따지고 싶었을 뿐이다. 대체 무슨 연유로 너를 이 지경으로 만들었느냐고. 그 자리를 차지하니 기분이 좋으냐고. 이제 곧 정부 요직에 진출하는 것 아니냐고.

자정이 넘은 시간이었을 것이다. 나는 취해 있었고 그자도 취해 있었다. 나는 취한 채 조금씩 더 고통스러워지고 있었고 그자는 취한 채 조금씩 더 희희낙락하고 있었다. 그자가 사람들에 둘러싸여 허우대 좋은 중년남자 특유의 흔쾌한 표정을 짓는 것을 나는 견딜 수 없었다. 누군가의 웃음과 즐거움이 바늘이 되어 심장을 찌르고 면도칼이 되어 마음을 벤다는 것을 나는 실감했다. 너의 고통과는 아무런 관계가 없다는 듯 일상을, 정치를, 대의를 소유한 그자를 견딜 수 없었다.

나는 술을 즐기지 못하는 사람이다. 하지만 그날은 미친 사람처럼 마셨다. 마셨을 것이다. 마실 수밖에 없었을 것이다. 나는 소주 두병을 다 비웠다. 다른 이들에게는 평범한 양이겠지만 나에게는 거의 치사량. 그래서였을까. 기억이 잘 나지 않는다. 그자와 내가 어떻게 자리에서 일어나 계단참으로 나갔는지. 그자가 담뱃갑을 들고 좁은 계단을 내려갈 때 내가 왜 그자를 따라갔는지.

그자가 이렇게 말하지만 않았어도 나는 조용히 건물 밖으로 나갔을지도 모른다. 흡연구역에서 혼자 담배를 피웠을지도 모른다. 말없이 술자리로 돌아왔을지도 모른다. 비틀비틀 집으로 돌아갔을지도 모른다. 그랬을 것이다. 그렇다고 생각해. 하지만 앞서 계단을 내려가던 그자는 이렇게 말했지. 뚫린 입을 벌려 이렇게 말했지. 어두컴컴한 계단을 내려가다 멈추어 서서 힐끗 뒤를 돌아보면서, 나를 바라보면서, 이렇게 말했지.

이봐, 이봐요. 술자리에서 자꾸 이상한 소리 하지 마요. 왜 자꾸 자기 얘기만 해. 야생란이 뭔지 우리가 알 게 뭐야. 회계 장부 쓰는 법을 왜 우리한테 물어봐. 결재와 결제는 무슨 차이가 있느냐. 혁명에는 회계가 있느냐 없느냐. 그게 말이야 똥이야. 사람이 맥락에 맞는 얘기를 해야지. 거기서 야생란이 왜 나와. 그건 알아요? 야생란이 영어로 와일드 오키드야, 와일드 오키드. 영화 제목이야. 미키 루크가 나와. 그 영화 봤어요? 못 봤지? 그러니까 이상한 얘기 하지 말고 조용히 집에 가서 잠이나 자라구. 당신, 삐꾸야?

나는 삐꾸가 무엇인지 몰랐다. 실은 지금도 모른다. 내가 맥락에 맞지 않는 무슨 얘기를 했는지도 기억하지 못한다. 나는 단지 말을 많이 해서 사람들의 호감을 얻으려 했을 뿐이고 사람들을 웃기려고 노력했을 뿐이다. 나는 단지 회계를 잘해야 한다고 생각했을 뿐이고 식물의 세계에 대해 말하고 싶었을 뿐이고 식물이 되어가는 사람에 대해 말하고 싶었을 뿐이다. 나는 단지……

친구여, 나는 나 자신을 믿을 수가 없다. 내가 정말 그 어두침침한 계단참에서 그를 밀었을까. 내가 그런 짓을 했을까. 정말 나 때문에 그자가 몸의 균형을 잃고 허공에 두 발이 뜬 것일까. 정말 나 때문에 그자의 두 다리가 허공에 뜨고 그자의 몸이 중력에 따라 계단 아래로 추락한 것일까. 정말 나 때문에 그자가 시멘트벽에 머리를 부딪친 것일까. 쿵. 쿵. 쿵. 팍. 두개골이 박살나는 소리가 들린 것일까.

그랬다면 다행이라고 생각해. 그것이 나 때문이라면. 하지만 지금 내가 확신할 수 있는 것은 한가지뿐. 내가 그것을 원했다는 것. 그것을 원했기 때문에 그 자리에 있었다는 것. 하지만 내가 정말 내가 원한 것을 실행에 옮겼으리라고는 믿을 수 없다.

친구여, 알고 있다. 나는 원한감정에 사로잡힌 인간이다. 나는 죄인이고 범죄자이다. 나는 19세기 소설의 주인공처럼 벌을 받고 시베리아로 유형을 가야 하는 인간이다. 그때 나는 정말 시베리아의 벌판을 헤매는 주인공처럼 비틀거리며 술자리로 돌아갔다. 허름한 막사로 돌아온 수형자처럼 털썩, 소리를 내며 의자에 앉아 다시 술을 마셨다.

잠시 후 바깥에서 소동이 일어났을 때도 나는 가만히 앉아 있었다. 사람들이 몰려 나가고 앰뷸런스가 도착했을 때도 그대로 앉아 있었다. 아무도 없는 홀에 우두커니 앉아 있다가 결국 천천히 자리에서 일어났다. 계단을 지나 앰뷸런스를 지나 인파를 지나 현장을 빠져나왔다.

다음 날 아침 내 방에서 깨어났을 때 친구여, 나는 내가 무슨 생각을 해야 하는지 알지 못했다. 어떤 기분이어야 하는지 알지 못했다. 처음 느껴보는 불안이 심장을 조여오고 있었다. 나는 창밖을 바라보다가 천장을 바라보다가 다시 창밖을 바라보다가…… 건너편 빌라를 배경으로 서 있는 커다란 나무에 시선을 두었다. 봄이면 초록의 잎들을 피우고 가을이면 갈색의 잎들을 떨구는 나무에 시선을 두었다. 묵묵히 제자리에서 나를 되비추는 외롭고 높고 쓸쓸한 나무를.

나는 짐을 챙겨 집을 나섰다. 취기는 찬물로 씻은 듯 사라져 있었다. 찬바람이 불었다. 나는 명료해졌다. 민첩해졌다. 확실해졌다. 그후로는 모든 것이 신속하게 이루어졌다. 나는 한국을 빠져나왔다. 나는 내가 용의자 명단에 올랐는지 어떤지 알지 못한다. 이국을 떠돌면서 그자에 대한 정보를 검색했지만 이상한 일이지, 그자에 대한 어떤 뉴스도 온라인에 올라오지 않았다. 죽었다든지 죽지 않았다든지 부상을 당했다든지 그게 아니라든지 하는 뉴스도 올라오지 않았다. 나름 유명인사인데, 심지어 차관 후보로 유력하다는 소문까지 있던데, 이럴 수는 없지 않은가.

친구여, 언젠가 너는 나에게 말한 적이 있다. 삶은 가까이서 보면 비극이고 멀리서 보면 희극이라고. 비극처럼 느껴지는 것도 조금만 거리를 두고 보면 희극이라고. 그렇게 말한 것이 하필이면 위대한 코미디언이라는 것을 우리는 기억해야 한다고.

8

트로츠키는 유리 온실에 들어가 식물들에게 영양제를 놓고 물을 주고 가지와 잎을 손질하고 있었다. 나는 물끄러미 그 모습을 바라보았다. 시베리아의 야생란. 시베리아의 야생란. 언젠가 시베리아에 가서 시베리아의 야생란을 직접 보고 만지고 싶다던 너를 떠올렸다. 집 안의 식물들 사이에 우두커니 선 채로 너는 그런 말을 했었지.

나는 류다와 트로츠키에게 이유를 알 수 없는 애정을 느꼈다. 저기 존재하는 저것이 그냥 저기에 있다는 이유만으로 우리의 마음을 움직이는 것들이 있다. 그런 사람들이 있다. 하루가 지나고 이틀이 지나고 사흘이 지났을 때도 나는 숙소를 옮기지 않았다. 나흘이 지나고 닷새가 지나도 숙소를 옮기지 않을 것이었다. 왜? 어째서?

야생란 때문이라고 해도 좋고 류다와 트로츠키 때문이라고 해도 좋았다. 나는 온실 앞을 서성이며 중얼거렸다. 그래, 그 영화는 나도 본 적이 있다. 와일드 오키드. 지금은 내용도 잘 기억나지 않지만…… 몇몇 장면은 어슴푸레하게 떠오르는데…… 미키 루크가 나왔는데…… 어쨌든 야생란은 와일드 오키드이고, 와일드 오키드는 저 꽃의 이름이고, 저것은 아름답고……

그렇지 않다.

등 뒤에 다가와서 그렇게 말한 것은 트로츠키였다.

그렇지 않다니?

저것은 와일드 오키드가 아니다.

와일드 오키드가 아니라고?

그렇다.

트로츠키는 그렇게 말하며 희미하게 미소를 지었다.

저 식물들은, 말하자면, 약이다. 식물이지만 약이다. 식물이면서 약이다. 이해했는가? 약용식물을 아는가? 가지와 꽃잎을 잘 긁어내면 액체가 나온다. 즙이 나온다. 그것을 잘 처리해서 섭취하면 기분이 좋아진다.

기분이 좋아진다?

그렇다. 기분이 좋아진다. 맛을 볼 텐가?

트로츠키가 웃으며 말했다. 나는 웃지 않았다. 나는 붉고 둥글고

화사한 식물들 쪽으로 시선을 돌렸다. 그것들을 물끄러미 바라보았다. 야생란은 사라지고 낯설고 기이한 식물들이 거기 있었다.

트로츠키가 나에게 까딱까딱, 손짓을 했다. 따라오라는 것이었다.

9

긴 잠이었다. 어지러운 잠이었다. 나는 잠에서 빠져나오기 위해 허우적거렸다. 잠 속을 숲속을 밀림을 식물들 사이를…… 나는 정신없이 헤매고 있었다. 거대한 식물들이 웅성거리고 있었다. 울울한 식물들이 울고 웃고 있었다. 캄캄한 식물들이 외국어로 떠들고 있었다. 무서운 향기가 식물들에게서 피어오르는 것 같았다.

나는 산 위로 도망쳤다. 정신없이 도망쳤다. 산 정상에 도착했는데 벼랑 끝에 작고 위태로워 보이는 식물이 눈에 띄었다. 희고 작은 꽃들을 간신히 매달고 있는 식물이었다. 그것은 이 세상의 것처럼 느껴지지 않았다. 꿈속에서 애기사철란이라는 단어가 맥락 없이 떠올랐다.

어떤 아침은 보통의 아침과 전혀 다르게 느껴진다. 어떤 아침은 이제 다른 삶이 시작될 것 같은 느낌을 우리에게 준다. 수면제를 과다복용하고 이틀 밤낮을 자고 깨어난 아침 같은 것. 또는 트로츠키가 건넨 알 수 없는 음료를 마시고 주위 세계가 부드럽게 녹아가는 것을 가만히 느끼며 잠들었다가 깨어난 아침 같은 것.

그런 아침이었다.

나는 눈을 의심했다. 온라인 포털에 지방 신문사 발 기사 한 꼭

지가 떠 있었다. 지역의 유력 환경단체 대표인 모씨가 활동에 복귀했다는 내용이었다. 계단에서 발을 헛디뎌 제법 심각한 부상을 당했지만 재활치료 끝에 이제는 완쾌되었다는 인터뷰 발언도 포함되어 있었다. 그는 책임 있는 직을 맡은 사람으로서 걱정을 끼쳐드려 죄송하다는 소감을 피력하고 있었다.

나는 중얼거렸다. 어째서 인생은 멀리서 보면 희극인데…… 가까이서 보아도 희극인가. 희극에서 희극으로 이어지는 인생이란 어떤 것인가. 나는 어젯밤 내내 내가 멍하니 웃음을 흘렸다는 것을 떠올렸다. 나 자신이 흘러내리는 웃음 같았다는 것을 떠올렸다. 트로츠키와 류다가 고개를 절레절레 흔드는 모습을 떠올렸다. 그 모습이 흐릿하게 잦아드는 모습을 떠올렸다.

나는 섬을 나가 도시로 돌아가야 한다. 도시로 돌아가서 공항으로 이동해야 한다. 공항으로 이동해서 한국으로 돌아가야 한다. 그리고 너에게 돌아가야 한다. 이제 곧 의식을 되찾을 너의 가까운 곳으로…… 조금씩 외부의 신호에 반응하고 있다는 너의 가장 가까운 곳으로…… 나는 낯선 확신이 내 안에서 피어오르는 것을 물끄러미 느끼고 있었다.

10

빙상차가 고장 났다면 다른 빙상차를 투입해야 하지 않는가.

나는 다급하게 물었다. 트로츠키는 무성의한 목소리로 대꾸했다.

다른 빙상차도 수리 중이다. 오늘은 이것으로 끝이다.

나는 반사적으로 물었다.

그럼 내일은?

내일? 내일도 빙상차는 없다.

내일까지 수리가 안 된다는 말인가?

그렇다. 이틀이 걸릴지도 모르고 사흘이 걸릴지도 모르고 일주일이 걸릴지도 모른다. 새 빙상차나 다른 빙상차가 올 때까지 기다려야 한다.

나는 트로츠키의 말을 이해하기 위해 눈을 게슴츠레하게 떴다. 빙상차의 엔진이 고장 나서 운행이 불가능하다는 얘기였다. 트로츠키는 더이상 군말을 붙이지 말라는 듯 양손으로 엑스 자를 그리며 선언했다.

오늘 빙상차는 없다. 없다. 없다.

나는 호수 쪽을 바라보았다. 얼어붙은 호수 끝에 얼음의 지평선이 보였다. 아니, 얼음의 지평선은 지평선이 아니라 수평선인가. 이 삶은 멀리서 보면 희극이고 가까이서 보아도 희극인데…… 희극에 희극이 이어져서…… 수평선을 이루는 것인가. 나는 다시 트로츠키에게 말했다.

나는 당장 이 섬을 나가 도시로 돌아가야 한다. 도시로 돌아가야 공항에 갈 수 있고 공항에 가야 비행기를 탈 수 있다. 비행기를 타야 내가 살던 곳으로…… 내가 사랑하는 사람에게로…… 돌아갈 수 있다. 나는 이미 내일 자 비행기 티켓을 예약했다.

트로츠키가 내 말을 끊었다.

그건 내가 상관할 일이 아니다. 비행기 티켓을 연장하라. 오늘은 이것으로 끝이다. 비행기가 뜨는 것도 어둠이 오는 것도 빙상차를 운행하는 것도, 내 마음대로 할 수 있는 일이 아니다. 마음대로 할 수 없는 것이 인생이다. 조급한 사람만이 모든 것을 제 마음대로 하려고 한다. 인생은 그런 것을 좋아하지 않는다.

트로츠키는 나를 바라보며 달관이라도 한 듯 말했다. 나는 얼굴을 일그러뜨리고 트로츠키를 노려보았다. 노려보았지만 내 눈빛은 애원하는 사람의 눈빛이었으리라. 트로츠키는 한숨을 내쉬며 입을 열었다.

너에게 남은 선택지는 둘이다. 하나는 호수 건너는 걸 포기하고 숙소로 돌아가서 느긋하게 기다리는 것. 다른 하나는…… 지금 곧바로 출발해서 호수를 걸어서 건너는 것.

호수를 걸어서? 걸어서 호수를 건넌다고?

트로츠키는 고개를 끄덕였다. 나는 다시 물었다.

얼어붙은 호수를 걸어서? 바다처럼 넓은 얼음 위를 걸어서? 호수의 저편으로? 어느 나라 대통령의 아들이 저곳에서 익사했다고 당신은 말하지 않았나?

트로츠키는 고개를 끄덕이다가 어깨를 으쓱해 보이며 대꾸했다.

그렇다. 그것은 사실이다.

나는 초조하게 되물었다.

나를 자동차로 건너게 해줄 수는 없는가? 오토바이로는?

그것은 안 된다. 얼음은 불균질하다. 1미터 두께로 얼어 있다고 해도 무게를 견디지 못하는 곳은 반드시 있다. 자동차나 오토바이는 목숨을 걸 때만 가능하다. 나는 목숨을 걸지 않는다.

트로츠키는 단호한 표정으로 말했다. 나는 울상이 되어 물었다.

걸어서 건너는 데 얼마나 걸리는가?

글쎄. 서너시간 정도 걸릴 것이다. 방향을 잃지 않는다는 전제하에서. 정확하게 앞으로 나아가면 언젠가는 저편에 닿겠지. 문제는 두가지인데, 하나는 언제 어디서 얼음이 꺼질지 모른다는 것. 다른 하나는, 어둠이 오면 걷기가 힘들어진다는 것. 그러니 당장 출발하지 않으면 안 된다.

트로츠키는 그렇게 말하고 빙긋, 웃으며 덧붙였다. 얼굴 근육이 제각각 움직이는 것 같았다.

이 호수의 얼음은 네 마음에 연결돼 있다. 네가 어떤 마음을 먹느냐에 달려 있다는 뜻이다. 단순하다. 살고자 하면 살고 죽고자 하면 죽는다. 역설은 없다. 그것이 삶의 원리다……

트로츠키의 말을 듣자마자 나는 집어치우라고 외칠 뻔했다. 유치한 인생론은 집어치우라고, 그따위 잠언은 일기장에나 쓰라고 소리를 지를 뻔했다.

하지만 나는 멍하니 그의 얼굴을 바라보았을 뿐이다. 눈빛은 애원하는 사람의 눈빛이었으리라. 트로츠키가 다시 한숨을 내쉬더니, 천천히 한 손을 들어 얼어붙은 호수 한가운데를 가리켰다.

저기, 이미 길을 떠난 사람들이 있다.

나는 트로츠키의 손가락이 가리키는 방향을 바라보았다. 세 사람이 보였다. 여자 하나, 남자 하나 그리고 아이 하나. 러시아인 가족인 것 같았다. 그들은 얼음의 수평선을 향해 걸어가고 있었다. 먼데서 차갑게 빛나는 얼음의 수평선을 향해 나아가고 있었다.

저들을 따라가라. 그러면 저편에, 육지에, 대안에 닿을 수 있다.

트로츠키가 말했다.

얼음 위를 걸어가는 사람들을 나는 멍하니 바라보았다. 아직 햇빛이 있었으므로 얼음의 수평선이 희미하게 보였다. 멈추지 않고 걸어 저편에 도착하면 도시로 가는 승합차를 탈 수 있을 것이다. 승합차를 타면 도시로 돌아갈 수 있을 것이다. 그러면 공항으로 갈 수 있을 것이고 내일은 내가 살던 곳으로 네가 있는 곳으로 갈 수 있을 것이다. 네가 외부의 자극에 반응을 시작한 곳에 닿을 수 있을 것이다. 다른 시간이 흐르는 곳에 도착할 수 있을 것이다……

11

나는 수평선을 향해 앞으로 나아갔다. 러시아인들은 저 멀리 앞서 걷고 있었다. 그들은 뒤를 돌아보지 않았다. 아마 누군가 따라오고 있으리라고는 생각하지 못하는 것 같았다. 나는 그들을 따라 허겁지겁 발을 옮겼다. 얼음 위를 걸었다. 얼음은 매끄러웠고 발밑은 미끄러웠고 속도는 나지 않았다. 아무리 빠르게 걸어도 앞선 사람들과의 거리가 좁혀지지 않았다. 나는 그들을 향해 외쳤다. 한국어로 소리쳤다. 이봐요! 이봐요! 같이 갑시다!

하지만 내 입에서는 아무런 목소리도 나오지 않았다. 나오지 않은 것 같았다. 목소리를 냈는데 목소리가 허공에서 얼어버렸을지도 모른다. 그런 느낌이었다. 영하 30도의 추위와 함께 나는 수평선을 향해 나아갔다. 앞으로 나아갔다.

얼마간의 시간이 지나자 얼어붙은 몸이 기계처럼 움직이고 있었다. 관절마다 나사가 박혀 있는 느낌이었다. 나는 뒤를 돌아보았다. 트로츠키와 대화를 나누던 섬이 까마득하게 보였다. 생각보다 빠르게 주위가 어두워가고 있었다. 먼 곳의 산들이 검고 거대한 짐승처럼 바닥에 몸을 누이고 있었다. 희끄무레한 능선이 하늘과 맞닿아 있었다. 어둠이 짙어지면서 능선조차 서서히 희미해져갔다. 앞쪽에서 걷던 사람들이 점점 작아지고 있었다.

나는 휴대전화를 켜 구글 앱을 실행시켰다. 위치가 표시되지 않았다. 대사관에 전화를 걸어보았다. 연결이 되지 않았다. 나침반 앱을 실행시켰지만 방향이 표시되지 않았다. 네트워크가 사용 가능하지 않다는 메시지가 떠 있었다. 얼음 바다 위에 기지국이 있을 리가……

어둠은 빠른 속도로 대기에 스며들었다. 나는 휴대전화로 라이트를 켜 앞을 비추었다. 쇠잔한 불빛이 비추는 것은 겨우 전방 2~3미터였고 그나마 얼음의 표면이 희미하게 보일 뿐이었다. 앞서 걷던 이들은 이제 완전히 사라져 보이지 않았다. 날은 어두워지고 있었다. 점점 캄캄해지고 있었다. 사방은 얼음 바다였으나 나는 얼음이 아니라 어둠에 갇힌 느낌이었다. 수평선도 지평선도 형체를 잃어가고 있었다. 개의 시간도 늑대의 시간도 아니었다. 얼음과 어둠의 시간뿐이었다.

얼마 안 가 휴대전화의 불빛이 꺼졌다. 기온이 낮으면 리튬전지가 방전이 된다는 얘기를 들은 것도 같았다. 휴대전화는 볼품없는 쇳덩이가 되어 있었다. 단지 앞으로 나아가는 것 외에는 할 수 있는 것이 없었다. 나는 빙판 위를 걸었다. 어둠이 물질처럼 느껴졌다. 밤이 캄캄한 물질처럼 느껴졌다. 그것이 몸을 옥죄어왔다. 눈과 얼음의 희미한 빛조차 느껴지지 않았다.

진짜 어둠은 불빛이 없는 상태가 아니라 불빛의 가능성을 느낄 수 없는 상태였다. 나는 내 발 밑이 얼음으로 이루어져 있다는 것을 마음으로 믿어야 했다. 믿지 않으면 곧바로 얼음이 꺼져버릴 것 같았다. 냉정한 물의 심연으로 내 몸이 떨어질 것 같았다.

나는 농담을 할 사람이 곁에 없다는 것에 생각이 미쳤다. 누군가에게 농담을 할 수 있다면 좋을 텐데. 그러면 이 어둠과 추위를 견딜 수 있을 텐데. 이봐, 엘리베이터를 타고 올라가면서 했던 농담을 기억해? 우리가 함께 까르르 웃음을 터뜨렸던 가볍고 즐거운 수수께끼를? 그건 이런 것이었지.

아무도 모르게 태어나서 아무도 모르게 죽는 것은 무엇?

그건 우스운 수수께끼였던가. 우스운 수수께끼니까 웃음을 터뜨렸겠지. 웃음을 터뜨렸으니까 그건 농담이었겠지. 뭐가 우스운지 모르지만 그래도 계속 웃게 되는 어린 시절처럼 우리는 웃었다. 그런데…… 그 수수께끼의 답은 무엇이었던가? 아무도 모르게 태어나서 아무도 모르게 죽어가는 것은……

트로츠키는 등 뒤의 암살자가 손도끼를 들어 올리는 순간 세계의 미래에 대해 생각하고 있었다. 인류의 체제에 대해 생각하고 있었다. 트로츠키의 등 뒤에는 암살자가 서 있었다. 노혁명가는 몸을 구부정하게 숙이고 글을 읽고 있었다. 나는 트로츠키의 등을 물끄러미 바라보았다. 내 손에는 손도끼가 빛나고 있었다. 나는 손을 높이 치켜들었다. 하지만 내리칠 수 없었다. 점점 몽롱해지는 기분이었다. 추위가 느껴지지 않았다. 어디에든 야생란들이 피어 있을 것 같았다. 저기 저 앞쪽 어디서 야생란의 향기가 흘러오는 느낌이었다. 나는 그 향기를 따라 앞으로 나아갔다. 기계적으로 나는 걸었다. 낯설고 익숙한 향기가 서서히 몸에 스며들었다. 나는 눈을 가늘게 떴다. 전방을 노려보았다.

식물들이 얼음을 뚫고 피어오르고 있었다. 씨앗이 줄기가 되고 줄기가 가지로 번어가고 있었다. 가지 끝에 붉은 꽃이 피어나고 열매가 맺히고 마침내 터지고 있었다. 얼음 위의 식물들이 점점 울울해지고 울울해져서 하늘을 덮기 시작했다. 곧 거대한 숲을 이룰 것 같았다. 나는 그 깊은 곳을 향해 나아갔다. 무언가 깊고 치명적인 농담을 하고 싶었지만 아무것도 생각이 나지 않았다.

어젯밤에는 천둥 번개가 쳤어. 비가 내렸지. 추워. 춥다. 겨울이고 비가 내렸으니까 당연하겠지. 겨울이고 또 겨울입니다. 그런데 몸이 뜨거워. 잠을 자고 싶은데 수면제도 듣지를 않네. 밖에 나가면 햇볕이 따뜻할까. 따사로울까.

아, 이미 저녁이구나. 창밖이 어두워지고 있어요. 더 어두워지면 눈이 올 거야. 나는 그런 걸 알 수가 있다. 어제는 비가 왔는데 오늘은 눈이 내리다니. 그럴 수 있나. 그럴 수 있지. 눈송이들은 불규칙하고 소담스럽다. 예쁘겠지. 예쁠 거야. 그런 것이 나의 관심사. 눈이 내리면 어둠도 환해져. 어둠이 눈빛으로 환해지는 거야. 그런데 정말 그런가. 그런 것이 나의 관심사.

은행 앱을 보니 잔액이 25만원이라고 나온다. 250만원인 줄 알았는데 25만원이구나. 하지만 그건 문제가 아니야. 준비할 수 있는 건

미리 준비를 해뒀으니까. 그래야 한다고 생각해. 누구에게든 폐를 끼치는 건 싫으니까.

하지만 고민이 있어. 토니를 어떻게 해야 할지 모르겠어. 토니? 토니. 알잖아요. 내가 매일 먹이를 주는 길고양이. 너무 검어서 밤에는 잘 보이지도 않는 고양이. 이젠 늙은 고양이. 토니는 늙어서 거의 사람 같아. 내 말을 다 알아듣는다니까. 정말이야. 어떨 때는 지구상에서 나와 대화를 할 수 있는 유일한 존재라는 생각이 들어.

아, 아니다. 당신이 있지. 당신이 있다. 나에게는 당신이 있잖아. 지금 이렇게 지구에서의 마지막 목소리를 당신에게 남기고 있는 걸. 이런 녹음을 하는 것도 당신에게 할 말이 있어서니까. 고마워요. 누군가 내 목소리를 들어준다는 것, 그건 고마운 일.

기억하는지. 우리가 만난 것도 토니 덕분이잖아. 그날 옥상에 올라간 나는 토니를 물끄러미 바라보고 있었지. 그때 내 등 뒤에서 당신이 말했어. 도와줄까요? 나는 뒤를 돌아보았다. 경찰이 서 있었어. 경찰이라니. 나는 경찰서 같은 곳은 한번도 가본 적이 없는데. 경찰 아저씨가 왜 여기에.

그곳은 옥상이었고 나는 곁에 신발을 벗어두고 있었다. 그래서 당신이 오해를 했던 건가. 나는 단지 떠오르려고 했을 뿐인데. 떠나려 했을 뿐인데. 누가 당신에게 알린 걸까. 당신은 내가 지상으로 떨어질 거라고 생각한 모양이지. 무언가 도와야 한다고 생각한 모양이지.

그런 게 당신과의 첫 만남이었다니 신기해. 당신 목소리는 낮은 구름 같아서 듣기에 좋았지. 듣기에 좋았다. 그래서였을까. 당신은 내게 계속 말을 걸었고 나는 당신을 따라서 옥상에서 내려왔잖아. 당신은 원래 웃는 표정을 가진 사람처럼 웃고 있었어. 나는 당신의 표정을 따라 웃음을 지으며 옥상에서 내려왔다. 옥상까지 올라가 구석에 웅크리고 있는 작고 검은 고양이가 궁금한 사람이 되어서.

당신은 흐릿하게 웃는 얼굴을 가진 사람. 뜨겁지 않아서 안온한 사람. 적절한 거리를 알아서 평화로운 사람. 그후로 나는 당신이 존재한다는 것을 조금씩 고마워하는 사람이 되었네.

하지만 이제 다시 옥상에 올라갈 때가 온 것 같아요. 이 빌라는 작고 오래되었지만, 그래서 다정하고 높은 옥상을 갖고 있다. 변두리 고지대에 위치해 있어서 먼 곳까지 볼 수 있는 곳. 시야가 트인 곳. 하늘과 가까운 곳. 그곳에서 나는 떠오르려고 해. 떠나려고 해. 실은 그래서 부탁이 있어요.

부탁이야. 토니를 보살펴줘요. 토니는 밖에서도 혼자 잘 지낼 수 있는 생물이지. 담장을 따라 걷다가도 스르르 사라질 줄 아니까. 잠깐 한눈을 팔고 다시 보면 그 자리에 없으니까. 하지만 토니는 늙었어. 늙었다. 영물이지만 그래도 삶에 지쳤을 거야. 예전처럼 다다다 달리지 않지. 미우미우 울지 않지. 어둠이 번지듯 이동할 뿐.

날이 추워. 이렇게 추운 날에는 토니가 어디서 딱딱하게 굳은 채 발견될지도 몰라. 그걸 생각하면 못 견디겠어. 이봐, 도와줘요. 어렵지 않아. 가끔 편의점 옆 골목에 먹이를 놓아주면 돼. 부동산 앞에도 놓아주고. 다만 1층 우리 집 앞 작은 화단에는 매일.

이제 나는 떠오를 거야. 내 육신을 떠나 떠오를 거야. 허공에 떠서 내 육신을 바라보겠지. 조금 애잔할까? 애틋할까? 아마도. 저것이 내가 깃들어 살았던 곳이구나. 잠시지만 완전한 하나의 세계였어. 그런 생각이 들겠지.

아 이 부분은 마음에 안 드네. 다시 녹음을 해야지. 앞부분으로 돌아가서…… 다시 할게. 시, 작.

조금 애잔할까? 애틋할까? 그럴지도. 저것이 내가 깃들어 살았던 세계구나. 잠시지만 완전한 하나의 우주였어. 고맙다. 고마워. 그런 마음이 들겠지.

당신이 이 목소리를 들을 즈음에는 영영, 우리는 만나지 못할 거야. 내가 당신 앞의 허공에 떠서 당신을 바라보아도 당신은 나와 눈을 마주치지 못하겠지. 서운해라. 그래도 지나간 시간이 모여 있는 세계가 어딘가에는 있을 거예요. 그 시간들이 다시 돌아올 세계 역시.

그곳에서 살아갈 존재들을 기억해줘. 그 세계에서 살아갈 이들을 생각해서라도 나의 부탁을 들어줘. 토니. 토니를 돌봐줘요. 그런데 어디 갔지. 토니가 사라졌네. 저기 창문 아래 작고 낮은 화단에 있었는데. 먹이를 먹고 있었는데. 그러다가 고개를 들어 나를 바라보았는데.

아, 저기 있다. 저기 있네. 토니, 토니. 어딜 가는 거야. 가지 마. 마지막 인사를 해야지. 이제 사람이 올 거야. 그 사람이 올 거라고. 경찰관 아저씨가 올 거라고. 잠깐. 토니가 뒤돌아보고 있어요. 나를 바라보고 있다. 인사를 하는 것 같아. 다정한 인사일까. 기다리라는 뜻일까. 모르겠네. 어, 가버렸다. 가버렸

……래. 그렇다니까. 들뢰즈 책을 보면 돼.

아, 또 들뢰즈 얘기야? 안 지겹냐?

아니, 들뢰즈가 왜 지겨워. 내가 무슨 말만 하면 안티냐.

너 지금 나한테 들뢰즈 운운 설명하면서 쾌감 느끼고 있는 거 눈에 다 보인다고. 누가 보면 니가 철학과고 내가 경제학관 줄 알겠다?

알아, 안다고. 철학과는 자기지. 경제학과는 나고.

그럼 철학과 앞에서 경제학과는 좀 닥치라고.

야야, 말 좀 살살 하자. 애인한테 닥치라고가 뭐냐.

애인이니까 이렇게 말하는 거지. 사랑하니까 닥치라는 거야. 경제학과면 주식 투자나 열심히 하라고.

와, 너 그게 말이냐 똥이냐.

됐고. 들뢰즈가 언제 적 들뢰즌데 인제 와서 들뢰즈 타령이야. 지젝도 안 먹히는 판에.

너 취했냐. 취했구나. 소주를 그렇게 마셔댔으니 당연하지. 나도 좀 취했는데. 근데 지젝이 안 먹히나?

안 먹히지.

철학과에서만 그런 거 아냐? 대학원에서 취급도 안 한다며. 교수들이 다 독일 쪽이라.

독일이고 뭐고 대체 언제 적 지젝이냐고. 차라리 해러웨이의 사이보그 선언문을 읽으라니까. 브라이도티의 포스트휴먼을 보든가. 담배 좀 줘봐. 라이터도. 백인 남성 철학자가 맨날 미국 민주당 리버럴들만 공격하면 뭐하냐고. 대안이 없다고.

걔들이 헤게모니를 잡고 있으니까 공격하는 거지 괜히 그러겠냐. 자, 여기. 너 담배 좀 끊어라. 그리고 대안이 없다니. 니 입에서 그런 말이 나오냐.

그런 말이 뭐.

티나 타타 논쟁 몰라? 데얼 이즈 노 얼터너티브, 대안은 없다, 데얼 아 싸우전즈 얼터너티브, 대안은 수천개가 있다.

아, 그건 또 무슨 쌍팔년도 얘기야. 그거 가짜 논쟁이라고. 무의미하다니까. 대안이 없다는 쪽도, 수천수만개라는 쪽도, 둘 다 개량주의라고.

아니, 그게 왜 개량주의야. 그리고 개량주의가 뭐 어때서. 로자 룩셈부르크가 멋져 보이지만 결국 옳았던 건 베른슈타인이라고. 적어도 경세적 관점에서는.

나 참, 너 경제학과다 그거야? 너 나랑 스터디 좀 하더니 많이 늘었다? 볼셰비키가 멋져 보이지만 결국 멘셰비키가 옳았다 그 말이야?

그럼. 볼셰비키 때문에 죽은 게 수백만인데. 당연한 거 아니냐. 지금 러시아를 보라고. 사회주의는 어디로 가고 공산주의는 어디로 갔는지. 그걸 또 스탈린이라는 악마를 만들어서 다 덮어씌우고 자기들은 면죄부를……

아니, 단순화도 정도가 있지. 수백만 죽은 게 볼셰비키 때문이야? 백군 때문은 아니고? 그나마 자본주의를 건강하게 만든 게 사회주의 아니냐? 냉전이 없었으면 자본주의가 복지 같은 걸 신경이나 썼을 거 같애?

어어, 이봐. 선 넘지 말라고. 누가 들으면 니가 경제학관 줄 알겠다? 경제학과는 나라고. 계획경제로는 수요 공급 조절도 안 되고 알앤디도 안 돼요. 관료주의는 또 어쩌고. 국가 부문하고 민간 부문은 서로 경쟁해야 하는 거야. 사회주의 운운하면서 국가 부문이 독주하는 모델은 망한 지 오래라고.

너, 그거 또 그 교수 말이지? 교수 말을 자꾸 니 말처럼 하지 말라고. 그리고 교수라고 다 맞는 말 하는 게 아니야. 막말로 지금은 그 반대 아니냐? 민간 부문 독주 시스템 아니야? 자유민주주의는 사회민주주의로 제어해야 하는 거라고. 다양한 민주주의들이 경쟁해야 하는 거고. 자본이 언제 자발적으로 인간 위한 적 있었어? 노동자 위한 적 있었어? 죽어라고 싸워야 조금씩이라도 던져주는 거 아니야? 낙수효과란 것도 싸워야 가능한 거라고.

그거야 그렇지. 근데 국가는 인간 위하나? 홍콩을 보라고. 홍콩 우산혁명을 이끈 조슈아 웡이라는 애가 우리랑 동갑이야, 동갑.

동갑이 뭐. 국가 권력이든 경제 권력이든, 권력은 자기보존이 목적인 건 빤하잖아. 처음에는 안 그런 것 같아도 시간 지나면 결국 그렇게 된다고. 그러니까 싸우는 거 아냐. 우산혁명도 그렇고 오렌지혁명도 그렇고.

그게 그렇게 단순한 게 아니라고. 맥락이 복잡해요. 거기 시민들이 목숨 걸고 싸우는 대상이 결국 구체제, 옛날 사회주의 국가들이잖아. 그게 뭐야 대체. 빨은 국가에 대항해서 민주 투사들이 싸워서 이기면 서구 자본주의 쪽으로 가는 거라고 결국.

아니, 그렇게 퉁치면 안 되지. 이상하게 말 돌리지 말라고. 구체제 구사회주의가 아니라 그냥 권위주의고 독재잖아. 목숨 걸고 싸우는 시민들을 무조건 응원해야지. 그러면 되는 거야. 거기다 좌파니 우파니 동구니 서구니 진영 이름 붙여놓고 이리저리 재단하지 말라고. 그거 꼰대 지식인 나부랭이들이 하는 짓이야.

아아, 알았어, 알았다고. 그만해. 취해서 이렇게 길바닥에서 떠들어봐야 소용없잖아. 다 순진한 영혼들의 나이브한 얘기라고. 국제정치 역학은 고차방정식이라니까. 안 단순해요. 그거 담배 좀 줘봐. 그나저나 다음 학운위가 언제지?

아니 사태가 복잡하다고 퉁 치지 말라니까. 단운위는 끝났고 총학은…… 아, 깜짝이야. 저거 뭐지?

응? 뭐?

저거. 저거.

어디? 어디? 아, 저거?

고양이다. 고양이인가? 고양이 같지?

맞아, 고양이네. 고양이.

우리를 보고 있어. 검다. 아주 검어. 몸은 캄캄하고 눈은 빛난다. 쟤, 이 동네 사는 냥이인가? 본 것 같아, 저번에도.

응. 저번에도. 그때도 네가 캄캄한 고양이라고 했잖아. 에드거 앨런 포 생각난다고 그랬었지.

아, 맞다.

그럼 쟤를 앨런이라고 부를까? 앨런. 앨런!

썰렁해. 우디 앨런 같잖아.

그런가. 그럼 포라고 부를까.

검은 고양이는 유령을 본대. 유령과 대화도 하고. 사람 말을 다 알아듣는대.

그래서 그런가. 쟤는 도망을 안 가. 안 가더라고.

진짜. 근데 뭔가 이상하다. 안절부절을 못하는 게 왠지 초조해 보이는데? 고양이가 저러는 건 처음 봤어. 고양이가 아니라 강아지 같지 않아?

아, 그러네. 오늘따라 이상하다.

아픈가? 뭔가 할 말이 있나? 어, 근데 편의점 앞에 저 사람 좀 봐. 취한 것 같다?

아, 저 아저씨.

아는 사람이야?

알지. 알코올중독자야. 중독자지. 매일 취해 있으니까. 저 편의점 앞에 저렇게 앉아서 매일 혼자 중얼거린다니까. 중얼중얼. 중얼중얼. 모노드라마 하듯이. 맥락도 없고 중구난방이야. 한번은 내가 편의점 앞에 앉아서 저 아저씨 혼자 떠드는 걸 엿듣다가.

엿듣다가.

엿듣다가 저 아저씨랑 술도 마셨다니까.

정말? 모르는 사람하고 술을? 맥락도 없이 혼자 헛소리하는 사람이라며?

근데 엿듣다가 보니까 묘하게 재미있더라고. 그래서 귀를 기울이다가 한잔하게 됐지.

너도 웃긴다.

사실 저 아저씨랑 술 마신 게 처음이 아니야. 저 아저씨, 이 편의점 앞에서 자주 봤거든. 예전에 모르는 번호로 전화가 와서 받았는데.

받았는데?

받았는데, 지갑을 주웠다고 하더라고. 찾아보니 내 지갑이 없어졌지 뭐야.

지갑에 전화번호도 적어놔?

응. 난 뭐든 잘 잃어버려서.

전화 걸어온 게 저 아저씨?

응. 저 아저씨. 지갑을 편의점에서 주웠다고 하더라고.

그래서 저 아저씨하고 한잔을 하셨다고?

저 아저씨 저래 봬도 천사야, 천사.

지갑 주워줬다고 천사라는 거야? 착해서?

착한지 아닌지는 나도 모르지. 하여튼 자기가 천사라고 하니까.

재밌는 아저씨네. 지갑도 그냥 주워줬으니 천사 맞네. 돈은 안 없어졌고?

응. 지갑에 돈이 한푼도 없었거든. 카드만 있고. 그래도 고마워서 맥주는 내가 샀지. 자기가 전직 천사장이라고 하더라고.

뭐야. 베를린 천사의 시인가? 잠시 인간계에 내려온?

그거 좋은 영화였는데. 자기는 베를린 아니고 서울의 천사래. 천사는 세상일을 다 안다고 그러더니, 진짜 놀랠 노 자. 내가 예전에 택배 일 했던 것까지 알더라고.

자기가 방학 때마다 하는 알바?

응. 어떻게 알았느냐고 하니까 천사는 모르는 게 없대. 하하.

아 썰렁해. 멀 그런 농담을 해.

글치. 농담이지. 사실은 저 아저씨가 지갑 때문에 연락하려고 내 번호를 입력했는데, 자기 휴대전화에 '택배 아저씨'라고 뜨더라나.

하하, 예전에 너한테 택배 받고 번호 저장해놓은 모양이구나. 아저씨가 아저씨 번호 저장해놨네. 택배 아저씨 맞지. 택배 대학생. 택배 청년. 택배 소년.

아, 앨런이 간다. 사람을 안 무서워해, 쟤는.

앨런은 이 동네 터줏대감이라며.

터줏대감 맞지. 편의점 쪽으로 가네. 편의점 앞에 아저씨한테 가는 건가. 또 혼자 중얼거리고 있네 저 아저

아니, 내가 그렇게 할 일 없는 사람으로 보이나? 내가 편의점에서 행패나 부릴 사람으로 보이냐고. 너무하네. 단골을 이렇게 박대하면 안 좋다고. 외상을 달라는 것도 아니고 그냥 인사를 한 것뿐이잖아. 알바가 새로 바뀔 때마다 인사를 해야 하다니 정말 피곤해. 한달에 두세번씩 바뀌니 말야.

내가 돈이 없지 가오가 없는 게 아니라고. 가오? 가오는 일본말로 얼굴이라는 뜻이야 얼굴. 내가 그런 것도 안다고. 미국말로는 페이스라고 해. 내가 그런 것도 안다고. 얼굴책이 뭔지 알아? 요즘 다들 얼굴책을 한다니까. 페이스북이라고 들어봤나? 히히.

원래 천사는 그런 것도 아는 거야. 이래 봬도 내가 한때는 천사장이었다니까. 지금은 지상에 내려와서 이 모양 이 꼴로 살고 있지만, 인간들한테 주정뱅이 노숙자 취급이나 받고 있지만, 내가 가오도 알고 얼굴책도 알아요. 한자는 내가 박사지, 박사. 천사이자 박사. 박사 천사.

한자를 어떻게 잘 아느냐고? 잘 알지. 왜 잘 아느냐. 천사가 지상

에 내려오면 직업이 없잖아? 천사라고 뾰족한 수가 있는 건 아니거든. 그래서 도장을 배웠지. 웃겨? 웃기지? 나도 웃긴다고. 천사가 도장 만드는 직업을 대체 왜? 서울의 천사라서? 한자문화권이라서?

들어보라고. 원래 이 세상은 역상으로 돼 있어요. 진짜 세상과는 방향이 반대라는 말이야. 왼쪽이 오른쪽으로 돼 있고 오른쪽이 왼쪽으로 돼 있고. 이게 간단한 것 같지? 아니야. 안 간단해. 복잡하다고. 이 세상은 가짜가 아니지만 그렇다고 진짜라고도 할 수 없어요. 일종의 흔적이라고 해야 하나. 진짜 세상에서 뭔가 빠져 있거나 문제가 있거나 그런 거라고.

좌우가 바뀌고 모양이 바뀌면 모든 게 다 이상해지잖아? 오른손으로 하던 걸 왼손으로 하려면 힘들잖아? 지금 내가 무슨 말을 하는 건지 모르겠지? 모르면 그냥 들어. 내가 처음 도장 배울 때 글자 거꾸로 보는 데만 2년이 걸렸어, 2년. 글자를 거꾸로 본다는 게 그렇게 어려운 거야. 쉬운 게 아니라고.

도장 파는 사람은 모든 글자를 뒤집어서 볼 줄 알아야 해. 딱 보면 역상이 나와야 한다고. 역상이란 무엇이냐. 비슷하지만 가만히 보면 반대 모양인 거거든. 사진을 보면 어쩐지 자기 얼굴이 자기 얼굴 같지 않을 때가 있지? 마음에 안 들지? 거울을 봐도 그렇고. 어쩐지 다르잖아. 역상이란 그런 거야. 그러다가 거울 속의 내가 제 맘대로 스르르 움직이면 공포영화가 되는 거고.

꿈이 반대인 이유도 그거라고. 역상이거든. 그뿐인가. 착한 사람인 줄 알았는데 사악한 짓을 하거나, 좋은 대통령인 줄 알았는데 독재를 하거나, 한쪽으로 극단적인 사람이 반대편의 극단적인 사람과 비슷해지거나, 그런 게 다 이유가 있는 거라고. 좌우가 반대지만 닮아 있고, 극과 극이 다르지만 서로 닮아 있잖아. 역상이니까. 뒤집어보면 딱 맞춰지니까.

옛날에 누가 그랬다며. 적을 오래 노려보면 적을 닮는다고. 적하고 싸우다가 적하고 비슷해진다고. 그게 다 도장 원리야. 뒤집어서 찍어보면 딱 맞는다니까. 천사도 그래. 날 봐. 내가 천사처럼 생겼나? 주정뱅이 노숙자처럼 생겼지? 천사는 주정뱅이 노숙자와 딱 맞는다고. 그런 거야. 그런 거지. 그래도 내가 가오도 알고 얼굴책도 안다니까. 히히.

근데 내가 무슨 얘기를 하고 있었지? 아, 도장. 그렇지. 도장을 배우는 게 그렇게 어려워. 글자만 거꾸로 볼 줄 안다고 되는 게 아니야. 섬세한 손기술이 필요하다고. 악력도 필요하고. 도장을 파는 일은 조각을 하는 일이거든. 도장 새기는 사람은 조각가라고. 근데 세상이 그걸 인정을 안 해. 이게 확실히 예술인데. 전시회 같은 것도 해야 하는데.

도장 팔 때 제일 어려운 글자가 뭔지 알아? 용용자라든가 울창할 울자 같은 게 어려울 거 같지? 복잡하고 빽빽해 보이니까. 아니야. 그렇게 획 많은 글자들은 공간 잡기가 오히려 쉽다고.

제일 어려운 건 한일자하고 날일자 같은 거야. 사람인, 날생, 그런 단순한 단어가 제일 어려워요. 텅 빈 부분이 많을수록 어렵다고. 형태 잡고 공간 잡고 하는 데 도장장이 감각이 다 드러나거든. 인간들은 뭐 이런 글자를 만들어서 천사를 괴롭게 하나, 그런 생각이 들 정도라니까. 사람인, 날생. 인생이 그렇게 어려운 글자라고. 어?

깜장이네. 어이, 깜장. 오랜만이다. 너, 오늘따라 까만색이 더 까만 것 같다? 그래도 네가 있어서 이 동네가 살 만한 거야. 너 같은 깜장이가 길을 가로질러 다니니까 여기가 사람 사는 데구나 느끼는 거라고.

깜장아, 들어봐. 들어보라고. 내가 저번에 어떤 대학생하고 여기서 술을 마셨잖아? 대학생이니까 좀 순수할 줄 알고 내가 고백을 했지. 내가 천사라고. 천사장이었다고. 근데 대학생인데도 안 믿던데? 아니, 대학생이니까 안 믿는 건가? 천사가 술을 마셔요? 그런 썰렁한 질문이나 하고 말이야. 내가 뭐라고 대답한 줄 알아? 천사니까 술을 마신다. 천사들이 술 좋아하거든. 하하.

그랬더니 뭐 위스키 만들 때 천사의 몫이 있다는 둥, 오크통 속에서 2퍼센트씩 증발을 한다는 둥, 자기도 위스키 좋아하는데 그게 천사의 눈물 같다는 둥, 그런 농담을 하더라고. 아, 내가 울 때 도와준 거 있나? 천사의 눈물을 마셔보기라도 했나? 그거 찝찔해. 천사 눈물도 그냥 찝찔하다고.

그 친구한테 깜장이 널 보고 깜둥이라고 불렀다가 내가 혼났잖아. 깜둥이는 흑인을 비하하는 말이라서 안 된다나. 깜둥이는 야마천에서 지낼 때 내 별명이었는데. 흑인이라는 인종이 존재하기도 전에 쓰던 별명이었는데 말야. 히히. 인간들이 서로 비하하는 데 쓰는 바람에 말이 망가진 거지. 인간들이란……

그래서 내가 물어봤잖아. 자네는 천사가 하얗다고 생각하나? 날 봐. 내가 하얀가? 천사는 하얗다는 거 자체가 인간들이 제멋대로 만든 이미지라고. 그러니까 세상 만물에 엉뚱한 이름을 붙여놓고 의미 부여하지 말라고. 인간들이 그때그때 붙인 이름 때문에 만물이 고통받고 있다고.

이런 얘기를 하니까 그 똑똑이 친구가 그러더군. 아, 그런 걸 대상화라고 불러요. 대상화? 대상화가 뭐야? 물에 사는 걸 다 물고기라고 부르는 게 대상화예요. 인간 입장에서 대상을 멋대로 결정해버리잖아요. 물에 사는 생물을 식용으로 보는 거죠. 근데 그건 그 단어가 먹고살기 어려울 때 붙인 이름이라서 그럴지도 몰라요.

그 대학생 친구가 그렇게 아는 척을 하더라고. 그래서 내가 한마디 해줬지. 아니, 이봐. 내가 천사라서 하는 말은 아닌데, 원래 인간의 말이란 그런 거라고. 시대에 따라 자꾸 바뀌는 거고 바뀌어야 하는 거라고. 천사의 말은 안 그렇다고. 천사의 말은 영원하다고.

깜장아, 내 말이 맞지? 너도 깜둥이보다는 깜장이가 낫지? 인간계의 고양이니까? 그래, 깜둥이라고 하면 기분 나쁘지. 나도 안다고. 군대 시절에 나보고 깜둥이라고 놀린 선임이 있었거든. 내 얼굴이 까맣다고 말이야. 나야 천사니까 아무렇지도 않았지. 근데 그 놈이 자꾸 놀리면서 그렇게 부르니까 나중에는 열 받더라고. 그 단어만 들어도 열이 받는 거야. 나중에는 야마가 돌아서 들이받을까 싶을 정도로. 힘들 때는 그렇게 부르는 놈을 죽여버리고 싶어지는 거예요.

심한 것 같아? 아니라고. 천사가 살해 충동을 느끼면 어떤 줄 알아? 내가 군대 시절의 그 선임을 밤마다 하늘로 끌고 올라가서 쥐어팼다고. 구름 위로 끌고 가서 밤이 새도록 팼다니까. 반은 죽여놨지. 물론 그놈의 꿈속에 들어가서 한 일이지만. 히히.

이런 얘기를 했더니 그 대학생 친구가 또 그래. 정말 천사신가 봐요. 구름 위에 올라가서 사람을 막 때리고. 그러고는 저 혼자 막 웃다가 또 얘기해. 베를린에만 베를린 천사의 시가 있는 게 아니네요. 그렇지. 당연하지. 천사가 베를린에만 살 리가 없잖아. 나는 서울에 사는 천사니까 잘 알지. 동양 천사는 모르는 게 없다고. 그 대학생 친구가 예전에 택배 알바 했던 것까지 안다니까.

깜장아, 내가 너 사람으로 만들어줄까? 농담 같아? 아, 실은 농담이다. 히히. 그건 내가 할 수 있는 일이 아니거든. 사람이 된다고 좋을 것도 없고. 근데 너 뭔가 초조한 것 같다? 안절부절못하는 게 이상한데? 어디 아파? 그런 것 같지는 않은네. 나이는 들었어도 아직은 떠날 때가 아닌데. 무슨 일이 있나? 하긴 네가 무슨 일이 있겠냐. 아 어디 가냐. 깜장아, 이리 와. 이리 와. 저게 어딜 가는 거야. 또 부동산엘 가나. 부동산에를 또

또 집이라는 게 그래요, 형수님. 자꾸 오르게 돼 있거든. 물가는 매년 2프로, 3프로씩 오르잖아요? 다시 말하면 화폐가치가 떨어지는 거야. 집값은 화폐가치가 떨어지는 한은 오르게 돼 있어요. 적어도 서울은 그렇다 그 말이야. 여기가 변두리에 오래된 고지대 산동네지만 서울은 서울이거든. 그러니까 내 말 믿고……

아니, 아니. 앞으로 인구가 줄어들 거니까 집값 떨어질 거라는 거, 그거 다 뭘 모르는 사람들 헛소리라니까. 나 같은 부동산중개인들이 몇명인 줄 알아요? 형수님이 잘 모르셔서 그래. 우리 같은 사람들이 있는 한 서울 집값 안 내려가. 수도 이전 하지 않는 한 안 내

려간다고. 내려간다 싶으면 우리가 다 조정에 들어가요. 최고가 매수해놓고 공시한 뒤에 취소하면…… 아, 뭐 이런 얘기까지 할 건 없고. 우리도 먹고살아야 하니까. 하하.

그런 걱정 하지 말고 일단 사무실로 나오세요. 오늘은 좀 늦었으니까 내일 환할 때 형님하고 같이 오세요. 이렇게 전화로 얘기할 게 아니라니까. 나오실 때 도장 꼭 갖고 오시고요. 계약을 일단 해 보셔야, 아 저 새끼 뭐야. 또 왔네. 아, 아니요. 형수님한테 한 말이 아니에요. 하하. 그럴 리가 있나. 사무실에 고양이 새끼가 자꾸 왔다 갔다 해서. 문만 조금 열어놓으면 저렇다니까. 잠깐만요. 기다리세요. 좀 내쫓고 올게.

야이, 깜둥이 새끼야. 저리 가! 저게 예전에 우리 사무실 근무하던 아가씨가 먹이 놔주던 고양이예요. 아가씨는 그만뒀는데도 매번 저렇게 와서 울어대거든. 고양이가 아주 새까매요. 검은 고양이야. 검은 고양이만 해도 재수가 없는데, 그 아가씨가 자꾸 먹이를 줘. 그래서 내가 잘랐지. 내보냈어요. 하지 말라고 해도 매일 먹이를 주고. 사무실에서는 멍하게 앉아 있고 그래서.

그후에도 동네에 고양이들이 늘어나는 거야. 그래서 길고양이 밥 주는 거 자제해달라고 공문까지 만들어서 집집마다 돌렸다니까요. 내가 중개업소를 하지만 또 이 동네 반장이니까. 아 근데 이 아가씨가 그 공문을 페이스북이라나 뭐라나 그런 데 사진을 찍어서 올린 거야. 우리가 나쁜 놈이라는 거지. 그렇게 여론 조작한다고 내가 물러설 줄 알았나본데 사람 잘못 봤지. 그 아가씨가 전화도 안 받고 그러길래, 내가 동네 주민들 연판장을 만들어서 경찰서에 민

원까지 넣었다니까요.

들어봐요 형수님. 그랬더니 이 아가씨가 원한감정이 쌓였나봐. 자꾸 내 꿈에 나오더라고. 꿈속에서 얘가 내 멱살을 잡는데, 그게 이 세상 사람 힘이 아닌 거야. 내 멱살을 잡고 하늘로 날아올라가더니 구름 위에서 나를 막 때리더라니까. 얼굴에서 피가 터지고 코뼈가 부러지고 눈알이 튀어나오고 난리가 아닌 거예요. 꿈속에서도 알았지. 이건 꿈이다. 악몽이다. 그런데 이상하게 기분이 좋더라고. 왜 맞으면서 기분이 좋지? 꿈이니까 그렇지. 그래도 이상한데.

그런 꿈은 옛날에도 꾼 적이 있어요. 군대 있을 때 웬 고문관 새끼가 있었거든. 내가 상병이었을 때 그 새끼가 이병이었어요. 그때는 이병들 데리고 노는 게 당연한 시절이었거든. 내무반에서 내가 밤마다 좀 굴렸지. 아, 그러고 보니 그 새끼도 얼굴이 까매서 깜둥이였다, 별명이.

그 깜둥이 새끼는 장기 좀 둔다고 매번 나를 이겨먹어서 미운털이 박혔거든요? 사회에서 도장을 파다 왔다는데, 그래서 그런지 뭐든 다 반대로 하는 거야. 좌향좌! 하면 꼭 혼자 오른쪽으로 헛돌고, 행군할 때는 오른팔 오른다리가 같이 올라가고. 어이가 없어서. 그래서 내가 깜둥이 새끼를 조졌죠. 완전히 조졌지.

근데 어느 날부터인가 꿈을 꾸는데, 꿈에 그 새끼가 나타나서는 멱살을 잡고 하늘로 날아가는 거예요. 그러더니 구름 위에서 나를 막 패더라고. 꿈속에서 생각했지. 이건 꿈이다. 악몽이다. 그런데 왜 맞으면서 기분이 좋지? 얼굴에서 피가 터지고 코뼈가 부러지고 눈알이 튀어나오고 난리가 아닌데? 하하.

그런데 그거 알아요? 그 깜둥이 이병을 얼마 전에 이 동네에서 마주쳤다니까. 세상 참 좁아. 처음에 낯이 좀 익다 싶더라고. 편의점 앞에서 매일 혼자 중얼거리고 있길래 말을 좀 터봤더니, 이게 그 새끼인 거야. 내가 놀라가지고.

모르는 척하고 얘기를 더 했지. 그랬더니 자기가 천사라는 둥, 천사장이었다는 둥, 30년도 더 전에 내무반에서 하던 헛소리를 똑같이 하더라고. 내가 누군지 알아보지도 못하는 주제에.

하긴…… 꿈에 깜둥이 새끼가 나타났을 때 등에 날개가 달리긴 했었는데. 아, 네? 아아, 죄송해요, 형수님. 내가 엉뚱한 소리를 늘어놨네. 근데 그걸 아셔야 돼. 집값이라는 건 오르게 돼 있어요. 지금처럼 저금리시대에는 당연한 거야. 유동성이 시중에 풀리면 어디로 가겠어요. 다 부동산으로 가는 거야. 한국이 일본을 따라가잖아요? 저금리는 안 바뀌어. 안 바뀔 뿐만 아니라 앞으로는 마이너스 금리라니까. 돈을 내야 은행에 돈을 맡길 수 있는 시대가 온다 그거예요.

주식? 형님이 주식 해요? 안 돼 안 돼. 주식은 오르락내리락하는 거라고. 오르락내리락이 말이 오르락내리락이지, 내릴 때 걸리면 된통 당하는 거거든. 집은 그럴 염려가 없어요. 최악의 경우에도 안 오르고 쥐똥만큼 떨어질 뿐이지 주식처럼 폭락 같은 건 절대 안 해. 어? 안 갔네? 저게 왜 자꾸 저렇게 돌아다니나. 아, 형수님, 죄송해요. 고양이 새끼가 뭔가 불안해 보여서.

저렇게 웅크리고 나를 빤히 노려본다니까요? 이상한 놈이야. 이상한 년인가? 그건 모르겠지만. 뭘 노려보나 저놈이. 저러다가 캬

악, 하고 아주 무섭게 울어대거든요. 저 봐, 저 봐. 또 등골 세우는 것 좀 봐. 아 이 새끼가. 잠깐만 기다려보세요. 내가 이 새끼를 잡아서 그냥. 야 이 새끼야. 훠이! 훠이! 안 가? 안 가? 안 간다고?

아, 간다. 파출소 쪽으로 가네. 아주 저게 코스야, 코스. 가서 다시는 오지 말라고. 오지

……그러니까 선생님 잘못이 아니라고요?

아, 아니라니까.

누구나 자기 잘못이 아니라고 해요. 그래도 다 알아냅니다. 그게 우리 일이니까요.

아, 억울하다니까 그러네. 지금이 21세긴데 경찰이 이렇게 사람 붙잡아놔도 되는 거야? 새파랗게 젊은 사람이 다 늙은 사람을 붙잡아놔도 되는 거야? 내가 이 동네에서 35년을 살았어. 35년을.

선생님, 말씀 곱게 하세요. 지금 반말하시는 거 알아요?

반말이고 나발이고 서장 나오라고 해.

서장님이요? 서장이 누군지 알아요? 총경인데, 가서 한번 보실래요? 경찰청 가보고 싶으세요?

아니, 이 사람이.

이분이 진짜.

아니, 순경 아저씨, 내 말 좀 들어보라고. 그 사람이 가해자고 내가 피해자예요. 소음은 그 사람이 냈는데 왜 내가 여기 있어야 돼.

층간소음은 기관에 제출하시고요. 전화번호 제가 알려드릴게. 선생님은 지금 층간소음 문제로 여기 오신 게 아니에요. 지금 파출

소까지 오신 건 피의자라서 그런 거라고요.

아, 그래, 내가 가서 소동을 좀 피웠지. 그냥 소리 좀 지른 것뿐이라고. 사람을 때린 것도 아닌데 피의자는 무슨……

때리지는 않으셨다.

안 때렸지. 나는 그냥 문을 밀고 들어가서 이놈의 집에서 뭘 하길래 밤낮없이 소음이 나냐고 언성을 높인 것뿐이야.

언성만 높이셨다.

언성만 높였지. 내가 나이가 낼모레면 칠십이야, 칠십. 거짓말을 안 해요.

아, 알겠고요. 일단 신고가 들어왔고, 실제로 현장에서 가택침입을 하셨기 때문에……

아, 무슨 가택침입이야 그게. 그 집에 문이 열려 있어서 잠깐 발을 들인 건데.

선생님. 그것도 가택침입은 가택침입입니다. 주인이 허락을 안 했잖아요.

아니, 젊은 사람이 이렇게 융통성이 없다니까. 그럼 뭐 문 열린 집인데 확인 도장이라도 받아서 들어가야 하는 거야?

당연히 주인 허락을 받아야 들어갈 수 있죠.

아니, 젊은 순경이 이거 꽉 막혔네. 문이 열려 있었다고 거기. 또 무슨 시끄러운 공사를 하려고 그러는지 문을 열어놨더라고 거기. 근데 무슨 가택침입이야.

그건 쓰레기 버리러 나가느라 잠깐 열어둔 거라던데요. 어쨌든 그전에도 주인이 오지 말라고 했잖아요. 자꾸 선생님이 가서 초인종 누르고 소리 지르고 소동을 피우시니까. 신고 들어온 것만 벌써 세번째라고요.

아니, 김순경, 그래, 김순경님도 좀 당해봐야 알겠네. 그냥 소리가 나면 나도 양해를 해. 사람 사는 데 소리가 날 수도 있지. 근데 이건 정도가 심해요. 애가 셋인지 넷인지 미친 듯이 뛰어다닌다니까. 그뿐인 줄 알아요? 주택법도 어겼어. 바깥 베란다 색깔을 자기네만 다르게 하는 게 말이 되냐고. 그것도 노란색으로. 빌라 사람들이 다 욕을 해요. 공동주택에서 저게 뭐 하는 짓이냐고. 매일 쿵쾅거리면서 뛰어다니고.

아니, 그 집에 애가 없다니까요.

거짓말이야. 말이 안 된다니까. 어떨 때는 애들 예닐곱명이 뛰는 소리가 나. 조카들이 많은지 모르니까 그것도 알아보라고. 게다가 노란색 창틀이라니……

베란다 창문 색깔이야 다 그 집에서 알아서 하는 거 아닌가요?

아니, 순경이라는 사람이 법을 모르네. 주택법이라는 게 있어요. 공동주택은 말 그대로 공동주택이라고. 자기 재산이지만 공공영역이 있는 거예요. 법 공부 좀 하셔야겠네.

아, 그건 일단 주민센터나 구청 소관이라서.

이렇다니까. 그렇게 책임을 회피하면 안 돼요. 내가 구청에 항의하려고 우리 빌라 사람들 연판장까지 만들었어. 우리 옆집에 사는 그 좀 이상한 아가씨만 빼고 전부 다 서명을 해줬다고.

지금 미래빌라 사시는 거 맞죠?

맞지. 미래빌라 살지. 내가 1층에 살고 내 윗집이 그 빌어먹을 놈

집이고.

그런데 옆집 여자분이 이상하다고요?

아니, 뭐 이상하다는 건 아니고. 어디 다른 세계에 사는 사람 같달까 그렇더라고. 언제 계단참에서 마주쳐서 잠깐 얘기를 했는데, 자기가 곧 여기를 뜰 거래. 그래서 이사 가시냐고 하니까 그건 또 아니래. 그럼 어디 잠깐 다녀오시려나보네. 그러니까 그게 아니라 이 세상을 뜰 거라는 거야. 이상한 말이잖아 그게. 예전에 내가 경찰에 신고도 했었다고.

그랬죠. 옥상에 좀 가보라고. 그래서 제가 가봤고.

그런 얘기를 젊은 아가씨가 말간 얼굴로 하더라니까. 나는 이 사람이 장난을 치나 했지. 그래서 아, 그러시냐고, 그렇게 말하고 돌아서는데, 뭔가 찜찜해서 돌아봤지. 그 아가씨가 위층으로 올라가는 뒷모습을 봤는데, 느낌이 너무 싸한 거예요. 그냥 느낌이 아니라 정말 차가운 기운이 오더라고. 뒷모습이 너무 아슬아슬한 데다 얼굴도 한지처럼 창백해가지고. 그래서 또 옥상 가는 건가 싶더라고. 예전에도 거기서……

네, 신고해주신 건 감사합니다. 근데 그 여자분은 소음도 들은 적이 없고 그 집 베란다 창문 색깔에는 관심이 없다, 그랬다면서요.

글쎄. 자기는 노란색을 좋아한다나 어쩐다나. 어이없는 소리를 하고. 빌라 모양 다 망가지고 집값 떨어지는데 말야. 소음도 못 들었다고 하고. 그냥 다른 세상에 사는 사람이 아니면…… 잠깐, 저거, 나비가 왔네.

나비요?

저기 저 고양이. 옆집 그 이상한 아가씨가 자꾸 재한테 밥을 주는데.

아, 재 이름이 나비라고요?

아니, 난 이름은 모르지. 그냥 부르는 거예요. 고양이는 다 나비잖아.

나비가 아니고 토니예요.

토니? 아니 순경이 그런 걸 어떻게 아나?

알죠. 그 여자분이 그렇게 부르거든요.

그 집 아가씨랑 안다고? 근데 나한테 왜 물어봐. 알면서.

아니, 이번 사건 관련해서는 몰랐으니까……

사람 갖고 장난치나 이 사람이…… 아니, 아니다. 차라리 잘됐네. 이참에 미래빌라에 가서 상황을 좀 보라고. 우리 빌라 분위기가 어떤지. 위층에서 소리가 나는지 안 나는지. 근데 나비가 좀 이상한데? 왜 저렇게 떨지? 재 또 어길 가는 거야?

음. 그렇네요. 박순경님, 박순경님!

네!

여기 미래빌라 선생님 조서 좀 작성해줘요. 나 좀 나갔다 와야겠는데.

네, 다녀오세요.

선생님, 미래빌라 상황도 볼 겸, 좀 다녀올게요.

그래요. 다녀와요. 아니다. 근데 나는 어떡하려고 해. 무슨 가택침입이야, 말도 안 되게. 나, 집에 가서 저녁 먹어야 한다고.

남의 집 들어가서 소리 지르지 마시라고요. 어쨌든 가서 윗집 상황도 좀 보고 와서……

이봐, 토니, 토니. 어딜 가는 거야? 무슨 일이야? 은영씨한테 무슨 일 생겼니? 기다려봐, 전화부터 해보게.

음. 안 받네, 안 받는다. 무슨 일이 있나. 토니, 가보자.

……한국 자본주의는 그래서 노동가치가 계속 떨어지는 거라고. 부동산에 주식에 비트코인에 점점 비생산적인 부문만 비대해지고. 부동산만 올라도 성장률이 올라가거든. 결국 성실하게 일하는 사람들만 손해잖아.

그게 혁명한다고 되는 게 아니라니까. 문제는 국가 부문이 제 역할을 하도록 구체적으로 디테일하게……

그러니까 그게 제 역할을 하려면 바깥에서 충격이 필요하다니까 무슨…… 응? 경찰 아저씨다.

어? 앞에는 앨런인데?

그러게. 편의점 지나간다. 천사 아저씨는 아직도 저기 있

아, 아저씨. 여기서 이러시지 말라니까요.

아, 김순경. 오랜만이야.

여기서 자꾸 술 드시면 안 됩니다.

아니, 내가 무슨 범법자라도 되나? 혼자 술 마시는 것도 안 돼? 이 나라가 어떻게 돌아가려고.

날이 춥잖아요. 아저씨 여기서 술 드시다가 잠들면 동사할 수도

있다니까. 댁에 들어가서 드세요.

아, 내가 다 알아서 해. 내가 전직 천사장이라니까.

알아요, 안다고요. 천사가 이런 데서 술이나 드시고.

근데 어딜 가시는 길이었어? 어? 깜장이가 저기 담장 위에 있네. 김순경 기다리는 것 같은데?

은영씨한테 무슨 일이 있나.

뭘 혼자 중얼거려?

너 은영씨 때문에 온 거지?

김순경, 자꾸 고양이하고 대화하지 말라고. 인간이 자꾸 그러면 천사도 무서워진다고. 아, 저거 뭐지.

네? 뭐요?

저기 보라고. 저기 옥상 쪽에.

네? 뭐가요?

저기, 저기. 옥상.

저기요? 미래빌라요?

그래 미래빌라. 옥상을 보라고. 뭐가 떠오르잖아. 안 보여?

아저씨, 무슨 말을 하는 거예요.

옥상을 보라고. 저기 뭐가.

네?

안 보이는 모양이네, 자네한테는. 안 보이겠지. 안 보일 거야. 하지만 깜장이는 보고 있다.

네? 뭐라고요? 뭘 혼자 중얼거리시는 거예요. 아, 근데 토니가 안 움직이네. 고개를 저렇게 들고 뭘 보고 있는 거지?

내가 보는 걸 보는 거지. 늙은 고양이들은 영물이야. 천상의 존재들이라고. 자네는 근데 저기 저것이 정말 안 보이나?

아, 무슨 말씀을 하시는 거예요 지금.

내가 같이 가야 하는데. 혼자 떠나네. 근데 자네는 근무 안 하고 여기 왜 온 건가?

토니, 토니는 또 그새 어디 갔지?

아, 눈 온다.

어, 그러네요.

눈이 오는구나. 눈이 와.

아…… 눈송이가…… 예쁘네요.

그래. 눈이 예뻐 보이면 되는 거지. 모든 걸 다 볼 필요는 없는 거야.

그건 또 무슨 얘기예요. 잠깐, 내가 이러고 있을 때가 아닌데. 토니, 토니, 또 어딜 갔지? 토니! 토니!

유명한 정희

정희 중에서 제일 유명한 정희는?

물론 박정희다. 유신시대의 저 유명한 박정희 말이다. 두번째는 추사체의 김정희고 세번째는 배우 윤정희다. 그뿐인가. 소설가 오정희도 있고 시인 문정희 고정희도 있고 통진당 이정희에서 아이돌 그룹 페이버릿의 멤버 정희까지…… 그리고 세상에는 또 수많은 정희들이……

하지만 열서너번째쯤에는 분명히 내 친구 곽정희가 있을 거라고 생각한다. 곽정희는 한때 포털 검색어 순위 상위권에 오른 적이 있는 유명인이고 나는,

정희의 오랜 친구다.

오랜 친구.

그렇다. 정희와 나는 초등학생 때부터 절친……이라는 단어만으로는 부족한 사이였다. 우리 집은 주인집에 딸린 단칸 셋방이었고 정희는 주인집 아들이었다. 셋방에는 밖으로 난 쪽문이 따로 있어서 나는 아침마다 쪽문을 박차고 나가 학교로 달려갔고, 정희는 자기 집 철제 대문을 박차고 나가 학교로 달려갔다. 우리는 매번 지각이었기 때문에 변소 청소를 도맡다시피 했고, 변소에서만 할 수 있는 장난을 치기도 했으며, 국기에 대한 경례를 누가 더 절도 있게 하는지 경쟁하기도 했다. 그런 곳에서 함께 묵념을 하기까지 했으니 어떤 면에서는 정신적 교분을 나누었다고도 할 수 있다.

묵념을 함께한 사이라고 해서 정신적 교분을 나눴다고 할 수 있나? 나는 의아해서 물었지만 정희는 확신에 찬 표정으로 그렇다, 이것은 확실히 정신적 교분이다!……라고 말했다. 초등학생이 어떻게 '정신적'이라거나 '교분' 같은 딱딱한 단어를 알았는지는 모르겠지만, 정희가 그 단어를 쓴 것만은 기억에 선명하게 남아 있다. 그런데 나는 또 어떻게 그 단어들을 알아들은 거지?

어쨌든 그날도 우리는 청소를 하다 말고 잠수놀이를 하고 있었다. 잠수놀이란 정희가 개발한 아주 간단하면서도 재미가 오진 놀이인데, 빨간 물통에 물을 가득 받아놓고 얼굴을 집어넣어 누가 오래 견디는지 내기를 하는 것이다. 정희는 대개 이겼고, 나는 대개 졌다. 나는 어린이답게 사소한 패배에도 실의에 빠졌고, 정희는 이제 막 삶이 시작되어 모든 게 신선하게 느껴지던 그 나이에도 건조하고 무뚝뚝한 표정을 지을 줄 알았다. 그런 정희가 나는 좋았다.

그날도 정희와 나는 수돗가에서 고무 물통에 고개를 처박고 있었다. 물속에는 물고기도 없고 해조류도 없고 그저 빨간 바닥에 잔물결이 보일 뿐이었다. 하지만 확실히 그곳에서만 느낄 수 있는 신비로움이 있었고 나는 그게 좋았다.

그런데 그 신비로움 사이로 갑자기 아아, 마이크 시험 중, 마이크 시험 중, 하는 소리가 들려온 것이다. 교내 스피커를 통해 학생주임이 방송을 시작한 모양이었다. 학생주임은 자꾸 갈라져서 듣기 거북한 목소리를 갖고 있는 데다가 언제나 같은 말을 두번씩 반복하는 버릇이 있었다.

학생 여러분. 직원 여러분. 학생 여러분. 직원 여러분. 지금부터 묵념을 시작하겠습니다. 지금부터 묵념을 시작하겠습니다.

물속이었기 때문일까? 목소리는 어디 멀리 다른 세계에서 날아온 것처럼 느껴졌다. 학생주임의 목소리라는 건 단박에 알 수 있었지만 평소와 다르게 덜덜 떨리고 있었다. 학생주임은 반복해서 외쳤다.

묵념을 시작하겠습니다. 묵념을, 묵념을 시작하겠습니다.

묵념을 해야 하니까 정희가 좋아하겠구나 하고 나는 물속에서 생각했다. 정희가 좋아하니까 나도 좋겠구나 하고 나는 물속에서 생각했다. 정희가 나에게 그렇게 말한 적이 있기 때문이다. 사실 난 묵념하는 것을 좋아해……라고.

묵념하는 것을 좋아한다구? 묵념하는 것을?

응.

묵념을? 묵념이? 왜? 어째서? 뭣 때문에 묵념 같은 것을 좋아해?

내가 어쩐지 다급해져서 물으면 정희는 순진하고 맑은 눈빛으로 대답했다.

묵념을 하고 있으면, 나는 혼자가 아니다.

나는 무슨 말인지 이해할 수 없었다. 묵념을 하면 왜 혼자가 아닌 거지? 눈을 감고 말없이 생각을 하는 게 묵념 아닌가? 눈을 감고 말없이 생각을 하면 오히려 더 혼자가 되는 게 아닌가?

정희는 알 듯 모를 듯한 표정으로 너는 안 그런 모양이지?라고 반문하면서 말을 이었다.

묵념을 하면, 묵념을 하는 동안 무언가가 내 곁에 있다는 느낌이 든다. 나는 그게 좋다.

정희는 덧붙여 말했다. 그래서 나는 구름에 대해 묵념을 한 적도 있고 우리 집 마당의 사철나무에 대해 묵념을 한 적도 있고 거리에서 죽은 비둘기 앞에서도……

나는 그렇게 말하는 정희를 물끄러미 바라보았다. 구름에 대해 묵념을 하고 사철나무에 대해 묵념을 하고 배가 터진 비둘기를 향해 묵념을 하는 정희를 상상했을 것이다.

나도 알고는 있었다. 묵념이란 무언가를 깊이 생각하고 추모하는 행위라는 것을. 죽은 사람이라든가 순국선열이라든가 역사적인 위인이라든가 그런 것을. 하지만 구름이라든가 사철나무라든가 죽은 비둘기를 향해 묵념을 한다는 것은 무슨 뜻일까? 솜틀집 간판이라든가 호박넝쿨 또는 죽은 귀뚜라미 앞에서 묵념을 하는 정희를 생각하면 나는 마음이 아파지곤 했다. 마음이 아팠기 때문에…… 정희가 또 나는 좋았다.

하지만 내가 정희의 말에 다 동의한 것은 아니다. 묵념을 하면 혼자가 아니라니 거짓말. 묵념은 고무 물통에 고개를 처박고 바라보는 물속 같은 것이잖아. 물속에서 나는 아무래도 혼자라고 느끼는데. 묵념을 하면 할수록 내 안의 물속으로 점점 빨려 들어가는 기분이 되는데.

나는 그런 말을 입 밖에 내지는 않았다. 말을 하기도 전에 내 말에 설득력이 없는 것처럼 느껴졌다. 그런 말을 하든 안 하든 별로 중요하지 않다는 생각도 들었다. 그나저나 학생주임은 뭘 위해 묵념을 하라는 걸까? 순국선열일까? 독립투사일까?

학생주임의 목소리가 교내 스피커를 통해 다시 울려퍼졌다.

대, 대통령 곽하께서 서거를 하시었습니다. 대, 대통령 곽하께서 서거를 하시었습니다.

각을 곽으로 발음하는 게 그의 말버릇이었다. 학생주임은 곽설탕을 정육면체로 된 설탕이라고 설명했고, 내곽의 합을 계산하지 못하는 학생들의 손바닥을 때렸으며, 곽자가 맡은바 교실 청소에 열과 성을 다하라고 명령했다. 당연하게도 나는 삼곽형을 싫어했고 곽도기는 매번 빼먹고 등교했으며 종곽이 서울의 어디 붙어 있는지 알지 못했다.

학생주임은 대통령 곽하가 *서거하시었다*고 반복해서 말했다. 나는 방금 들은 이야기가 무슨 뜻인지 잠시 생각했다. 곽하는 뭔지 알겠는데 서거라는 건 대체 무엇일까? 서거라는 걸 하면 무슨 일이 일어나는 것일까? 서거라는 곳에 갔거나 서거라는 사람을 만났다는 뜻일까? 대통령 곽하는 왜 그런 곳에 가거나 그런 사람을 만난 것일까?

물통에서 머리를 빼고 우리는 귀를 기울였다. 정희가 말했다.

서거를 위해 묵념을 하자.

나는 정희의 곽진 턱을 바라보며 대답했다.

그래, 묵념을 하자. 서거를 위해.

그날 종례를 하러 들어온 젊은 담임은 채변봉투를 안 낸 사람을 혼내지 않았고 폐지 수집량을 체크하지도 않았으며 육성회비 미납자를 호명하지도 않았다. 어제의 일기도 검사하지 않았다. 반장이 자리에서 일어나 차렷, 경렛, 하고 인사를 하기도 전에 담임은 서둘러 입을 열었다. 얼굴은 상기돼 있고 뭔가 잔뜩 흥분한 표정이었다.

여러분, 대통령께서 돌아가셨습니다. 모두들 곧바로 집으로 돌아가세요. 오늘은 산에도 가지 말고 운동장에서 축구도 하지 마세요. 골목에서 놀아도 안 됩니다. 집에 가서 라디오를 들으세요. 텔레비전을 보세요. 텔레비전이 없으면 텔레비전이 있는 친구 집에 가서 보세요. 역사가…… 역사가 바뀌고 있습니다.

담임의 상기된 얼굴을 바라보며 나는 멍하니 중얼거렸다. 아, 대통령 곽하가 돌아가셨구나. 서거라는 것은 대통령 곽하께서 죽었다는 뜻이구나. 대통령 곽하가 서거하셨다니. 그런데 그건 대체 무슨 뜻일까?

나는 대통령 곽하가 죽을 수 있다는 것을 한번도 생각해본 일이 없었다. 대통령 곽하가 바뀔 수 있다는 것도 상상해본 일이 없었다. 태어난 뒤부터 대통령 곽하는 오직 한분뿐이었다. 그것은 나에게도 정희에게도 마찬가지였다. 그가 총에 맞아서 죽었다는 것은 나중에 알았지만, 그날 우리는 진심으로 슬프고 비통한 마음으로 하교를 했다.

정희에게는 나 외에 친구가 없었지만 정희의 집에는 형제들이 많았다. 4남 2녀의 막내였기 때문에 정희는 집에 들어가고 싶어 하지 않았다. 정희는 종종 우리 집에서 시간을 보내다가 밤이 이슥해서야 자기 집으로 돌아갔다. 우리 집 쪽문을 열고 나가 자기네 집 철제 대문을 밀고 들어가면 되었다. 우리는 대개 방구석이나 골목에서 놀았는데, 땅따먹기를 하고 찐뽕을 하고 딱지를 쳤으며 아톰과 로보트 태권브이를 오려서 허공을 날아다녔다.

그런 시간이 쌓이자 정희는 나에게 얼마간은 형제 같았다. 삶이란 무엇일까? 그런 질문을 하지 않던 시절에, 이제 막 삶이라는 것을 처음 느끼기 시작하던 시절에, 어린 마음에도 세상이 깊은 물속처럼 느껴지던 시절에, 나는 거울을 보듯 정희를 바라보았다. 정희의 얼굴을 보면 내 얼굴을 보는 것 같았다. 나는 정희가 무슨 생각을 하고 있는지 알 수 있었고, 정희는 내가 무슨 말을 꺼내기도 전에 내가 할 말을 먼저 하곤 했다.

하지만 정말 그랬을까? 단지 어린이답게 단순한 대화만을 나누었기 때문이 아닐까? 그것이 너무 단순했기 때문에 우리는 서로를 닮았다고 착각했던 게 아닐까? 단순한 대화만으로도…… 단순한 놀이만으로도…… 형제 같은 친구가 될 수 있었기 때문에? 지금의 나는 아무것도 확신할 수 없다. 단지 그런 시절이 있었다는 것만을 어렴풋이 기억할 뿐.

인생이란 강물처럼 흘러가는 것 같다가도 어느 순간에 툭, 끊기기도 하는 것이다. 정희와 나 역시 마찬가지였다. 초등학교를 졸업할 무렵 정희와 내가 갈라서게 된 데에 특별한 이유가 있었던 건 아니다. 다만 하나의 이미지만이 내 머릿속에 남아 있다.

우리는 그날도 고무 물통에 머리를 담그고 잠수놀이를 하고 있었다. 여름이었고 하늘이 높았던가. 가을이었고 낙엽이 지고 있었던가. 하늘이 높거나 낙엽이 지는 그런 오후에 청소를 하다가 빨간 물통에 고개를 처박는 것, 그게 나에게는 초등학생의 삶이었다.

여느 때보다 훨씬 오래 숨을 참았다고 생각하여 오늘만은 내가 이기리라고 생각했다. 이윽고 내가 고개를 들었을 때, 정희는 여전히 물통에 머리를 넣고 있었다. 역시 정희의 승리였다. 하지만 어쩐지 승리니 패배니 하는 생각이 들지 않았다. 이기고 싶다는 생각도 들지 않았다. 정희는 물통에서 고개를 빼지 않았다. 이상한 기분이 들었다. 아니, 이렇게 오래? 나는 처음에는 놀랐고 1분이 더 지난 다음에는 의아했으며 몇분이 더 지난 다음에는 뭘 어떻게 해야 할지 알 수 없었다.

죽었나?

물론 정희는 죽지 않았다. 그런 것은 직감으로 알 수 있다. 정희는 죽지 않는다. 정희는 단지 물속에서 묵념을 하거나 누군가와 대화를 하고 있을 뿐이다. 그렇다고 생각했다.

과연, 얼마간의 시간이 더 지난 뒤 정희는 고무 물통에서 천천히 머리를 꺼냈다. 그 순간, 왜였을까? 내 친구는 빨간 물통에 고개를 넣은 채 숨을 참다가 천천히 고개를 들었을 뿐인데, 그랬을 뿐인데,

나는 그에게 갑작스럽고도 격렬한 반감과 적의를 느꼈다. 그 반감과 적의가 너무 맹렬해서 나는 나 자신에게 경악했다. 나는 황급히 그 자리를 떠났다. 정희를 남겨두고 그 자리를 떠났다. 뒤도 돌아보지 않고 정희에게서 멀어졌다. 정희를 혼자 두고 정희를 버려두고 정희를 떠나 정희에게서 다급하게 도망쳤다. 대체 어떤 반감, 어떤 적의가 나를 사로잡았던가? 지금도 나는 그걸 설명할 수가 없다. 어느 여름과 가을 사이였던가. 어느 오후와 저녁 사이의 어스름이었던가. 어쩌면 이 모든 것은 그저 내 기억이 만들어낸 허상은 아닐는지.

우리 가족은 이사를 했다. 반지하이긴 하지만 방이 두 칸인 데다 입식 주방이 있는 집이었다. 정희와 나는 각각 다른 중학교에 배정받았다. 자연스럽게 우리는 더이상 만나지 않게 되었다. 나는 그것이 서운하지 않았다. 악머구리 끓는 중고등학교 시절이 기다리고 있었지만, 그때는 새로 이사를 해서 내 방이 생긴다는 것만으로도 좋았다. 삶은 햇볕이 들지 않는 작은 방으로 이루어져도 좋았다. 작은 방에서 바깥을 바라보는 것만으로도 좋았다. 나는 내 방이 물속인 듯 잠겨들었다.

그 무렵 나는 놀라울 정도로 정희를 생각하지 않았다. 내 방과 내 방에서 보이는 골목과 그 골목을 나가면 보이는 어지러운 전깃줄과 전봇대와 쌀집과 방앗간과 솜틀집과 그 앞에 주차된 포니와 브리사를 지나서…… 중학교를 졸업하고 고등학교를 졸업했을 뿐이다. 고독 외에 다른 것이 내게는 필요하지 않았다.

그 시절에 계통 없이 읽은 대여섯권의 책 때문에 나는 스스로를 비범한 인간으로 착각하고 있었다. 그 책들은 이상의 『권태』와 『오감도』였고 니체의 『선악의 저편』이었으며 카뮈의 『전락』이나 카발라에 관한 오컬트 책자들이었다. 그것들을 읽은 나는 나 자신을 동년배들보다 우월한 인간으로 느끼고 있었는데, 이런 느낌이 얼마나 유치하고 어리석은 것인지는 그때도 어렴풋이 알고 있었다.

하지만 우리가 머리로 안다고 해서 진정으로 자각하고 있는 것이 얼마나 되겠는가? 우리가 안다고 생각하는 것 모두를 진실로 깊이 자각한다면, 이 세상은 벌써 천국이 되었거나…… 지옥이 되었을 것이다. 우리 자신의 어리석음에 대해 우리가 아는 모든 것을 진실로 깊이 자각한다면, 우리의 사랑과 욕망과 자유에 대해 우리가 아는 모든 것을 진실로 깊이 자각한다면…… 이 세상은 벌써……

당연한 일이지만 그 시절의 나는 장군이나 대통령 또는 선생님이 되겠다는 식의 장래희망을 경멸하고 있었다. 치기만만한 청춘답게 나에게 매력적인 인간은 예술가와 혁명가밖에 없었다. 세상의 모든 악습에 대항하는 초인이나 인간의 고통을 예술로 승화시키는 우울한 영혼만이 나의 장래희망이었다.

그게 희망일 뿐이라는 것도 물론 예감하고 있었다. 나의 부모는 서울 변두리에서 하위 30퍼센트에 해당하는 가정을 이루고 있었다. 아버지는 파견 노동자로 중동에 나가 사막에서 일했고, 어머니는 하루 삯일을 받아다 종일 푼돈을 벌었다. 당시 막 인기를 얻고 있던 영화과에 입학하고 싶었지만 어차피 마음대로 되지 않는 게 인생이라는 것은 나도 알고 있었다. 중동에서 돌아온 아버지는 근엄한 표정으로 나에게 의대를 가라고 명령했다. 사지선다에 능하기만 하면 하위권 의대 정도는 진학이 어렵지 않던 시절이었다. 나는 순순히 수긍했다. 의사도 나쁘지 않지. 특히 정신과 의사는.

나는 금방 나 자신을 정당화했다. 그건 내가 당시 프로이트의 『쾌락원칙을 넘어서』를 읽었기 때문이었다. 사실은 프로이트가 아니라 이름 모를 외국 저자가 쓴 저급한 해설서였지만, 그 책 가운데 이런 내용이 있었던 것만은 기억한다. 인간은 쾌락원칙에 지배된다…… 인간은 쾌락을 추구하면서도 현실의 조건을 감안하여 적절하게 수위를 조절하는데 그 조절이 언제나 가능한 것은 아니다…… 일정한 선을 넘어서면 더이상은 쾌락이라고 부를 수 없는 *그것*에 사로잡혀버린다…… *그것*에 사로잡히고 나면 우리는 멈출 수 없게 되고, 멈출 수 없게 되면 미친 듯이 끌려가게 되고, 그렇게 끌려가다가 종국에는 죽음에 이른다……는 얘기였다.

이 설명이 정확한지 아닌지는 중요하지 않았다. 이 설명에는 무언가 섬뜩한 데가 있었고, 섬뜩한 데가 있었기 때문에 나를 매료시켰다. 쾌락만 그런가. 술, 도박, 마약 같은 것만 그런가. 종교도 그렇고 믿음도 그렇고 선악이라는 관념도 그렇고 수많은 이데올로기도 그렇고…… 심지어는 사랑을 하는 일조차도…… 그런 것이 아닌가. *그것*에 빠져들어 모종의 한계선을 넘는다, 한계선을 넘어 *그것*에 멱살을 잡힌 채 끌려간다, 그렇게 사로잡혀서, 포로가 되어서, 자기 자신을 잃고, 잃고, 또 잃어버리고, 종국에는, 죽음에, 이른다. 죽음이란 생물학적인 것만을 뜻하지 않는다. 자기 자신이 소멸되어 모종의 제로 상태에 이르는 것이 바로…… 죽음이다. 그런 죽음이란 과연…… 얼마나 매혹적인가.

나는 수도권 외곽에 위치한 의대에 진학했다. 대학에 가서도 나는 정희를 궁금해하지 않았다. 정희를 잊은 것은 아니었다. 언젠가 다시 만날 운명이니까……라고 생각한 것도 아니었다. 왜냐하면 이미 정희에 대해 많은 이야기를 듣고 있었기 때문에.

정희에게는 정희와 동갑인 조카가 있었다. 동갑인 조카라니? 정희의 어머니가 정희를 낳을 때 노산이었기 때문에, 정희의 어머니의 딸인 정희의 누나가 결혼을 해서 낳은 아들이 마침 정희와 동갑이었던 것이다. 복잡한가? 당연하다. 나도 처음에는 이게 무슨 말인가 어리둥절했으니까. 간단히 말하자면 삼촌과 조카가 같은 해에 태어났다는 뜻이다.

그래도 이상하지? 심지어 조카가 나보다 생일도 빨라.

정희는 그렇게 말한 적이 있다. 바로 그 정희의 조카가 대학 시절 동아리에서 만난 나의 동기였다. 나는 원하든 원하지 않든 정희의 소식을 듣게 된 것이다.

그 친구의 말에 의하면, 즉 정희의 조카의 말에 의하면, 정희는 중고등학교 시절을 평범하지만 우수한 학생으로 보냈다고 한다. 평범하지만 우수하다는 이상한 표현에는 근거가 있는데, 성적은 중하위권이었지만 언제나 반장을 도맡아 했다는 것이다.

반장을 하려고 부모를 동원한 것이 아니라……라고 말하면서 정희의 조카는 믿기 어려운 얘기를 덧붙였다. 정희가 교실에서 혈서를 쓴 적이 있다는 것이다. 대체 왜? 뭘 위해서? 무슨 이유로 그런 끔찍한 짓까지? 내가 다급하게 묻자 정희의 조카는 고개를 설레설레 저으면서 심드렁하게 답했다. 그건 나도 모르지. 그냥 뭐 반장이 되어야 했기 때문이 아닐까? 아니면 손가락에 우연히 피가 난 게 아닐까? 아니면 학교 교훈이 '충성 신의 헌신'이었으니까 그랬을지도 모르고. 어쨌든…… 손가락에 피를 내어 그걸로 글씨를 썼다는 얘기는 일화가 되고 소문이 되고 종국에는 신화가 되었다. 피의 이미지가 정희의 아우라를 이루었다. 정희의 주위에는 추종자들이 모여들었다……는 얘기였다.

중고등학교 시절을 보낸 뒤 정희는 곧바로 결혼을 했다. 집안끼리의 언약 때문에 기연가미연가하는 와중에 식을 올렸지만, 정희와 정희의 아내는 얼마 지나지 않아 갈라섰다. 성격이 달랐다거나 사랑을 하지 않았다거나 하는 이유는 아니었다. 그들은 그냥 서로에게 무관심한 듯 보였다. 집안끼리의 언약이라니, 지금 시대가 어느 시댄데 아직도 그런……이라고 말하며 혀를 찬 것은 내가 아니라 그 이야기를 들려준 정희의 조카였다.

정희를 더 궁금해할 여력이 내게는 없었다. 나는 나 자신을 추스르기에도 바빴다. 의대를 졸업하기도 전에 나는 충동적으로 입대해버렸다. 학교생활에는 적응이 되지 않았고, 첫 연애는 인생과 사랑에 대해 차가운 감정만 남긴 채 끝이 났다. 니체니 프로이트니 하는 것에는 일말의 관심도 가지 않았다. 주위의 모든 것이 나를 바늘로 찌르는 것처럼 느껴질 무렵이었다.

사병으로 입대했는데도 공릉동에 위치한 사관학교에 배치된 것을 운이 좋았다고 해야 할까. 다른 곳보다 여러모로 근무 여건이 좋았다. 서울 시내이고, 가까운 곳에 전철역이 있으며, 전철역 근처에는 포장마차들이 있었다. 외박이나 휴가를 나가면 혼자 아무 데나 들어가 한잔 걸칠 수도 있었다. 사관학교에서 전철역에 이르는 한적한 길을 나는 좋아했다. 서울에도 이런 조용한 길이 있다는 것에 감사했다. 아마 지금은 전혀 다른 모습으로 바뀌어 있겠지만.

사관생도들은 거의 예외 없이 정신적 스트레스에 시달렸다. 제복과 규율에 대한 믿음이 강하면 강할수록 내면에서 억압기제가 작동한다. 실은 그런 것이 군대의 목적이자 훈련의 일종이라고도 할 수 있다. 내적 억압 자체가 정상적인 프로세스인 것. 그것에 적응하고 익숙해지도록 만드는 것. 그럼으로써 일사불란한 조직을 이루고 전투력을 고양시키는 것. 그것이 조직의 목적이랄까, 그렇다는 뜻이다.

내가 정희를 다시 마주친 건 바로 그 사관학교 교정에서였다. 아니, 마주쳤다는 것은 정확한 표현이 아니다. 먼발치에서 내가 그를 발견했을 뿐이니까. 실은 발견했다는 표현에도 어폐가 있다. 지금도 죄책감을 갖고 있지만, 먼발치에서 그를 *관찰했다*고 말하는 편이 옳았다.

사관학교 교정은 민간의 어느 대학 교정보다도 쾌적한 분위기다. 예나 지금이나 마찬가지일 거라고 생각한다. 교내의 인구 밀도가 낮고 모두들 제복을 갖춰 입고 절도 있는 자세로 움직인다. 학교에서 근무하는 민간인들, 즉 군무원들만이 사복 차림으로 오갈 뿐이다. 그들은 수가 적고 특정 루트로만 다니기 때문에 교정의 분위기를 해치지 않는다.

나는 교수부 조교로 일했다. 각종 서류 및 학습 자료를 도맡았다. 석사학위를 가진 장교이자 교수가 학교 선배여서 그를 돕는 것이 업무 중 하나였다.

어느 볕 좋은 날, 나는 복사물을 들고 강의실로 향하고 있었다. 교수부 건물을 나오는데 저 앞쪽에서 생도 하나가 걸어오고 있었다. 어딘지 자세가 특이해 보였다. 사관학교에서 걷는다는 것은 *행진한다*는 뜻이다. 오와 열을 맞추어 이동한다는 뜻이다. 발까지 정확히 맞추어 걷는 것은 아니지만 어수선한 느낌은 전혀 없다. 모든 생도들은 모자에 단정한 제복을 갖추어 입고 있다. 사각형의 검은색 가방을 들고 절도 있게 움직인다……

딱히 무엇 때문인지는 알 수 없지만, 나를 향해 걸어오고 있는 사람은 그런 분위기에 어울리지 않았다. 모자는 머리에서 살짝 들뜬 듯이 보였고, 옷은 몸과 따로 노는 것처럼 느껴졌으며, 걸음걸이는 휘적휘적이라는 표현이 어울릴 정도였다. 제복이 저렇게 어울리지 않는 사람은 처음 보는군. 생도라기보다는 옷을 잘못 입힌 인형처럼 느껴져. 나는 생각했다.

가까이서 보니 그게 바로 정희였다. 정희는 나를 보지 못했지만 아마 봤어도 알아보지 못했을 것이다. 나는 모자를 깊이 눌러쓴 채 정희를 지나쳤다. 정희야,라고 부를 수도 있었는데 왜 그러지 않았을까. 정희가 정희답지 않은 옷을 입고 정희답지 않은 걸음걸이로 걷고 있기 때문은 아니었는데. 어쩌면 나는 정희를 마주할 준비가 되어 있지 않았는지도.

사관생도 시절의 정희에 대한 또다른 이미지는 이런 것이다. 사관학교 도서관에서였다. 미시마 유키오의 『금각사』를 감명 깊게 읽은 뒤 책을 반납하기 위해 도서관을 찾았을 때였다. 800번대 서가 사이의 바닥에 주저앉아 울고 있는 생도가 눈에 띄었는데, 그게 정희였다. 정희가 들고 있는 책은 기형도의 『입 속의 검은 잎』이었다. 그 시집이 나온 지 얼마 안 된 때였고, 나로서는 요령부득의 난해한 책이었던 것으로 기억한다. 시집을 읽으면서 눈물을 흘리다니 역시 정희답군. 새로운 군인상이야. 감성적이고.

나는 약간 냉소적으로 그렇게 생각했던 것 같다. 하지만 그후에 나는 정희가 앉아 있던 서가를 일부러 찾아가서 『입 속의 검은 잎』을 찾아 읽어보기까지 했다. 다시 읽은 시집은 난해하지 않았다. 알 수 없는 뜨거운 것이 내 안에서 치미는 것을 느꼈다고 해야 할까. 좀 민망한 고백을 하자면, 정희가 눈물을 흘리던 그 서가 사이에 주저앉아서, 나 역시 달콤한 고독의 눈물을 흘렸던 것이다.

그해 열린 생도들의 열병식에서 목격한 정희는 또 달랐다. 열병식은 아주 긴 훈련 과정을 필요로 한다. 오와 열을 맞추어 행진하는 것은 물론 집총제식과 경례 동작까지 모든 것이 일사불란해야 한다. 거대한 일체감이 느껴지지 않는다면 열병식은 열병식이 아니다. 정희는 키가 작았기 때문에 맨 뒤의 열에 배치되어 있었다. 나는 연병장 근처의 나무 아래 서서 훈련 과정을 물끄러미 바라보았다. 나무 그늘은 서늘했지만 연병장에는 뜨거운 기운이 아지랑이처럼 피어오르고 있었다.

정희가 열병과 분열에 집중하고 있다는 것은 먼발치에서도 분명하게 느껴졌다. 나는 묘한 기분에 휩싸였다. 어쩌면 나의 착시였을까. 절도 있게 행진하는 정희가 *미소*를 짓고 있었던 것이다. 자기 자신은 의식하지 못하는, 몸의 깊은 곳에서 흘러나오는, 무언가가 피부를 뚫고 나와 자신을 드러내는 듯한, 그런 미소. 오와 열을 맞추어 집총과 제식을 수행하는 정희는 거의 쾌감을 느끼는 것 같았다.

정희의 그런 표정을 나는 이미 오래전에 본 적이 있다. 초등학생 때의 매스게임에서였다. 운동장 계단에 전교생이 모여 서서 카드섹션을 했던 기억이 있다. 먼 곳에서 보면 무슨 구호나 그림이 보인다고 했지만 그게 뭔지는 알지 못했다. 우리는 구호나 그림의 일부일 뿐이었다. 모두들 피곤한 표정이었고 어서 빨리 연습이 끝나기만을 기다리면서 기계적으로 움직이고 있었다. 나는 매스게임 연습 시간을 혐오해서 몇번은 몰래 도망치기까지 했지만, 혼자 화장실 청소를 한 후로는 어쩔 수 없이 카드섹션의 일원이 되었다.

햇볕이 뜨겁던 그날, 내 옆에 서서 제법 커다란 카드를 힘차게 들어 올렸다가 단호하게 내리는 학생은 정희였다. 그의 눈빛이 반짝이고 있던 것을 기억한다. 입꼬리가 살짝 올라가 있었던 것을 기억한다. 나의 착각이었겠지만, 정희의 눈에 눈물이 고여 있었던 것도 같다. 지금 생각해보면, 정희는 자신도 자각하지 못하는 희열을 느낀 것은 아니었을는지. 자신을 초과하는 어떤 커다란 힘의 발생을 느낀 것은 아니었을는지. 그리고 나는 무슨 생각을 했던가. 얘는 왜 울지 하고 의아해했던가. 정희를 부러워했던가.

나는 제대를 했다. 제대를 하자, 제대를 했을 뿐인데도, 인생은 말 그대로 미친 듯이 흘러가기 시작했다. 이를 갈며 버틴다는 말이 비유가 아니었던 인턴 시절, 사회적 포지션에 익숙해지면서 안락한 미래를 그리게 된 레지던트 시절, 그리고 얼마간의 페이닥터 생활을 거쳐 정보업체를 통해 만난 사람과 결혼을 하고, 결국 처가에서 돈을 빌려 신경정신과 의원을 개업하기까지.

그때 나에게 인생은 과거에서 미래로 흘러가는 시간의 흐름이 아니었다. 삶은 노선도에 따라 운행되는 기차처럼 느껴졌다. 다음 정차할 역은, 다음 정차할 역은…… 노선도를 외우고 있는 사람처럼 움직였고 살아갔고 나는 그게 당연하다고 생각했다. 미래가 정해져 있다고 느꼈으므로 10년 후나 20년 후의 내 모습을 거의 오차 없이 예상할 수 있었다. 얼굴, 표정, 옷차림, 게다가 출퇴근 시간까지. 자정 무렵 거실에 혼자 앉아 위스키를 홀짝이는 풍경까지.

나에게는 메워지지 않는 공허감이 있었다. 병원 수익이 예상에 미치지 못했기 때문만은 아니었다. 아내는 애초부터 나에게 애정이 없었다. 아내는 단지 의사라는 이유로 나를 선택했던 지난날을 후회하고 있었다. 나는 나대로 결혼이라는 형식이 나와 맞지 않는다고 느꼈다.

몇년이 흐른 뒤에 우리는 서로에게 적응했다. 우리는 예의 바른 외계인을 대하듯 서로를 대했다. 서로를 정중하게 대할수록 서로의 먼 곳에서 살아가는 느낌이랄까. 각자의 안전한 행성에서 건조하게 살아가는 느낌이랄까. 섹스를 할 때조차 경건한 침묵 속에서 의례를 치르는 기분이었다. 그런 것이 나빴다는 것은 아니지만, 그런 것이 또 당연하달 수는 없는 것이다. 인생에는 그렇게 흘러가는 시간이 고이는 *웅덩이*가 따로 있는 것처럼 느껴졌다.

그 무렵, 그러니까 *웅덩이*에 빠져 정신없이 시간을 보내던 어느 날, 나는 아내에게서 이런 말을 들었다.

내게는 사랑했던 사람이 있어요. 뜨거운 사람이었죠. 나는 화상을 입듯 사랑을 했고, 그 뜨거움을 견딜 수 없었고, 그 사람을 떠났어요. 어느 순간 모든 감정이 다 타버렸다고 생각했기 때문에. 더 이상 감정에 휘둘리고 싶지 않았기 때문에. 그래서 당신과 결혼했어요.

아내는 숨을 고른 뒤에 말을 이었다.

그 사람이…… 얼마 전에 지병으로 세상을 떠났다는군요. 소식을 듣는 순간, 갑작스럽게 모든 것을 깨달았어요. 나는…… 이런 생활을 견딜 수 없어.

아내는 나를 소파에 앉혀놓고 조용한 어조로 말했다. 술을 마신 것도 아니고 흥분한 것도 아니었다. 나 역시 특별한 감정이 들지 않았다. 아내의 말을 해석하는 데 시간이 좀 걸렸을 뿐이다.

들은 말을 분석하고 해석하고 심층에 숨은 의미를 찾아내는 일이 직업이었지만, 시간이 지날수록 나는 반대의 경험을 하고 있었다. 환자의 말은 곧이곧대로 들어야 한다. 숨은 의미 따위는 없다. 꿈은 해석에 저항하지 않는다. 해석할 맥락 자체가 없기 때문이다. 숨은 의미가 있다고 해도 그것을 과대평가해서는 안 된다. 나는 아내의 말을 해석하지 않고 분석하지 않고 있는 그대로 받아들였다. 어두운 밤의 거실에서, 나는 마침내 아내를 이해했고, 조용히 모든 것을 수긍했다.

우리는 법적 분쟁 없이 헤어질 수 있었다. 겉으로나마 서로를 존중했기 때문일 것이다. 나는 병원에서 나오는 수익의 대부분을 처가에서 빌린 돈을 갚는 데 썼다. 아내는 나로서는 요령부득인 사회봉사 단체에서 일을 시작했다. 부유한 그녀가 어째서 그런 일을 하는지 나는 알지 못했다. 아마 부유하기 때문에 그런 일을 하는지도 모르지. 나는 중얼거렸다.

밤마다 병원 근처의 루프탑에 가서 가능한 한 값비싼 위스키를 마셨다. 여자는 다시 만나지 않았다. 재혼 같은 것을 할 생각도 없었다. 정신적 트러블이 있어 병원을 찾아오는 환자들에게 적절한 투약 처방을 하면서도, 나는 나 자신에 대해서는 뭘 어떻게 해야 할지 알 수 없었다. 시시때때로 정체를 알 수 없는 파괴적인 욕망에 시달렸을 뿐이다.

하지만 나는 페라리를 타고 시속 200킬로미터로 달리는 게 진정한 인생이라고 착각하는 테스토스테론의 노예가 아니었다. 내가 달리 할 수 있는 것은 없었다. 다양한 향정신성 제재를 스스로에게 투약하면서 자신을 경멸하는 것 외에는.

정희의 조카에게 들은 바에 의하면, 정희의 인생 역시 빠르고 격렬하게 흘러간 모양이었다. 표현이 이상하긴 하지만, 단지 빠르고 격렬하게 흘러가는 것이 인생이라는 것을 실감할 때가 있다. 정희는 사관학교를 졸업한 후 전방부대에 임관하자마자 군복을 벗었다고 한다. 군복을 벗고 민간인이 된 뒤 다시 군무원 신분으로 군대

생활을 계속했다는 것이다. 복잡한가? 당연하다. 나도 처음에는 이게 무슨 말인지 단번에 이해하지 못했으니까.

엘리트 코스를 거쳐서 장교로 임관했는데 장교가 되자마자 군복을 벗었다는 게 이해가 돼? 그런데 군복을 벗은 뒤에 다시 군대에서 근무하는 공무원이 되다니 제정신일까?

정희의 조카는 나를 보며 그렇게 말했지만, 정희의 이상하고 복잡한 경력은 그후의 드라마틱한 반전을 위한 준비였는지도 몰랐다. 정희는 군무원 생활 역시 금방 그만두었다. 그는 *돈을 벌기 시작했다*. 군대에 식재료를 납품하는 업체를 차렸다. 얼마 후에는 부대 내 구내식당 운영권을 따냈다. 이때 정희의 경력이 중요한 역할을 한 것은 물론이다. 사관학교 출신에 전직 장교이며 군무원이었으니 당연한지도 몰랐다.

돈을 모은 뒤 정희는 민간 부문으로 영역을 확장했다. 동업자를 구해 프랜차이즈 식당을 차렸다. 그게 기대 이상으로 성공적이었다. 트렌드를 잘 읽은 것도 있지만 그때는 마침 전국적으로 외식업이 다변화하던 때였다. 정희는 메뉴를 차별화한 프랜차이즈 식당을 늘리고 키웠다. 경험이 별로 없는데도 열정만으로 모든 것을 해내더라고, 정희의 조카는 말했다.

그런데 무서웠어. 어딘지.

정희의 조카가 덧붙였다.

눈이 벌겋다는 말이 비유가 아니야. 정말 눈빛이 뻘겋더라니까. 새벽부터 밤까지 직원들을 닦달하고 알바들을 후려친다는 거야. 악명이 높더라고.

정희가 주식과 부동산에 뛰어든 것은 예정된 수순이었는지도 모른다. 그 무렵 정희는 이미 사모펀드와 헤지펀드의 유력한 자금줄이 되어 있었다. 부동산 쪽으로도 승승장구를 이어갔다. 부동산에 한번 맛을 들이면 정상적인 월급쟁이들이 다 바보로 보이지. 이런 말을 한 것도 정희 자신이라고 했다. 주택 정도로는 안 돼. 빌딩이어야 해. 그게 정희의 지론이라는 것이다.

사업체를 담보로 정부와 은행에서 돈을 빌린다. 그 돈으로 빌딩을 산 뒤에 주위가 개발되면 되판다. 차익을 남기고 다른 지역의 더 큰 빌딩을 산다…… 그런 전형적인 프로세스가 반복되었다.

그즈음 정희의 조카, 즉 나의 친구는 정희와 다시 만나기 시작했다. 대학을 졸업한 뒤에는 왕래가 뜸했는데, 다시 얼굴을 보게 된 이후로 *관계 재정립*을 했다는 것이다. 그는 정희 쪽으로 자금을 넣어 재산을 불려보려는 듯했다. 정희를 통해서 돈을 벌어보자는 것이었다. 정희의 조카는 이 대목에서 얼굴에 떠오른 미소를 감추지 못했는데, 아마도 이미 수익이 꽤 돌아온 모양이었다.

그후에도 정희에게는 몇가지 신상의 변화가 있었다. 정희는 두번째 결혼을 했다. 이번에는 연애결혼이었고, *사랑을 했다*는 것이다. *사랑을 했다*……고 말하면서 정희의 조카는 어쩐지 아련한 얼굴로 이렇게 덧붙였다. 사랑이라는 단어를 발음하는 삼촌 표정이 잊히질 않아. 뭐랄까, 처음으로 인간의 어휘를 발음해보는 외계인 같았다고나 할까. 그게 내 나름으로는 인상적이었던 모양이야. 어느 날 밤에 나 혼자 내 집 소파에 앉아 있는데, *사랑*……이라고 조용히 중얼거려보게 되더라니까.

그뿐이 아니다. 정희는 어느 결엔가 독실한 기독교 신자가 되었다. 원래 불교 신자였던 아내까지 설득해서 교회를 다니게 만들었다고 했다. 정희는 사실 신이니 구원이니 종교니 하는 것에 대해서는 관심도 없고 아는 것도 없었다. 하지만 우연한 기회에 발을 들이고 나서는 새로운 대륙을 발견한 것처럼 굴었다. 정희는 재산의 많은 부분을 교회에 쏟아 붓기 시작했다. 무언가에 빠진 사람 특유의 강박이 느껴질 정도였다.

다행이라고 해야 할까? 교회에 다니기 시작한 이후 정희는 심신의 안정을 찾은 것처럼 보였다. 눈도 붉어지지 않았고 직원들을 괴롭히지도 않았다. 다만 누구를 만나도 교회에 다니도록 강권하는 바람에 대화가 어려울 지경이었다고 한다.

내가 정희를 다시 조우하게 된 것은 그로부터 오랜 세월이 지난 뒤였다. 인생은 언제나 자신의 방식으로 흘러간다. 누군가에게 인생은 수십수백가지의 다채로운 얼굴로 떠오르고, 누군가에게 인생은 단 하나의 얼굴로 수렴된다. 어느 편이 좋은 것인지는 아무도 단언할 수 없겠지만.

나는 서울 외곽으로 병원을 옮긴 상태였다. 간호사가 둘뿐인 작은 병원이었다. 신경정신과는 사회적 인식이 변하면서 환자가 늘어나는 추세였지만 나는 병원을 키울 생각이 없었다. 대개 이런 개인 병원에 오는 사람들은 불면이나 일시적 우울감 등 상대적으로 가벼운 장애를 호소하게 마련이었다. 스트레스를 비롯한 다양한 요인에 의해 뇌 신경전달체계에 화학적 불균형이 발생한 케이스들.

다정하게 환자를 맞이하고 다정하게 질문을 하고 다정하게 상담을 해주지만 결국 모든 것은 약물 치료로 귀결된다. 감당하기 어려운 환자는 인근 대학병원으로 보낸다. 별다른 특이질환 없이 정기적으로 처방전을 받아가는 고객들을 확보하는 게 병원 운영의 관건이었다.

그 무렵에…… 실은 나 자신이 약물로 지쳐가고 있었다. 나는 병원에서 빼돌린 오피오이드를 스스로에게 투여했다. 그게 아니면 지탱이 되지 않는 날들이었다. 왜? 어째서? 무엇 때문에? 나는 그것을 알 수 없었다. 엑스와이프의 본가에 갚는 돈을 빼더라도 나는 경제적으로 상류층이었다. 고향에 내려가 지내는 부모 외에는 부양해야 할 가족도 없었다. 외로움? 그런 것에 시달리는 성격이었다면 애초에 이런 삶을 택하지도 않았다.

의식의 심층을 헤집으며 보낸 인생이라고 할 수도 있지만, 사실 내가 한 일은 시상하부와 뇌하수체의 특정 부위를 마비시키거나 활성화시키는 것뿐이었다. 또는 세로토닌과 도파민과 에스트로겐과 테스토스테론의 적절한 비율을 맞추어주는 삶. 나는 중얼거리곤 했다. 의식의 심층에는 아무것도 없다. 그곳에는 텅 빈 물질덩어리가 있을 뿐이다……

깊은 웅덩이에 빠진 채 한치도 움직이지 못하는 느낌이었다. 어쩌면 여전히 빨간 물통 속에 머리를 들이밀고 있는 기분이었는지도 모른다. 잔물결들이 보이고 일렁이는 물의 바닥을 바라보며 살아온 것인지도.

그리고 어느 순간, 그 바닥에서 목소리가 들려온다. 멀고 깊은 바닥에서 들려오는 목소리다. 불안한 목소리, 흔들리는 목소리. 이해할 수 없는 목소리. 무서운 목소리.

여러분…… 여러분…… 묵념을 합시다…… 묵념을 합시다, 여러분.

어느 날 나는 익숙한 이름의 환자를 맞이했다. 모니터에 뜬 환자의 이름과 생년이 내가 아는 사람과 일치했다. 설마 이 곽정희가…… 그 곽정희일까. 나는 나도 모르게 미간을 찌푸렸다.

문을 열고 들어온 환자는 키가 작았다. 키는 작았지만 왜소해 보이지 않았는데 아마도 짧은 목과 다부진 어깨 때문인 듯했다. 얼굴이 갸름하면서도 각이 진 느낌이었다. 표정은 무표정. 얇게 다문 입술. 어디선가 낯이 익은, 아니 실은 너무나 잘 알고 있는, 바로 그 얼굴.

나로서는 사관학교에서의 조우 이후 무려 20여년 만이었다. 정희로서는 초등학교 이후이니 30여년 만일 것이다. 그런데 이것이 정말 20년, 30년 만의 만남인 걸까. 나는 어제 본 사람을 다시 본 듯 단박에 그를 알아보았다. 순식간에 세월을 건너뛰어 영영 흐르지 않는 시간 속에 들어와버린 기분이랄까.

정희는 그렇지 않은 것 같았다. 정희는 나를 알아보지 못했다. 당연한 일이다. 30년이라면 사실 어느 것도 확신할 수 없게 된다. 게다가 나는 100킬로그램이 넘을 만큼 몸이 비대해져 있었으며 고급 금테 안경을 쓴 얼굴에는 이제 중년 남성 특유의 거무스름한 그림자가 드리워져 있었다. 게다가 두어차례 보톡스를 맞은 뒤였다. 30년 전의 나를 데려와 지금 내 앞에 세워놓는다 해도 나를 알아보지 못할 것이다. 나는 짐짓 모니터를 바라보며 덤덤하게 물었다. 어떻게 오셨나요.

정희는 나를 물끄러미 바라보다가 창밖으로 시선을 돌렸다. 표정은 불안정했고 눈빛은 미세하게 흔들리고 있었다. 스스로 근육을 통제하지 못하는 듯 간헐적으로 얼굴이 씰룩거렸다.

그게, 나 자신이 자꾸 이상하게 느껴져서 말입니다.

나는 가만히 다음 말을 기다렸다. 오른쪽 눈가의 근육이 떨리는가 싶었는데, 정희의 입에서 문득 과격한 단어가 튀어나왔다.

자꾸 살의를…… 살의를 느낀다 말입니다. 사실 나에게는 살의 같은 걸 느낄 이유가 없어요. 나는 돈이 많습니다. 돈을 많이 벌었어요. 식당도 하고 공장도 하고 주식도 하고 부동산도 하고, 말 그대로 미친 듯이 벌었으니까. 이제 내가 가진 돈으로 이 나라를 바로 세우고 싶은데, 지금 이 나라가 어디로 가는지 걱정이 돼서 잠이 안 온다 말입니다. 잠이 안 올 뿐만 아니라, 자꾸 살의를 느낀다 말입니다, 살의를…… 살의를…… 이게 비정상이라는 건 나도 잘 알고 있습니다만……

나는 심상한 어조로 물었다.

나라 걱정은 비정상이라고 할 수 없는데…… 살의를 느끼신다는 건 어떤 건가요?

그게, 그게 좀 불분명하다 말입니다. 살의를 느끼기는 느끼는데, 그 살의가 뭘 어떻게 하려는 살의인지 모르겠다…… 어디를 향하는지 모르겠다…… 대통령인가? 국회의원들인가? 기자들인가? 내 가족이나 지인들인가? 그런데 내가 그런 것에 살의를 느낄 리가 없잖아. 나는 돈도 많고 아쉬운 게 없는 사람인데…… 그런데 내 안에서 무언가가 자꾸 그러라고 말하는 것 같은……

말을요? 말을 합니까? 무언가가?

아니, 말을 한다고 해서 무슨 환청 같은 게 아닙니다. 나는 환청이나 환상을 보는 나약한 사람이 아니다 아닙니다. 불분명하지만 명확한 무언가를 느낀다 말입니다. 그러니까, 내가 혼자가 아니다…… 내가 혼자가 아니다……

내가 혼자가 아니다.

그렇죠. 혼자가 아니다. 내가, 매일 기도를 합니다, 기도를. 기도를 하면 마음이 편해지거든요 확실히.

기도를 하면 마음이 편해지신다. 그건 그렇지요. 사람들이 대개 그렇습니다.

정희는 내 반응에는 관심이 없는 듯 말을 이었다.

그래서 내가 기도하는 걸 좋아합니다. 아주 좋아합니다. 기도로 하루를 시작해서 기도로 하루를 끝낸다 말입니다.

그때 내 입에서 엉뚱한 말이 튀어나왔다.

묵념은 어떻습니까?

네? 묵념이요? 묵념? 묵념 말입니까?

정희가 나를 바라보며 되물었다. 나는 손으로 입을 가리며 웅얼거리듯 말했다.

아, 꼭 묵념이라기보다는……

갑자기 흥분한 표정이 되어 정희가 급하게 내 말을 끊었다. 그의 말이 빨라졌다.

맞습니다. 맞습니다. 묵념도 좋아한다 말입니다. 기도든 묵념이든 그런 걸 하고 있으면 내가 한 사람이 아니다. 외로움이 없다. 그런 걸 실감하게 되거든요

……그래서 살의를 느끼신다?

그게, 나는 그러고 싶지 않은데, 자꾸 그러라고 부추기는 느낌이다 그 말입니다.

누가 부추기나요? 누가? 구체적으로?

아니, 구체적으로 누가 딱 그런다는 게 아니라, 그런 것 같은 느낌이 든다 말입니다. 미친 듯이 일을 하고 감독을 하고 지시를 하고 계산을 하고 결정을 하고 그러다가 문득 고개를 들면 여기가 어딘가 싶고…… 누가 나를 대신하는 것 같고…… 그런 느낌이……

거기까지 말하고 정희는 갑자기 나를 빤히 쳐다보았다. 나도 정희를 바라보았다. 정희가 뭔가 의아한 표정으로 천천히 입을 열었다.

그런데 우리, 어디서 만난 것 같지 않습니까?

나는 모니터 쪽으로 시선을 돌렸다.

아, 그런 얘기 많이 듣습니다. 제가 흔한 얼굴이라서요. 모두들 어디서 본 것 같다고들 하죠.

그렇군요. 흔한 얼굴이시다…… 그렇습니다. 사람이란 참으로 다양하면서도 단순한 얼굴을 갖고 있기 때문에……

정희는 그렇게 말했다. 그 순간 또 엉뚱한 말이 내 입에서 튀어나온 것은 왜였을까. 무언가가 내 뒷목을 바늘로 콕 찔러서 반사적으로 튀어나온 듯한.

혹시…… 물에 머리 넣는 걸 좋아하시지 않습니까?

그렇게 말하자마자 나는 나도 모르게 얼굴을 찌푸렸다. 정희는 무슨 소리냐는 표정으로 나를 바라보았다. 나는 평정심을 되찾기 위해 안간힘을 썼다. 나는 더듬거리고 있었다.

아, 제 말씀은…… 약물, 약물 치료를 하면 좋아질 수 있다…… 그런 말씀입니다.

나는 다급하게 치료 방법과 기대효과를 주절대기 시작했다. 환청에 대해서는 정밀검사를 해봐야 안다, 지금 얘기한 정도로는 특이질환이 의심되지 않는다, 스트레스 때문에 생긴 일시적 증상일 것이다…… 나는 정중하게 설명했다. 정희는 나를 바라보며 천천히 고개를 끄덕였다. 표정이 없는 얼굴이었다.

그후 정희는 다시 병원을 찾지 않았다. 안정제 몇알로 치료가 되었을 리는 없었다. 하지만 누구든 병원을 다시 찾지 않는다면…… 그것으로 좋은 것이다. 병원은 좋은 곳이 아니니까.

정희를 다시 마주친 건 거리에서였다. 어느 주말, 나는 하릴없이 광화문을 걷고 있었다. 목적 없이 걷는 것만이 나를 견디는 방법이었다. 혼자 도심 산책이나 하다가 교보에 들러 새로 번역돼 나왔다는 미시마 유키오의 자서전을 구해 올 요량이었다. 그리고 또 술을 마시러 가겠지.

토요일이었기 때문에 도심에는 형형색색의 깃발과 팻말을 든 시위대들이 눈에 띄었다. 세종문화회관 쪽에서는 무슨 문화제가 열리고 있었고, 조선일보 사옥 근처에도 시위대가 있었다. 나는 시위하는 사람들 사이를 유영하듯 지나 앞으로 나아갔다. 그런데 어느 시위대였던가, 단상에 올라가 있는 사람의 얼굴이 낯익었다. 조선일보를 지나 교보 쪽으로 건던 나는 얼어붙은 듯 걸음을 멈추었다.

정희였다.

정희는 마이크를 들고 열변을 토하고 있었다. 전국 무슨 연합회 회장이라는 것 같았지만 무슨 연합회인지는 들리지 않았다. 단상 앞에 모인 사람들 사이로 십자가도 보이고 태극기도 보였다. 나는 정희를 먼발치에서 물끄러미 바라보았다. 뭐라고 외치는지는 들리지 않았지만, 정희는 단상이라는 공간에 잘 어울려 보였다. 표정도 목소리도 제스처도 바로 그곳에서 태어나 그곳에서 살아온 사람처럼 자연스러웠다.

그러던 어느 순간, 정희와 나의 눈이 마주쳤다.

거리가 꽤 멀었기 때문에 어쩌면 나의 착각이었는지도 모른다. 하지만 정희가 *내* 쪽을 바라보고 있었던 것만은 분명하다. 나도 정희를 물끄러미 바라보았다.

우리는 서로를 오래 바라보았다.

오래…… 바라보았다.

마치 물속에서 서로를 마주 보듯이.

주위의 소음이 천천히 가라앉았다.

낙엽이 지고 석양이 드리우는 계절이었다.

광화문이었다.

정희의 사망 소식이 들려온 것은 그로부터 며칠 뒤였다. 정희의 조카, 그러니까 내 친구가 정희의 부고를 알려왔다. 정희가 청와대

앞에서 분신을 했다는 것이다. 정희의 이름은 포털의 실시간 검색어 순위에서 몇시간 동안이나 수위에 올랐다. 여러가지 사연이 화젯거리가 되고 정치적 쟁점도 있었던 모양이지만, 나는 그런 것에 관심이 가지 않았다. 나는 정희의 몸에 불이 붙었다는 사실만을 생각하고 있었다. 나는 뉴스가 떠 있는 컴퓨터 화면을 노려보았다. 끈질기게 노려보았다.

정희가 없다.

정희가 죽었다.

정희가 영영 사라져버린 것이다.

나는 그것 외에 아무런 생각도 할 수 없었다.

얼마 후 나는 병원을 처분하고 고향으로 내려갔다. 고향이라고는 하지만 아주 어릴 때 떠난 뒤로는 나 자신에게도 낯선 서해안의 소도시일 뿐이었다.

서울 생활에 지친 부모님이 해안가에 새로 집을 지어 거주하고 있었다. 나로서는 몸만 옮겨가면 되었다. 어째서 의사 일까지 그만두고 고향에 내려왔는지는 아무도 묻지 않았다. 그런 걸 물어볼 만한 사람이 없기도 했지만, 누가 묻는다고 해도 딱히 대답할 말이 있는 건 아니었다. 나 자신에게조차 이유를 댈 수 없었으니까.

모친과 부친은 이제 정신 줄을 깜빡깜빡 놓고는 했다. 두분은 서로를 돌보면서 말년을 보내고 있었다. 나는 입주도우미를 들이는 것으로 간병을 대신해왔다.

몸과 마음은 성치 않아도 서로를 위하면서 살면 견딜 만한 모양이었다. 뇌에는 안개가 끼어 있고 몸의 기관들은 낡고 녹슬었지만 두분은 서울에서 살던 시절보다 더 행복해 보였다. 전직 의사로서 할 말은 아니지만, 그건 어쩌면 바다 덕분일지도 모른다. 넓고 깊은 물을 바라보는 것만으로도, 끊임없이 밀려오는 물과 밀려가는 물을 바라보는 것만으로도, 먼 곳에 수평선을 이루고 있는 물을 망연히 바라보는 것만으로도, 영혼의 무언가가 치유되는 것인지도.

어느 날, 모친은 휠체어에 앉아 바다 쪽에 시선을 두고 있었다. 모친이 문득 입을 열어 나에게 이렇게 말했다. 모친 옆에 쭈그려 앉아 수평선을 바라보고 있던 나에게.

기억하니? 어렸을 때는 네 이름도 원래 정희였다. 그런데 네가 초등학생 때 그 양반이 죽고 난 뒤에 이름을 바꿨지. 어쩐지 그래야 할 것 같아서.

나도 알고 있었다. '그 양반'은 전직 대통령이었다. 이름 때문에 비슷한 운명을 반복할까 두려워한 부모님은 '그 양반'이 죽은 이후 내 이름을 바꾸었다.

나는 이름에 운명이 각인되어 있다는 성명학의 원리 같은 것은 알지도 못하고 믿지도 않는다. 하지만 때로 이름이 우리의 전부일지도 모른다는 생각이 들 때가 있다. 내 이름이 정희였을 때를 생각하면, 정희였던 어린 시절의 내가 마치 거울을 바라보듯이 마주보던 내 친구 정희를 생각하면, 그리고 두 정희가 함께 머리를 물속에 넣고 있던 시절을 떠올리면…… 그런 생각이 드는 것을 어쩔 수 없다.

지금도 나는 어린 시절의 그날 나를 사로잡았던 갑작스럽고 이해할 수 없는 감정에 대해 생각할 때가 있다. 30여년 전 그날. 나와 정희가 초등학생이던 그날. 그러니까 물통에서 먼저 머리를 꺼낸 내가, 여전히 물통에 머리를 담그고 있던 정희를 바라보며 이렇게 말했던 그날.

너는 *망령*이 들 거야.

나는 나직하지만 확신에 찬 어조로 말했다. 정희는 물속에 고개를 박고 있었기 때문에 나의 말을 듣지 못했을 것이다. 나는 정희에게 다시 말했다.

너는 *망령*이 들 거야.

나는 반복해서 말했다. 어쩐지 화가 난 목소리라고 해도 좋았다. 이 말을 꼭 해야 한다는 다급한 마음에 시달리고 있었지만, 정작 나 자신은 내가 무슨 말을 하고 있는지 알 수 없었다. 초등학생이 어째서 '망령' 같은 이상한 단어를 썼는지도 알 수 없었다. 그건 마치 '정신적'이라거나 '교분' 같은 단어처럼 이상한 순간에 이상한 방식으로 내 입에서 튀어나왔다.

그렇게 말한 뒤에 나는 물속에 머리를 담그고 있던 정희에게 한 발 한 발 다가갔다. 지금 생각해도 의아한 일이다. 내 영혼의 어디에 그런 감정이 숨어 있었던 것일까.

나는 정희의 머리를 붙잡고 더 깊은 곳으로 밀어 넣어 그대로 숨을 못 쉬게 하고 싶다는 무서운 감정에 휘말려 있었다. 그것은 갑자기 내 몸속에서 솟아오른, 완강한, 명백한, *살의*였다.

나로서는 이해할 수 없는, 거칠게 나를 사로잡아 도무지 거역할 수 없는…… 자꾸 살의를…… 살의를 느낀다 말입니다……라고 중얼거리는 알 수 없는 목소리가 머릿속에서 울려퍼졌다.

내가 그런 감정에 사로잡힌 채 한 발 한 발 다가가던 순간, 정희가 홱, 물통에서 고개를 꺼내 들었다. 정희의 턱에서, 정희의 귓불에서, 정희의 머리카락에서, 물이 뚝뚝 떨어져 내렸다. 지금도 나는 그 물방울들 하나하나를 눈앞에서 보듯 정확하게 떠올릴 수 있다.

정희는 숨을 몰아쉬며 나를 바라보았다.

나도 얼음처럼 굳은 채 그 자리에 멈춰 서서 정희를 바라보았다.

이윽고 정희가 입을 열었다. 심상한 어조였다.

망령……이 뭐야?

나는 손을 천천히 들어 올려 내 입을 막았다. 비명이 터져나올 것 같았다.

나는 정희를 그대로 두고 슬금슬금 뒷걸음질을 쳤다. 몸을 돌려 정희에게서 달아났다. 미친 듯이 달아났다. 이곳에서 멀어지지 않으면 안 된다는 화급한 감정만이 나를 지배하고 있었다. 무언가가 내 머릿속에서 비명을 지르는 느낌이었다. 의미가 사라진, 악을 쓰는 것에 가까운, 급기야 단말마라고 해도 좋은……

나는 그날 나를 사로잡았던 살의에 대해 제법 오래 생각해왔다. 거의 평생을 생각해왔는지도 모른다. 때로는 그게 어떤 종류의 것인지 알 것 같은 느낌이 들기도 했다. 하지만 우리가 머리로 안다고 해서 진정으로 자각하고 있는 것이 얼마나 되겠는가? 우리가 안다고 생각하는 것 모두를 우리가 진실로 깊이 자각한다면 이 세상은…… 벌써 천국이 되었거나……

지옥이 되었을 것이다.

혹자가 말하길

김지우가 말했다. 자꾸 보여요. 황보염이 물었다. 자꾸 뭐가요? 혹자가요. 혹자가? 응. 혹자가. 혹자가 왜 보여요? 보인다니까요 혹자가. 그러니까 혹자가 어떻게 보이는데요. 아니, 그냥 보인다고. 보이는 걸 어쩌냐고.

김지우가 항의하듯 말했다. 살짝 일그러진 지우의 표정을 염은 물끄러미 바라보았다. 염은 회사에 다녀와서 피곤한 참이었다. 지우도 회사에 다녀와서 피곤한 참이었다. 염은 인터넷 신문사에 계약직으로 다녔고, 지우는 직원이 둘뿐인 작은 출판사에 다녔다. 어쨌든 둘 다 피곤했는데 지우가 뭐가 보인다며 염에게 말을 걸었고, 보인다는 게 하필이면 혹자라는 것이었다. 정말이지 하필이면.

염은 음, 하고 침묵했다. 지우도 음, 하고 침묵했다. 침묵이 한참을 흘러갔다. 염은 지우에게 뭐라고 말을 하려고 했지만 하지 않았다. 하려고 했지만 하지 않은 말은 이런 것이었다.

실은, 나도 혹자가 보여요.

*

염이 혹자를 본 건 며칠 전 화장실에서였다.

방광이 가득 찬 탓에 잠에서 깬 새벽이었다. 지금이 3시인가 4시인가. 어쨌든 이런 새벽에는 일어나고 싶지 않은데. 염은 이불 속에서 한참을 고민하다가 어쩔 수 없이 몸을 일으켰다.

화장실 문을 열고 들어가려는데 안에서 무슨 소리가 들렸다.

어, 잠깐. 사람 있어.

분명히 그렇게 말하는 소리였다. 순간적으로 염은 이곳이 집이 아니라 공용 화장실인가 하고 생각했다. 염은 평소에도 뭐든 헷갈리는 데는 일가견이 있기 때문에 충분히 가능한 일이었다. 하지만 공용 화장실이라면 다짜고짜 반말을 하는 건 곤란하지 않은가. 염은 그렇게 생각하며 주위를 둘러보았다. 어둡고 좁은 거실 풍경이 보였다. 창밖의 가로등 불빛이 물처럼 흘러 들어와 실내가 희끄무레했다. 확실히 새벽 시간이었고, 염이 사는 빌라 1층의 집 안이 틀림없었다.

지우는 회사에서 일박 이일로 워크숍인가 그런 걸 간다고 했는데. 그래서 집에 없는데.

염은 생각했다. 그러니까 집에는 염 혼자였다. 적어도 잠들기 전까지는 그렇다고 생각했다. 그런데 새벽의 화장실에서 누가 어, 잠깐, 사람 있어, 하고 말을 했던 것이다. 게다가 목소리가 지우 것과는 영 달랐다. 지우의 목소리는 차분하고 발음이 선명한 편인데 화장실에서 들려온 목소리는 굵은 저음에 억양이 없어서 책을 읽는 느낌이었다.

염은 이게 뭐지, 하고 생각하다가, 아니 이게 누구지, 하고 고쳐 생각하다가, 아니 누가 있을 리가 없잖아, 하고 결론을 내린 뒤에 화장실 문을 벌컥, 열었다.

안에 혹자가 있었다.

혹자가 바지를 내리고 상체를 굽힌 채 변기에 앉아 있었다. 혹자는 고개만 반짝 들고는 염을 바라보았다. 문을 연 채 멍하니 서 있는 염을 향해 혹자가 말했다.

아 이거 너무하잖아, 사람 있는데.

혹자는 변기에 앉은 채로 염을 바라보고 있었다. 염도 변기에 앉아 있는 혹자를 물끄러미 바라보았다. 여기가 우리 집 화장실이 맞는지 확신할 수 없다는 생각이 또 들었다. 염은 눈을 가늘게 뜨고 화장실 내부를 둘러보았다. 염은 늘 확신이 부족했고 늘 뭔가를 뭔가와 헷갈렸으니까.

하지만 이번에도 확실히 염이 사는 집의 화장실로 판단되었다. 모든 게 익숙했다. 변기는 좁은 화장실 공간의 오른쪽에 설치돼 있다. 욕조는 왼쪽에 설치돼 있다. 왼쪽 욕조 위에 통거울이 붙어 있어서 화장실 내부를 다 비추어주는 구조였다. 사각지대 같은 건 없었다.

왼쪽 욕조 위에 붙어 있는 통거울을 바라보았는데, 거기에는 혹자가 보이지 않았다. 염은 변기 쪽으로 시선을 돌렸다. 거기에는 확실히 혹자가 있었다. 바지를 내린 채 몸을 굽히고 앉아서 염을 물끄러미 바라보고 있는 혹자가 있었다.

*

염과 혹자는 옛 친구였다. 어린 시절 고향에서 물장구치고 함께 유년을 보낸……이라고 할 수는 없지만, 어쨌든 동네에서 같이 자란 동갑내기 친구였다. 물장구를 칠 만한 깊은 물이 없었으므로 염은 친구들과 그렇게 논 적은 없었다. 작은 저수지가 있긴 했지만 그곳은 대개 말라 있었고 물이 있어도 농업용수로만 사용되어 아이들이 출입할 수 없었다.

근처 야산을 같이 헤매고 돌아다니기는 했다. 메뚜기라든가 개구리라든가 잠자리라든가 그런 것을 잡으려고 돌아다니기는 했는데, 잡아서 뭘 하려고 그랬는지는 몰라도 어쨌든 그랬다는 것을 염은 기억하고 있었다.

염과 혹자의 고향은 집성촌은 아니지만 집성촌에 가까운 작은 동네였다. 상리, 중리, 하리로 나뉘긴 했어도 사람들은 대개 한 집 건너 한 집씩은 친척 관계였다. 염과 혹자 역시 동갑내기 친구일 뿐만 아니라 먼 친척 관계였는데 몇 촌인지는 사실 잘 모른다. 촌수 같은 건 알아봐야 위아래나 따지게 되니 쓸모없지만 아무튼.

염은 중학생이 되어 도시로 나온 뒤에는 혹자를 본 적이 거의 없었다. 아예 없었던 것은 아니고 '거의' 없었다고 한 것은 고향에서 혹자를 본 적이 있을지도 모르기 때문이었다. 고향에 가서 시골길을 걸을 때면 저기 앞에서 낯익은 등을 가진 사람이 구부정한 자세로 걷고 있게 마련이었다. 그게 혹자가 맞는지는 확신할 수 없지만 혹자가 아니라고 단정 지을 수도 없었다. 낯익은 등을 가진 사람이 구부정한 자세로 걷고 있으면 그게 누구든 아는 사람처럼 느껴지게 마련이었다. 그런 게 고향이라고 염은 생각하고 있었다.

염은 고향에 가도 집에서 제사나 지내고 금방 도시로 돌아오곤 했다. 고향 어르신들을 만나는 것도 불편했고 먼 친척들이나 친구들을 만나는 것도 힘에 부쳤다. 염은 연기처럼 고향 집에 스며들었다가 연기처럼 고향 집을 빠져나왔다.

그러니 고향에 가도 혹자와 어울린 적은 없었다. 혹자가 고향에 남아 있는지 아닌지조차도 알지 못했다. 마을을 떠났다는 말을 들은 적도 있고 다시 돌아와서 자리를 잡았다는 말을 들은 적도 있었다. 얼마간 시간이 흐른 뒤에는 혹자가 또 도시로 떠났다는 소문을 듣기도 해서 어느 쪽이 사실인지 확실치 않았다. 까놓고 말하자면, 특별히 궁금하지도 않았으니까 뭐.

*

어느 날 염은 염이 사는 도시의 거리를 걷다가 이봐, 하는 소리에 뒤를 돌아보았다. 거기 혹자가 서 있었다. 혹자는 골덴 조끼에 멜빵이 달린 통 넓은 바지를 입고 있어서 19세기에서 튀어나온 사람처럼 보였다. 유행 따위는 아무래도 좋다는 식의 차림새였지……라고 지금은 회상하지만, 사실 그때 염은 혹자를 알아보지 못했다.

그도 그럴 것이 혹자의 외모에는 어린 시절의 흔적이 별로 남아 있지 않았다. 자세도 구부정하지가 않았고 어깨에 뭔가 각이 진 느낌이었다. 혹자가 염의 어깨를 탁 치면서 야, 우리 옛날에 저수지에서 물장구도 치고 산에서 잠자리도 잡고 그랬잖아, 하는 식으로 옛 추억을 얘기한 뒤에야 염은 혹자가 혹자라는 것을 알았고 수긍했다. 함께 물장구를 친 적은 없다고 항변하려 했지만 한번쯤은 있었을지도 모른다는 생각이 들어서 염은 입을 다물었다.

*

그후로 혹자는 염에게 자주 연락을 취해왔다. 전화를 하고는 그냥 해봤어,라고 말하면서 시답지 않은 얘기를 몇마디 건네고 끊는 때도 있었고. 아, 오늘 술을 한잔했는데 술이 달아서 말이야, 하고 변성기 강아지처럼 취한 목소리를 낼 때도 있었다. 그런데 강아지한테도 변성기가 있나? 어쨌든.

혹자는 무슨 말을 꺼낼 때마다 아, 혹자가 말하길……이라고 시작하는 버릇이 있었다. 혹자가 말하길 네가 김지우와 결혼했다면서? 또는, 혹자가 말하길 요즘은 결혼 같은 거 다 안 한다든데 너는 무슨 배짱이냐? 하는 식으로 얘기를 했다. 혹자에게도 물론 본명이 있지만 말을 할 때마다 '혹자가 말하길' '혹자가 말하길'을 반복하는 통에 지우와 염은 혹자를 '혹자'라는 별명으로 부르고 있었다.

염은 혹자와 대화를 하면 곧바로 어린 시절로 돌아간 느낌이 들었다. 사투리를 쓰는 고향 사람을 만나면 갑자기 사투리가 튀어나온다더니 그런 것과 비슷했다. 사실 염은 고향에 가면 고향에서 평생을 살아온 것 같은 느낌이 들었고 그게 싫었다. 어린 시절부터 염은 고향을 떠나고 싶어 하는 사람이었는데, 고향을 떠나고 싶어 하는 것은 염만 그런 건 아니고 사람이라면 대개 다 그럴 거라고 염은 추측하고 있었다.

고향이 싫어서가 아니라 지루하니까 말이야. 고향은 아름답다. 아름답지. 아름다워. 하지만 똑같은 걸 평생 보고 있으면 지루한 게 인지상정 아닌가. 아, 물론 고양이라든가 개라든가 소는 안 그렇겠지. 고양이라든가 개라든가 소는 고향에서 차분하고 끈기 있게 잘 지내겠지.

그런 생각을 하면 염은 우울해지곤 했다. 고향을 배신한 것 같은 죄책감이 들기 때문이었다. 염은 고향을 떠난 뒤에는 그래도 고향을 그리워하게 되리라고 예상했다. 그것을 기대했다. 나중에 도시에 살면 가끔 고향에 돌아가서 어르신들한테 인사도 하고 어린 시절 친구들을 만나 술을 마시면 좋을 거라고 생각했다. 그런 것을 기대했다.

하지만 실제로 고향을 떠나보니 그렇게 되지 않았다. 어르신들한테 인사를 하는 것도 어린 시절 친구들을 만나 술을 마시는 것도 힘에 부쳤다. 사람들은 반갑고 그랬지만 고향에 가면 힘이 들어서 빨리 고향을 떠나고 싶다는 생각뿐이었다. 그런 생각이 들수록 죄책감이 들 뿐이었다.

염이 지우와 같이 살게 된 것도 그런 죄책감 때문이라고 생각할 수 있겠지만 그건 아니다. 지우와 같이 살게 된 것은 그냥 지우가 좋았기 때문이라고, 그것은 고향과는 아무런 상관이 없다고 염은 생각했다.

지우도 고향 사람이었다. 염과 지우가 결혼한 지 벌써 1년이 지났는데 염은 지우가 고향 사람이라는 것을 알면서도 지우가 좋았고, 무엇보다도 지우가 고향 사람인데도 좋다는 것이 참으로 좋았다. 고향 친구니까 함께 살 때는 오히려 존댓말을 써야 한다고 지우는 주장했는데, 서로 존댓말을 하는 것에 익숙해지자 염은 그것도 참 좋았다.

어린 시절에는 지우와 혹자와 염이 다 옆 동네에 살았다. 옆 동네라고 하지만 길 하나를 사이에 두고 적당히 떨어져 있는 정도였다. 지우는 중리 사람이었고 염은 하리 사람이었고 혹자는 상리 사람이었다. 상, 중, 하 순서대로 나열하면 혹자, 지우, 염, 그렇게 되었다.

저수지 물을 끌어 쓰는 문제로 상리와 하리가 싸울 때 중리는 중립을 지켰다. 셋이 있을 때도 지우는 중리 사람답게 중립을 지켰고, 염은 그런 것은 어떻게 되든 상관없다는 태도를 취했으며, 혹자는 어땠는지 기억에 없다. 아직 어렸을 때니까 중립이건 뭐건 상관이 없잖아. 게다가 옛날 얘기니까 다 가물가물.

*

성인이 되어 도시의 거리에서 만난 혹자는 염과도 가까워지고 지우와도 가까워졌다. 잠시지만 염과 지우의 집에 와서 지내기까지 했다. 왜 그렇게 되었는가 하면, 한번은 고향 친구니까 불러서 술을 마시자고 지우가 제안했고 염도 동의해서 혹자를 초대한 적이 있었다.

둘이 사는 좁은 집에 사람이 셋이 되자 좁은 집은 더 좁아졌지만 그런 북적임이 나쁘지 않다고 염은 생각했다. 혹자가 사온 술도 달아서 세 사람은 얼근히 취했다. 그런데 취한 혹자가 저수지에 물대는 문제로 상리와 중리와 하리가 싸웠던 이야기를 꺼냈다. 지우는 중리의 경우는 중립을 지켰으니 싸웠다고 할 수 없다고 정정했지만, 혹자는 중리에 저수지 물이 기본적으로 들어오기 때문에 그런 건데 그런 식으로 말을 하면 곤란하다고 반론을 제기했다. 말하자면 중리는 이러나저러나 자기네 전답에 물을 댈 수 있기 때문에 중립을 지킬 수 있었다는 얘기였다. 작은 말다툼이 일었다.

대체 언제 적 얘기를 갖고 다투느냐고 염이 중재를 시도했지만, 하리 사람들은 이 문제에 대해 할 말이 없으니 가만히 있으라는 식으로 혹자가 말하는 바람에 염도 제법 골이 났다. 그래서 혹자에게 반격을 했는데, 상리는 왜 상리고 하리는 왜 하리냐. 상리가 위고 하리가 아래냐. 하고 항의를 하는 바람에 말다툼이 심해졌다.

상리가 상리고 하리가 하리인 것은 위도상으로 그렇게 위치해 있기 때문이 아니냐. 혹자는 반박했다. 염은 하지만 그게 위도냐, 정말 위도냐, 하고 말한 뒤에, 위도란 무엇이냐, 경도란 무엇이냐, 상리 중리 하리는 사실 위도상으로는 거의 수평이기 때문에 그건 말이 안 된다고 주장했다. 혹자는 거의 수평인 건 맞지만 하리가 위도상 조금 아래인 것도 사실이라고 항변했다. 염은 조금이 대체 얼마라는 말이냐, 조금일 뿐인데 왜 상리로는 올라가고 하리로는 내려온다고 말하는 것이냐. 상리 사람들이 상전이고 하리 사람들은 하인이냐. 하고 따졌다. 혹자는 하리 쪽 전답이 넓어서 상리보다 부자들이 많았는데 무슨 소리냐, 너희 집도 우리 집보다 부자였지 않느냐, 하고 목소리를 높였다.

이번에는 지우가 중재를 시도했는데, 상리도 중리도 하리도 그냥 이름일 뿐이고 다 친척들인데 뭘 그러느냐며 건배를 제의했다. 친구끼리 다투는 모양이 우스워서 죽겠다는 표정이었다.

중리 사람이라서 그런지 지우는 분위기를 금방 화기애애하게 풀 줄 알았고 혹자도 그건 그렇다고, 혹자가 말하길 세상에는 어쩔 수 없는 것이 있는 법이라고 화답해서 세 사람은 다시 술을 마셨다. 뭐가 어쩔 수 없는 것인지는 모르겠지만 어쨌든 중재가 잘 되었기 때문에 분위기는 다시 도란도란해졌고, 그날 혹자는 거실에 자리를 얻어 잠을 잤다.

*

다음 날에도 혹자는 지우와 염의 집에서 시간을 보냈다. 지우와 염이 출근을 하고 퇴근을 하고 집에 돌아왔을 때 혹자는 방 두개 중 하나를 차지하고 잠들어 있었다. 지우와 염은 어깨를 으쓱해 보이고는 평소처럼 저녁을 먹고 밤 시간을 보냈다.

혹자는 셋째 날에도 돌아갈 생각을 하지 않았다. 지우와 염이 출근을 하고 퇴근을 하고 집에 돌아왔을 때가 되어서야 혹자는 부스스 일어나서 방을 나왔다. 지우와 염은 또 어깨를 으쓱해 보이고는 혹자와 함께 저녁을 먹었다.

밥을 먹던 혹자가 밖은 춥고 안은 따뜻하지, 하고 물어서 지우와 염은 겨울이니까 아무래도……라고 답하면서 고개를 끄덕였다. 그런데 혹자가 말하길, 하면서 혹자가 다시 저수지에 물을 대는 문제로 상리와 중리와 하리가 싸웠던 이야기를 꺼냈다. 이번에는 염도 지우도 반응을 하지 않았기 때문에 혹자는 제풀에 지쳐 금방 잠잠해졌다.

넷째 날 밤에 혹자는 감사하다는 말을 남기고 염과 지우의 집을 떠났다. 지우와 염은 혹자에게 잘 가라는 인사를 한 뒤에 다음에 또 보자는 말을 하려다가 하지 않았다. 하지만 혹자는 지우와 염에게 다음에 또 보자고 말했는데, 지우가 그래 다음에는 고향에서 보자라고 말하자 혹자는 고향에서도 보고 도시에서도 보자고 웃으며 농담을 했다. 염과 지우도 함께 웃었다.

*

그뒤로도 혹자는 연락을 해왔다. 그냥 해봤어, 그렇게 말하면서 안부를 묻고 금방 끊는 때도 있었고, 아 지금 술을 한잔하고 있는데 나올 수 있나? 하고 취한 목소리를 낼 때도 있었다.

그렇게 전화를 받고 나서 늦은 시간에 나가 혹자를 만난 것은 염이었다. 지우는 아니었다. 혹자가 한잔하자는데, 하고 염이 말해도 지우는 같이 가자는 말을 하지 않았다. 사실 지우는 늘 피곤해했기 때문에 염은 같이 가자고 더 권하려다가 그만두고 혼자 혹자를 만나러 나갔다.

그런 게 두번이었나 세번이었나 그랬는데, 염은 도시의 먹자골목 같은 곳에서 혹자를 만나 술을 마시고 대화를 나누었다. 혹자는 주로 부동산이나 주식 투자 같은 얘기를 했다. 자기가 옛날에 업체에 다닐 때부터 그런 데 밝았다고 혹자는 말했는데, 업체는 아무래도 업체라서 그런 쪽에 밝지 않으면 안 되었다고 진지하게 설명했다.

염은 그런 데 어두웠기 때문에 혹자의 얘기가 재미있었다. 너는 인터넷 신문사에 다닌다면서 왜 그런 걸 모르냐. 혹자가 그렇게 말해서 염은 자기가 문화면만 맡아서 그렇다고 대답한 뒤에 인터넷 신문사는 곧 그만두고 다른 일자리를 알아볼 거라고 덧붙였다. 자기네 신문사에서는 수많은 이야기들을 만들어내는데, 취재라기보다는 소위 카더라 통신들을 긁어모아서 재가공하는 일에 가까워서 염증이 났기 때문이라고도 말했다. 혹자는 이해가 간다는 듯 고개를 끄덕여주었다.

그렇게 혹자와 함께 술을 마시고 대화를 나누고 돌아오면 지우는 이미 잠들어 있었다.

*

어느 날 염은 먹자골목에서 함께 놀자고 제안하기 위해 혹자에게 전화를 걸었다. 그런데 전화번호가 바뀌었는지 그런 번호가 없다는 안내 멘트가 떠서 염은 어리둥절했다. 번호를 바꾸었나. 그러면 번호를 바꾸었다고 연락을 해야지. 염은 어깨를 으쓱할 뿐이었다.

그날 밤 지우는 고향에 있는 자기 아버지가 이상한 얘기를 했다고 염에게 말했다. 염과 혹자에 대한 얘기였다. 무슨 말씀을 하셨어요. 염이 물었다. 그게 말예요. 지우는 선뜻 말을 하지 못하고 질질 끌다가 다음과 같이 전했다.

염이 혹자와 술을 마셨다. 염과 헤어진 뒤에 혹자는 만취 상태로 혼자 걷다가 자동차에 치었고, 그 결과로 전치 2주의 부상을 입어서 병원에 입원했다. 전치 2주라면 작은 부상이라고도 할 수 있지만 경우에 따라서는 큰 병으로 발전하는 경우도 있기 때문에 혹자는 확실히 환자가 되었다, 그런 얘기였다.

염은 어리둥절했다. 같이 술을 마시고 헤어지긴 했지만 그때는 염도 혹자도 만취 상태가 아니었다. 혹자가 또 상리와 중리와 하리가 다툰 이야기를 꺼내서 염은 이제 그만 가자고 했고 혹자도 동의했기 때문에 헤어진 것뿐이었다. 상리와 중리와 하리는 대체 왜 다퉈서 이렇게 된 걸까. 사람들이 다투는 일은 대개 쓸데가 없지. 염은 집에 돌아오면서 그런 생각을 했을 뿐이었다.

지우의 말을 듣고 염은 어리둥절했지만 어리둥절해하는 것 외에는 특별히 할 수 있는 게 없었다. 번호가 바뀌었으니 전화를 걸어볼 수도 없어서 염은 가만히 있었다.

*

시간이 한참, 그러니까 몇달은 흐른 뒤에 또 제사를 지내야 하는 날이 다가와서 지우와 염은 고향에 갔다. 고향에 갔더니 염의 부친은 이제부터 제사는 지내지 않을 터이니 제사에 맞추어 내려오지 말고 편한 날을 잡아서 내려오라고 염에게 말했다.

염은 내려오는 것이 아니라 그냥 오는 것이라고 부친의 말을 정정했다. 도시가 위고 고향이 아래가 아니기 때문에 내려온다느니 올라간다느니 하는 표현은 잘못된 것이라고 염은 말했다. 올라간다느니 내려간다느니 하는 말은 한양에 왕이 살던 조선시대에나 가능한 표현이라고 염은 덧붙였다.

염은 그런 말을 하면서도 자신이 하는 말이 옳은 말이지만 뭔가 불쾌하다는 느낌이 들었다. 그 말이 지금 이 상황에 맞지 않기 때문에 그런 것인지, 언젠가 했던 말을 맥없이 반복하는 기분이라서 그런 것인지는 잘 알 수 없었다. 하지만 이미 뱉은 말이었으므로 염은 더욱 강하게 주장했다.

염의 부친은 고개를 끄덕였지만, 옆에 있던 염의 숙부가 갑자기 정색을 하며 말했다. 아니 그런데 혹자가 말하길, 너희들이 그렇게 나쁜 짓을 많이 하고 다닌다던데 사실이냐. 숙부는 그렇게 물었다. 염이 무슨 말이냐고 되묻자 숙부는 자세를 고쳐 잡고 앉아 설명했다.

혹자가 말하길, 지우와 염이 계모임 횡령을 하고 고양이를 학대하고 하와이로 여행을 가서 싸우는 바람에 경찰까지 출동했다는 것이었다. 정리하면 네가지였다. (1) 지우와 염이 계모임 총무를 하다가 돈을 갖고 잠적했다. (2) 고양이를 학대해서 조사를 받았다. (3) 하와이로 여행을 갔다. (4) 여행지에서 심하게 다투어 주위에 위협이 되었기 때문에 현지 경찰이 출동했다.

아니 그게 다 무슨 말이냐고 염은 말했다. 염은 반박했다. (1) 지우와 염은 친구들과 모임을 한 적은 있지만 그건 계모임이 아니라 그냥 송년회였다. (2) 개를 키운 적은 있지만 개가 죽고 나서는 아무것도 키운 적이 없고 고양이는 알러지 때문에 기를 수도 없다. (3) 하와이는 평생 가보지도 못했는데 무슨 말이냐. 염과 지우의 유일한 해외여행은 태국 치앙마이 여행이다. (4) 지우와 염은 보통 사람들처럼 서로 의지하면서 잘 지내고 어쩌다 다퉈도 골을 좀 낼 뿐인데 무슨 경찰이 출동했다는 것이냐.

가만히 듣고 있던 숙부가 입을 열었다. 그렇겠지. 총무는 안 했지만 모임은 했겠지. 고양이가 아니면 개를 키웠겠지. 하와이가 아니면 동남아를 갔겠지. 경찰이 출동하지 않았으면 잘 지내는 거겠지.

염은 무슨 말인지 이해하지 못했다. 염은 오랫동안 숙부네로 인사를 가지 않았다는 것을 떠올렸지만, 설마 그런 것 때문에 이러시는 것은 아니리라고 생각했다.

*

혹자와는 얼굴을 본 것도 통화를 한 것도 매우 오래되었다. 염은 혹자에게 전화를 해보았지만 역시 그런 번호가 없다는 안내만 뜰 뿐이었다. 염은 전화를 할 때마다 혹자가 덜컥 받아서 혹자가 말하길, 하고 얘기를 시작할 것 같은 기분에 사로잡혔다.

그런데 어느 일요일 오후에 혹자가 염에게 덜컥 전화를 걸어왔다. 화면에 낯선 번호가 떴을 때 염은 눈을 가늘게 떴는데, 이게 혹자의 번호라는 직감이 왔고 그건 정확한 것이었다. 혹자가 나다, 하고 말하자마자 염은 곧바로 질문을 던졌다.

이봐, 정말 교통사고를 당했나?

교통사고라니?

혹자는 영문을 모르겠다는 듯이 반문했다. 그간의 자초지종을 설명하자 혹자가 한참 만에 입을 열었다. 자기는 접촉사고를 당한 적이 있지만 전치 2주의 상처를 입은 적은 없다. 게다가 교통사고를 당했다느니 당하지 않았다느니 하는 건 지금 전혀 중요하지 않다. 그런 얘기였다.

염은 어리둥절했다. 어쨌든 이번에는 계모임과 고양이와 하와이와 현지 경찰 출동에 대해서도 물어야 했기 때문에 아니 그러면, 하고 입을 뗐는데 혹자가 선수를 쳤다.

그건 그렇고,

혹자가 이어서 말했다.

내가 사업을 하는데 돈이 필요하다. 돈이 필요해.

혹자는 돈 얘기를 꺼냈다. 염은 계모임과 고양이와 하와이와 현지 경찰 출동에 대해서 물어보려다가 또 말문이 막혔다. 혹자가 단도직입적으로 말했다.

사업을 하면 확실히 돈이 들거든. 돈이 든다. 적어도 일정 기간은 그렇다. 하지만 일정 기간이 지난 뒤에는 큰돈이 들어올 예정인데, 돈이 들어오면 이자를 배로 쳐서 갚을 테니 나한테 돈을 빌려다오.

염은 어이없는 표정으로 입을 열었다.

아니, 내가 계모임에서 돈놀이를 했다고 네가 말했다면서. 나는 돈놀이를 한 적이 없다고. 돈놀이를 할 돈도 없고.

염이 거기까지 얘기했을 때 혹자가 말을 끊었다. 갑자기 떨리는 목소리가 휴대전화에서 흘러나왔기 때문에 염은 매우 당황했다.

이봐. 나는 지금 급전이 필요하다. 제발 조금만 융통해다오.

혹자는 울먹이고 있었다. 진짜 울고 있다는 느낌이 들었다. 조금 있으면 통곡을 할지도 몰랐다. 염은 전화를 든 채 어쩔 줄을 모르고 있었는데, 혹자가 울음을 멈추고 애원하는 어조로 말했다.

우리는 고향 친구지 않나. 함께 물장구도 치고 도마뱀도 잡으러 다니고 그러지 않았나. 너희 집에서 막걸리도 위스키도 나누어 마시지 않았나. 그런데 겨우 돈 얼마를 못 빌려주나.

염은 어쩐지 화가 나서 단호하게 말했다.

나는 돈이 없고, 돈이 있어도 못 빌려준다. 게다가 우리는 함께 물장구를 친 적이 한번도 없다. 또 메뚜기라면 몰라도 도마뱀은 잡으러 다닌 적이……

염은 거기까지 말하고 나서 문득 입을 다물었다. 자신의 입에서 나온 말 때문에 놀란 것이었다. 나는 이렇게 차가운 사람이 아닌데 왜 이런 식으로 말이 나오지. 염은 당황스러웠다. 도마뱀은 아니라도 메뚜기를 잡으러 다닌 적은 있는데…… 개구리도 같이 잡으러 다녔는데…… 염은 후회했다.

혹자는 전화 저편에서 한참 말이 없었다. 염은 침묵이 불편해서 속으로, 아 이거 그냥 돈을 빌려줄까 하는 생각이 들었다. 혹자가 말한 대로 염과 혹자는 동갑내기 고향 친구고 막걸리를 함께 나누어 마시기도 했고 우정이라고 하면 우정이라 할 만한 것도 있지 않은가.

그래서 대체 얼마를? 하고 염이 물어보려는 순간, 혹자가 먼저 긴 침묵을 깨고 말했다. 물기가 싹 사라진 목소리가 되어 이렇게 말한 것이다.

알겠어. 잘살길 바란다.

전화는 그렇게 툭, 끊겼다. 차가운 목소리가 염의 귀에 남았다. 염은 다시 전화를 걸까 하다가 곧 포기했다. 혹자가 말하길, 세상에는 어쩔 수 없는 것이 있다는 말이 떠올라서였다.

*

그런 통화를 하고 나서 한달이 지난 어느 날이었다. 염이 퇴근을 하고 돌아왔는데 지우가 하얗게 질린 얼굴로 염을 맞았다. 참치캔을 따고 깻잎을 넣어서 볶은 뒤 쌀밥에 얹어 식사를 하자. 참기름을 뿌리면 맛이 있을 거야. 염은 그런 생각을 하면서 집에 왔는데, 이미 퇴근해 있던 지우가 떨리는 목소리로 이렇게 말한 것이다.

혹자가 죽었대요.

염은 반사적으로 물었다.

뭐라고요? 왜? 어째서?

염은 놀라서 가방을 떨어뜨렸다.

지우가 건너 건너 들은 소식에 의하면, 혹자는 열흘도 더 전에 집에서 심각한 방법으로 사망했으며 유품처리업체를 불러서 청소를 하는 데만도 며칠이나 걸렸다는 것이다. 심각한 방법이 무엇인지는 듣지 못했지만 결국 안 좋은 것을 흡입하거나 섭취한 것 아니겠느냐고 지우는 말했다.

염은 할 말을 잃었다. 열흘도 더 전에 심각한 방법으로 혹자가 사망했다. 열흘도 더 전에 혹자가 사망했다. 혹자가 열흘도 더 전에……

창밖에는 어둠이 깔려 있었다. 겨울이었기 때문에 바깥은 춥고 안은 따뜻했다. 바깥은 춥고 안은 따뜻하다는 것이 대체 무슨 뜻일까. 염은 그런 생각을 하고 있었다.

*

밤이 깊어가고 있었다. 지우와 염은 침대에 나란히 누워 있었다. 이불을 덮고 반듯하게, 손을 가슴에 모은 채로 천장을 바라보는 자세였다. 잠이 오지 않았다. 옆 사람이 잠을 자지 않고 있다는 것을 알면서도 둘 다 아무 말도 하지 않았다.

한참을 그러고 있다가 침대에 누운 채로 염이 말했다. 결국 이렇게 말한 것이었다. 말하지 않을 수 없어서 말하는 느낌으로.

그때 돈을 빌려주었어야 했을까요.

염이 그렇게 말하자 지우가 또 한참을 침묵하다가 말했다.

빌려줄 돈이 없었잖아요.

염은 지우의 말을 듣고 침묵한 뒤에 다시 말했다.

그래도 조금은 있었잖아요. 우리는 맞벌이고 은행 융자도 거의 다 갚았으니 다시 돈을 빌릴 수도 있고 그렇게 해서 돈을 빌려주었더라면 혹자가 혹시……

염은 말을 맺지 못했다. 지우가 염의 말을 끊었다.

우리가 돈을 빌려주었더라도 마찬가지였을 거야. 걔가 경마니 룰렛이니 이런 데 빠져 있다는 말을 들은 적도 있어. 분명히 도박 빚이나 사채 빚이었을 거고, 그러니까 한도 끝도 없는 데 빠졌던 거고, 한도 끝도 없는 건 한도 끝도 없는 거니까 이제 그만해.

지우가 조금 짜증스러운 목소리로 너무나 타당한 말을 했다. 그것이 타당한 말이라고 염은 생각했지만 이미 염의 마음속에는 깊은 그림자가 생겨버렸고 그건 지우도 마찬가지였다. 염은 잠이 오지 않았고 지우 역시 마찬가지였다.

*

그러다가 어느 날 지우가 이렇게 말을 한 것이다. 자꾸 보여요. 염이 물었다. 자꾸 뭐가요? 혹자가요. 혹자가? 응 혹자가. 혹자가 왜 보여요? 보인다니까요 혹자가. 그러니까 혹자가 어떻게 보이는데요. 아니, 그냥 보인다고, 보이는 걸 어쩌냐고.

지우는 항의하듯 말했다. 살짝 일그러진 지우의 표정을 염은 물끄러미 바라보았다. 염은 회사에 다녀와서 피곤한 참이었다. 지우도 회사에 다녀와서 피곤한 참이었다. 염은 음, 하고 침묵했고 지우도 음, 하고 침묵했다. 침묵이 한참을 흘러갔다.

염은 지우에게 뭐라고 말을 하려고 했지만 하지 않았다. 하려고 했지만 하지 않은 말은 이런 것이었다.

실은, 나도 혹자가 보여요.

*

혹자는 화장실에서 바지를 내린 채 몸을 앞으로 굽히고 변기에 앉아 있었다. 어 시원하다, 하고 소리를 내기도 했고, 염이 화장실 문을 열면, 아 이거 너무하잖아, 사람 있는데, 하고 항의를 하기도 했다.

하지만 거기까지였고, 염이나 지우에게 무슨 해코지를 하거나 막말을 하거나 하지는 않았다. 머리를 산발하고 하얀 한복을 입고 돌아다니지도 않았다. 혹자는 언제나 머리가 짧았고 골덴 조끼에 멜빵이 달린 통바지 차림이어서 다른 시대 사람 같았다.

그래도 지우는 처음에는 혹자를 무서워했다. 혹자가 집 안 곳곳에서 갑자기 불현듯 나타나기 때문이었다. 혹자는 화장실에 앉아 있기도 했고 소파에 앉아 텔레비전을 보기도 했고 잠을 자는데 침대 아래쪽에 누워서 코를 골기도 했고 현관 앞에 서서 벽을 보고 뭐라 뭐라 혼자 중얼거리기도 했다.

지우가 혹자를 무서워하자 염은 혹자에게 화가 났다. 그래서 혹자의 멱살을 잡고 이봐, 나가줘, 나가달라고, 하고 화를 내기까지

했다. 혹자는 어어, 이거 왜 이래, 나는 그냥 여기서 조용히 지낼 뿐이잖아, 하고 항변했다. 무슨 말을 하려나 싶어서 더 들어보면, 이봐, 너희들이 나한테 돈을 안 빌려줘서 내가……까지 말하다가 더 말하기 싫다는 듯 스르르 입을 다무는 것이었다. 그러면 염도 팔에 힘이 스르르 풀려서 어쩔 수 없이 멱살을 놓고 바닥에 털썩, 소리가 나도록 주저앉았다. 그러는 수밖에 도리가 없었다. 혹자는 멱살 쪽을 매만지면서 아아, 이거 아플 뻔했잖아, 하고 얼굴을 찡그렸다.

지우가 그 모양을 보고 있다가 아니, 이봐요, 귀신도 아픈가요? 하고 물었다. 비아냥은 아니었지만 비아냥으로 들릴지도 모른다고 지우는 생각했는데, 혹자는 넉살 좋게 웃으면서 아니, 귀신도 아프다고, 당연하잖아, 하고 대답했다. 상대가 귀신이기 때문에 어쩐지 존댓말을 해야 할 것 같아서 그렇게 했는데 이놈이…… 하고 지우는 생각했다.

*

지우와 염이 아침에 출근을 하는데 혹자가 소파 뒤에서 일어나서 현관까지 따라 나와 배웅을 했다. 머리칼이 부스스했다. 지우와 염은 그런 혹자를 보지 못한 척했지만 혹자가 아 이거 너무하잖아, 사람 있는데, 하고 항의를 하는 바람에 그쪽을 쳐다보지 않을 수 없었다.

그러면 혹자도 지우와 염을 바라보았고 웃는 낯을 지었다. 웃는 낯이라고는 했지만 얼굴의 근육들이 제멋대로 일그러진 모습이어서 '웃는다'는 신호를 빼면 결코 웃는다고 말할 수 없는 표정이었다. 어쨌든 그렇게 웃고 있는 혹자의 등 뒤로 햇살이 흘러 들어와서 허공에 떠 있는 먼지들이 하나하나 투명하게 보였다. 그 모습이 어쩐지 환하고 아름다워서 지우와 염은 뭔가에 홀린 기분이 되었다.

지우와 염이 퇴근을 하고 돌아오면 혹자는 혼자 식탁에 앉아 지우와 염을 바라보고 있었다. 그러고는 입을 벌려서 아, 나는 배고픈데 너희들은 배가 고프지 않은가? 하고 물었다. 그 표정이 너무나 천연덕스러워서 염은 자기도 모르게, 아 물론 나도 배가 고프지 하고 대답해버리고 말았다.

염은 참치캔을 따서 깻잎을 넣은 뒤에 잘 볶다가 참기름을 살살 뿌려서 저녁 식사 준비를 했다. 쌀이 마침 떨어졌기 때문에 햇반 세개를 꺼내 전자레인지에 돌려서 급하게 마련을 했다. 지우와 염은 나란히 앉고 건너편에 혹자가 앉아서 셋은 젓가락 숟가락 소리를 내며 함께 식사를 했다.

그후로 염과 지우는 번갈아가면서 식사 준비를 했는데, 된장국을 끓이기도 하고 샌드위치를 만들기도 하고 삼겹살을 굽기도 했다. 언제나 세명이서 함께 먹을 수 있는 양을 준비했다. 열심히 손과 입을 놀리는데도 혹자의 음식이 줄어들지 않아서 시시하기는 했지만 아무려나.

혹자는 아무것도 하지 않고 빈둥거리다가 웬일로 자기가 청소를 하겠다며 빗자루를 들기도 했는데, 뭘 어떻게 하나 가만히 보고 있으면 정말로 구석구석 청소를 하는 것이었다. 혹자가 청소를 하면 집 안에 먼지가 하나도 일어나지 않아서 좋았지만, 먼지가 하나도 일어나지 않는 청소가 과연 청소인가 하고 염은 의문이 들었다.

혹자는 때가 되면 식탁에 앉아 함께 식사를 했고 아무 데서나 잠을 잤고 갑자기 물구나무서기를 하고는 사람은 운동을 해야 한다고 중얼거리기도 했다. 그때마다 염은 사람은 운동을 해야 하지만 귀신은 아닐 것 같은데 어떠냐, 하고 물어보려다가 차마 그렇게는 묻지 못하고 입을 다물었다.

때로는 셋이서 술을 마시기도 했는데 술자리가 무르익으면 혹자가 말하길…… 하고 혹자가 말을 꺼냈고, 그럴 때는 염이 선수를 쳐서 상리와 중리와 하리가 싸울 때……라고 말을 가로채기까지 했다. 그러면 혹자는 그렇다 그것이 내가 하려는 말이다, 하고 진지하게 대꾸했고, 지우는 상리와 중리와 하리는 이름일 뿐이고 다 친척들인데, 하면서 건배를 제의했다.

지우와 염과 혹자는 그럭저럭 크리스마스를 보내고 새해를 맞이하고 봄이 될 때까지 같이 지냈다. 지우와 염은 혹자가 있는 것에 익숙해졌고 혹자도 지우와 염에게 특별히 요구하는 것이 없었다. 자는데 침대 아래서 자꾸 중얼거리는 소리가 나는 것을 빼면 특별히 나쁘달 것도 없었다. 한밤중에 침대 아래서, 아 그런데 돈이라는 것은 부동산과 주식과 금융 같은 데 빠삭한 인간들이 다 쓸어 가게 돼 있는 거라고, 성실하게 노동이라든가 저축이라든가 그런 걸 해봐야 노예일 뿐이라고, 그런 소리가 들려왔다. 그러면 염은 누운 채 고개를 끄덕이곤 했다.

*

지우와 염은 어느 날 고향에 다녀오기로 했다. 염의 당숙이 사망했다는 소식을 들었기 때문이었다. 연로한 나이에 건강을 과신하고 자꾸 산을 탔기 때문이라고 했다. 깊은 산에 들어가서 며칠이고 크로스컨트리를 하는 바람에 실종이 되었고 결국 시신을 수습하게 되었다는 얘기를 전해 들었다. 크로스컨트리라니, 크로스컨트리가 대체 무엇입니까, 하고 염과 지우는 서로 얼굴을 마주 보았다.

확실히 이번에 고향에 가면 왜 혹자가 죽었느냐, 혹자가 죽은 것은 너희 때문 아니냐, 하고 사람들이 추궁을 할지도 몰랐다. 하지만 당숙이 사망했고, 경사에는 빠져도 좋지만 조사에는 빠지는 게 아니라고 교육을 받았기 때문에 염과 지우는 고향에 갔다.

당숙의 장례식은 장례식장에서 열렸다. 예전에는 모두들 집에서 장례를 치렀는데 이젠 읍내에 어엿한 장례식장이 생겨서 성업 중이었다. 시골에는 노인들이 많아서 장례식장이 긴요한데, 도지사가 바뀌면서 사업을 추진해 얼마 전에 드디어 완공이 되었다는 것이다. 그래서 젊은 도지사가 칭찬을 받고 있다고 했다.

과연 장례식장에는 고향 사람들이 북적였다. 지우와 염에게 신경을 쓰는 사람은 없었다. 지우와 염이 아는 사람도 별로 없었다. 지우와 염은 슬픈 표정으로 서로의 얼굴을 바라보면서 육개장을 먹었다. 육개장에는 잘게 썬 쇠고기가 동동 떠다녔는데, 그걸 보면서 지우는 이제부터 채식을 해보는 건 어떨까요, 하고 염에게 말을 했다. 채식을 하면 참치캔도 못 따고 삼겹살도 못 먹는 거네요……

라고 염은 중얼거렸다. 그래도 채식이 좋겠지 좋을 거야 좋고말고…… 고기를 먹는 건 아무래도 도살이기도 하고 살육이기도 하고 살생이기도 하고 그래서 죄스러운 데다 결국 지구환경에도 안 좋고……라는 생각이 들어서 염은, 그러면 페스코 정도로 시작해 보면 어떨까요, 하고 말하려 입을 열었다.

그때 문득 염의 부친이 앞자리에 와 앉더니 염에게인지 지우에게인지 모호한 방향에 대고 물었다.

혹자는 안 왔나?

염은 입을 뗄 수가 없어서 침묵했다. 뭐라고 답해야 할지 알 수 없었다.

지우가 단도직입적으로 말했다.

혹자는 죽었다는데요.

그러자 부친이 인상을 찌푸리면서 말했다.

혹자가 죽어? 에이, 그럴 리가. 혹자하고는 엊그제도 통화했는걸.

지우와 염은 거의 동시에 비명을 지르듯 외쳤다.

뭐라고요?

통화했지. 혹자는 여기저기서 일을 하고 사업을 하는데 그게 잘 안 되어서 괴롭다더라고.

정말요?

지우와 염은 서로의 얼굴을 바라보았다. 부친이 둘을 바라보면서 뭔가 마음에 들지 않는다는 표정으로 말했다.

그런데 나한테 돈을 빌려달라고 해서 내가 돈이 없으니 끊자고 했다.

아.

혹자는 사업을 하는데 사업이 자꾸 망해서 헛소문이 돈 모양이더라. 혹자가 죽었다고도 하고 혹자가 외국으로 떴다고도 하고. 하지만 혹자는 잘 지낸다. 한국에서 잘 지낸다.

부친은 그렇게 말하고 자리를 떴다. 지우와 염은 또 서로의 얼굴을 바라보았는데, 부친이 혹자를 본명으로 부르지 않고 혹자라고 불렀다는 건 시간이 한참 지난 뒤에야 깨달았다.

*

지우와 염은 집에 돌아와서 혹자를 찾았다. 아마도 바지를 내린 채 몸을 앞으로 숙이고 변기에 걸터앉아 있겠지 하는 생각이 들어서 화장실 문을 벌컥 열었는데, 안은 텅 비어 있었다.

지우와 염은 집 안을 샅샅이 뒤졌지만 혹자가 있었던 흔적은 전혀 발견할 수 없었다. 지우와 염은 이게 대체 어떻게 된 건가 생각하다가 뭔가 다행이라고 생각하다가 그래도 한편으로는 허전한 기분이 들어서 견딜 수가 없었다. 염과 지우는 몸에서 공기가 다 빠져나간 인형처럼 털썩, 소리를 내며 소파에 주저앉았다. 알 수 없이 허탈하고 허망하고 원망스러운 생각이 들었다.

창밖에는 비가 내리고 있었다.

내리는 비는 추적추적……이라는 이상한 의성어가 잘 어울리는 방식으로 내리고 있었다.

지우가 먼저 입을 열었다.

이 집은 비 내리는 소리가 잘 들려서 좋아.

염이 대답했다.

그게, 아무래도 1층이니까.

그때 지우와 염이 앉아 있는 소파 뒤에서 방문이 스르르, 저절로 열렸다. 지우와 염은 등 뒤에 뭐가 있는 듯 오싹한 기분이 들어서 동시에 뒤를 돌아보았다.

작은 방 문을 열고 나와서 지우와 염을 바라보고 있는 것은 혹자였다. 부스스하지만 이국적인 차림새로 혹자가 서 있는 모습을 지우와 염은 물끄러미 바라보았다. 혹자는 천천히 다가와서 지우와 염의 옆자리에 털썩, 소리를 내며 앉았다. 실제로 털썩, 소리가 나지는 않았지만 그렇게 느껴진 건 사실이었다. 어쨌든 혹자는 앉아서 혼잣말을 하듯 중얼거렸다.

너희들은 상리와 중리에서 살았잖아. 나는 하리에 살았다고.

염은 깜짝 놀라서 아니, 하리에는 내가 살았고 너는 상리에…… 라고 말하려고 했다. 하지만 혹자는 아니, 그건 그렇고 혹자가 말하길…… 하면서 다시 이야기를 시작했다.

염과 지우는 혹자의 이야기를 가만히 듣고 있었다. 창밖에는 봄비가 추적추적 내리고 있었다. 추적추적……이라는 표현이 참 잘 어울리는 비였다.

5시부터 7시까지의 클레오

나는 고개를 들어 하늘을 바라봐. 가을비가 그치고 나는 클레오의 집으로.

클레오, 내 사랑.

어쩌자고 아득한 향기로만 남은 내 사랑. 클레오.

중요한 것은 클레오에 대해 생각하지 않는 것. 클레오의 머리카락에 대해, 클레오의 갸우뚱함에 대해. 클레오의 걸음걸이, 클레오의 포름알데히드, 클레오의 밤에 대해 생각하지 않는 것.

클레오에 대해 생각하지 않기 위해 나는 미용실에서 이발을 했다. 미용실에서 이발을 했는데 이발을 할 때는 클레오에 대해 생각하지 않네.

미용사는 클레오가 아니다.

미용사는 클레오가 아니며 클레오는 미용사가 아니다.

K는 고개를 들었고 하늘을 바라보았다. 가을비가 그친 하늘이었는데 K는 클레오의 집으로 가고 있었다.

클레오는 은희를 부르는 K의 호칭이었다. K에게 은희는 클레오이고 클레오는 은희였는데 은희에게는 은희가 은희 자신일 뿐 클레오가 아니었다.

은희는 K가 붙여준 클레오라는 이름에 대해 의견을 피력한 적이 있는데 클레오라는 이름은 지나치게 세련돼서 오히려 유치하다는 것이었다. K는 잠시 생각한 후에 그렇다는 것에 동의했다. 은희는 하지만 당신이 그렇게 부르고 싶다면 아무래도 상관없다고 덧붙였다. K는 은희의 말에 희미하게 상처를 받았고 고맙다고 말했다. 이것은 클레오가 있던 시절의 대화였지만 K는 오늘 오후에 미용실에 가서 이발을 했다.

다른 사람을 생각하는데 클레오만이 또렷해지는 것을 개구리라고 부르자. 개구리는 자기 삶이 의아한 듯 의아하지 않은 듯 주위를 두리번거리다가 점프하는 것. 개구리는 개구리에게서 벗어나지 않는 것. 벗어날 수 없는 것. 그렇다는 것을 이해하고 받아들이고 향유하는 것이 개구리의 삶. 개구리는 개구리에게서 벗어나지 않고 클레오는 클레오에게서 벗어나지 않네.

한 사람의 삶은 많은 사람들의 삶을 닮았지. 한 사람의 삶은 한 사람의 삶이 아니라 많은 사람들의 삶을 포함한다. 그것은 아름답고 무서운 일. 사람은 사람들을 닮았고 사람들은 서로를 닮아서 우리는 하나가 아니라 여럿.

내 머리카락을 자르는 미용사. 남성 미용사. 중년 미용사. 그는 한국인이지만 어딘지 외국인 같았다. 외국인 중에서도 안소니 홉킨스를 닮았다. 안소니 홉킨스는 브루노 간츠를 닮았고 브루노 간츠는 안소니 홉킨스를 닮았다. 안소니 홉킨스는 멋진 영국 배우이고 브루노 간츠는 멋진 스위스 배우이다. 스위스는 내가 한번도 가본 적이 없는 나라. 나는 사실 영국도 가보지 못했지. 먼 나라에서 갸우뚱하게 다가오는 미용사의 걸음걸이. 지금 그의 걸음걸이를 바라보고 느끼고 이해하는 사람은 이 세상에서 오로지 나뿐이라는 것.

이윽고 나는 이발을 마치고 미용실을 나왔네. 비가 그친 거리를 걸었네. 클레오는 비 그친 지상을 걷는 일을 좋아했고 나는 비 내리는 창밖을 바라보는 일을 좋아했지. 클레오는 사람을 좋아했고 나는 사람을 좋아하지 않았는데 내가 사람을 두려워할 때 클레오

거울에 미용사의 얼굴이 비쳤다. 미용사는 40세가 넘은 게 틀림없는 남성으로 몸이 크고 말이 없고 간혹 거울을 통해 손님과 눈을 맞출 때도 미소를 짓지 않았다. 미용사는 한쪽 다리를 절며 갸우뚱하게 움직였다. 그는 어떤 배우를 닮은 것 같았는데 그게 어떤 배우인지 모르겠다고 K는 생각했다. 요즘에는 저 사람이 누굴 닮기는 했는데 누굴 닮았는지 모르겠다고 생각하는 일이 잦다는 것을 K는 떠올렸다. 그것은 즐거운 괴로움이고 괴로운 즐거움이라고 K는 생각했다. 생각날 듯 생각나지 않는 것은 뇌가 간지러운 것이고 뇌가 간지러운 상태를 K는 좋아했다. K는 거울에 비친 미용사의 얼굴을 바라보며 골똘해졌는데 저이는 누굴 닮았나.

그렇다. K는 미용사가 안소니 홉킨스를 닮았다는 데 생각이 미쳤다. 당신은 안소니 홉킨스를 닮았습니다. 이렇게 말하면 아마 미용사는 안소니 홉킨스가 누굽니까? 하고 무뚝뚝하게 물어보리라고 K는 추측했다. 그래서 K는 그렇게 묻지 않았다. 미용사가 말이 없고 미소를 짓지 않고 안소니 홉킨스를 닮았으면 미용실 운영이 쉽지 않을 텐데. K는 잠깐 그런 생각을 했지만 여전히 미용사는 말이 없었고 미소를 짓지 않았고 미용실에는 K 외에 손님이 없었다. 안소니 홉킨스가 손님의 머리카락을 부드럽게 어루만지면 손님의 피부에는 오소소 소름이 돋고 어쩐지 좋은 기분일 것이다.

K는 신한카드로 비용을 지불하고 미용실을 나왔다. 신용카드를 가위로 잘라버리면 생활이 조금은 나아질 거라고 생각했지만 K는 그렇게 하지 않았다. K는 거리를 걸었다. 오후의 거리는 한적했고 K는 클레오의 집으로 가고 싶었는데 클레오의 집으로 가기 위해서

는 동물을 무서워했다.

클레오는 말했지. 사람들은 모두 각자의 방식으로 행복하고 각자의 방식으로 고통스러워요. 행복과 고통의 비율이 일정해서 사람들은 각자의 비율로 살아가죠. 그 비율을 벗어날 수 없어. 운명이라는 것은 그 비율의 이름.

나는 클레오의 말이 10분의 9만큼 옳다고 생각했다가 100분의 99만큼 옳다고 생각했다가 1000분의 999만큼 옳다고 생각했다가…… 혹시 10000분의 0으로 다 틀려버리는 것은 아닐까 생각했다. 클레오 자신이 그 증거. 클레오의 행복과 클레오의 고통과 클레오의 운명은 어디로 갔나. 클레오의 비율은 어디로 갔나. 클레오가 지상에서 사라졌을 때 행복과 고통의 비율은 어디 있었나.

청량리역으로 가야 했으므로 나는 지하철을 탔다. 지하철 안에서 사람들을 바라보는 것은 나의 오랜 취미. 창밖에 무언가 아름다운 것이 보이면 좋을 테지만 창밖은 캄캄하고 아름다운 것은 창 안에도 있지. 아름다운 것은 어디에나 있네. 가령 할머니. 아저씨. 외국인. 노선도. 배전반. 그리고 이 모든 아름다움이 지금 나와 함께 어디에서 어디로 이동을 하고 있다는 것. 언젠가 클레오는 말했네.

어째서 그 사람은 먼 곳으로 떠난 것일까요. 어째서 나는 먼 곳으로 떠난 그 사람을 생각하는 것일까요. 이유를 알 수 있다면 좋을 텐데.

클레오의 슬픈 목소리. 클레오가 그런 말을 슬픈 목소리로 하면 나는 짐짓 명랑해지지. 명랑해지지 않으면 어떻게도 할 수 없을 때가 있다. 그럴 때가 있어요. 나는 말했네. 자못 위로하는 표정으로.

는 지하철을 타고 청량리역으로 가서 경춘선을 타야 했다. K는 그렇게 하기로 했다. 그것은 어렵지 않은 결정이었다.

K는 청량리역으로 가기 위해 지하철을 탔다. 사람들이 지하에 거대한 구멍을 뚫고 빠르게 움직이는 기계를 넣어놓은 것은 대단하다고 K는 생각했는데, 세상이 대단해질수록 개인으로서는 알 수 없고 이해할 수 없는 것이 늘어난다고도 K는 생각했다. 옛날에는 현자가 있었지만 이제 현자 같은 것은 불가능하다는 생각이 들었고, 어디서든 현자를 만나면 이 얘기를 해주어야겠다고 K는 결심했다.

지하철 같은 기계를 만든다면 창밖에 무언가 아름다운 것이 보이도록 했으면 좋았을 텐데. K는 생각했다. 하지만 사실 아름다운 것은 지하철 안에도 많이 있었다. K는 아름다운 할머니를 보았고 아름다운 아저씨를 보았고 아름다운 외국인을 보았다. 아름다운 그들에게 K는 말을 걸지 않았다. 모르는 사람에게 말을 거는 것은 실례이기 때문에 K는 가만히 좌석에 앉아 있었다. 저 아름다운 사람들을 다시는 보지 못할 것이고 보게 되어도 기억하지 못할 것이라는 사실을 K는 알았다. 저이들은 또 먼 곳에서 꼬물꼬물 움직이며 살아갈 것이었다.

K가 그런 생각을 하는데 시끄러운 소리가 들렸다. 이상한 목소리로 외치면서 무언가를 파는 상인이었는데 그 상인은 K와 5미터 정도 떨어진 곳에 서서 개구리를 입에 넣고 있었다. K는 처음에는 놀랐지만 그 개구리가 진짜 개구리는 아닐 것이라고 생각하자 즐거워졌다. 저 상인은 뭘 팔기 위해 개구리를 입에 넣은 것인가 궁금했지만 상인에게 물어보지는 않았다. K는 상인이 개구리 인형이

누군가를 자꾸 생각하고 누군가가 자꾸 생각나는 데 이유가 어디 있어요…… 이유를 말로 할 수 있다면 그건 말이 아니라 개구리 같은 게 아닐까요.

입에서 개구리가 튀어나오는 느낌으로 나는 그렇게 말했다. 사실 내 입에서는 자주 개구리가 튀어나와요……라고는 말하지 않았지만.

클레오가 좋아하는 사람은 먼 곳으로 떠났고 클레오는 그 사람을 자꾸 생각하고 나는 겨우 개구리처럼 말하는 사람. 클레오가 무서워하는 것은 새, 폭풍, 승강기, 바늘. 클레오의 연인은 한국어교육원 학생이었지만 지금은 가수이자 혁명가이고 프랑스 파리의 세입자. 그녀는 한국에 와서 클레오에게 한국어를 배운 학생이었다가 다시 낯설고 구슬픈 노래를 부르기 위해 파리로 떠났다. 나는 그 이야기를 길고 길게 할 수 있지만 하고 싶지 않네.

클레오의 사랑에는 이유가 없고 내 입에서는 개구리가 튀어나오고 클레오는 공허한 목소리로 이렇게 말하지.

나는 파리의 그 사람을 만나지 못하는데 서울의 창밖을 바라보면 거리에서 가게에서 사람들이 살아가요. 그게 이상하고 신비롭고 아름다워. 그리고…… 싫다.

클레오는 공허한 목소리. 클레오가 공허해질수록 나는 점점 더 명랑해지지. 명랑해질수록 나는 구슬픈 농담을 한다.

클레오는 5시부터 7시까지의 클레오. 그건 5시부터 7시까지만 클레오라는 뜻이 아닐까요. 5시 이전과 7시 이후라면 클레오는 은희. 은희는 클레오가 아니라 은희. 은희는 슬프지 않다. 슬픔의 비나 개구리 장갑을 팔 거라고 생각했지만 상인은 아무것도 팔려고 하지 않았다.

K는 상인의 입에 들어간 개구리 다리가 꼬물꼬물 움직이는 것을 보았다. K는 그것을 보고 놀랐고 어떻게 반응을 해야 하나 잠시 망설였다. 상인을 때릴까. 상인의 입에서 개구리를 뽑을까. 경찰에 신고를 할까. 일단 항의를……이라고 생각했지만 저것은 어쩌면 다리가 꼬물거리는 기계장치일지도 모른다. K가 그런 생각을 하는 동안 상인은 개구리를 넣은 입을 우물거리며 커다란 검은색 캐리어를 끌고 다음 칸으로 사라져버렸다.

K는 그가 상인이 아니리라고 생각했다. 그는 개구리를 먹은 남자일 뿐이다. 개구리를 먹지 말고 개구리 인형이나 개구리 장갑을 팔면 좋을 텐데 하고 K는 생각했다. 그런데 개구리 장갑은 어떻게 생긴 장갑일까. 커다란 검은색 캐리어 안에는 개구리들이 들어 있을까. K는 생각했다.

저렇게 개구리를 먹는 사람을 본 적이 있는데 어디서 본 것인지는 떠오르지 않았다. 뇌가 간지럽다고 생각하는 순간 K는 자신도 모르게 손뼉을 쳤다. 지하철의 승객들이 일제히 K를 바라보았고 K의 머릿속에 떠오른 건 옛날에 본 영화의 장면이었다.

K는 은희와 함께 「5시부터 7시까지의 클레오」라는 영화를 본 적이 있었다. 클레오라는 별명은 그 영화의 주인공 이름에서 딴 것이었고 개구리를 먹는 사람이 바로 그 영화에 나왔다는 것을 K는 기억해냈다.

은희는 그 영화를 좋아했지만 영화 속의 클레오를 좋아하지 않율은 이미 제로니까. 영이니까.

나는 셰익스피어의 배우처럼 커다랗게 두 팔을 벌리며 말했고 클레오는 웃었다. 클레오가 웃어서 나는 좋았지만 클레오의 웃음이 외로운 웃음이어서 나는 더 쓸쓸해지네.

더 쓸쓸한 것은 언젠가는 오게 될 그 아침.

당신을 생각하지 않고도 눈을 뜨는 그 아침.

당신을 사랑하지 않고도 눈을 뜨는 그 아침.

누구나 시간을 견디면 그런 아침을 맞게 되겠지만 지금은 입에서 개구리가 튀어나오는 시간. 클레오는 언젠가 이렇게 말했던가.

「5시부터 7시까지의 클레오」에는 정말 개구리가 나와요. 영화 속의 클레오는 거리공연을 구경하죠. 한 남자가 개구리를 입에 넣는 시늉을 하고 클레오는 질색을 해요. 클레오는 도망을 쳐요. 단순하고 사랑스러운 클레오는 다시 걸어요. 자신이 암에 걸렸다고 믿으면서. 5시부터 7시까지의 클레오는 우울한 표정으로 파리의 거리를 산책 중. 영화 속의 클레오는 가수이므로 자신이 부른 노래를 흥얼거려요.

클레오는 언젠가 그렇게 말했던가. 하지만 클레오는 이제 없고 청량리 광장에는 새들이 모이를 쪼고 있네. 클레오는 새와 폭풍과 승강기와 바늘을 무서워했는데 서울에는 미세먼지만 자욱하네. 클레오는 광장에 없고 내 곁에 없다. 경춘선 전철을 타기 위해서는 승강기가 아니라 에스컬레이터를 타야 하는데 어째서 바늘은 나의 심장에.

클레오와 청량리역에 와본 적이 있지. 클레오와 청량리역에 와았다. 클레오는 사랑스럽지만 자기중심적이고 유아적인 캐릭터라고 은희는 말했다. 그 영화의 주인공은 사실 클레오가 아니라 클레오가 사는 도시 파리라고 은희는 또 말했다. 하지만 영화 속의 클레오처럼 은희도 노래를 잘했고 환한 거리에 잘 어울렸고 텔레비전에서 흘러나오는 알제리혁명 소식에 관심을 갖지 않았다. K는 은희가 영화 속의 클레오를 닮았다고 말했다. 은희는 K를 물끄러미 바라보다가 그래요, 클레오는 자기중심적이고 유아적이지만 사랑스러운 사람이에요 하고 말했다. 클레오가 거리를 걷다가 카페에 들어가 주크박스에 동전을 넣고 자기 노래를 틀어놓고 나오잖아요. 그 장면을 좋아해요.

은희는 사랑하는 사람이 있었고 K도 그것을 알고 있었다. 은희가 사랑하는 사람은 파리로 떠나서 돌아오지 않은 사람이고 파리는 프랑스에 있고 프랑스는 유럽에 있고 유럽은 먼 곳에 있다.

날이 흐렸고 K는 청량리역에 내렸다. 경춘선을 타기 위해 안내판들을 유심히 바라보았다. 예전에는 기차를 타고 춘천에 갔는데 이제는 전철을 타고 가야 한다. K는 춘천행 기차가 아니라 춘천행 전철을 타러 갔다. K는 개표기를 통과했고 경춘선 ITX라고 쓰여 있는 표지판 쪽으로 걸어갔다. 하지만 K는 그곳에서 고속전철 ITX가 아니라 일반 전철을 탈 생각이었다.

계단을 내려가다가 K는 휴대전화를 떨어뜨렸다. K의 휴대전화는 낡은 것이었는데 대리석 바닥에 떨어지자마자 퍽 소리가 났고 액정에 거미줄 모양의 실금이 무수하게 생겼다. K는 휴대전화를 주워서 작동을 시켜보았지만 작동되지 않았고 뭔가 불길하다는 생보았기 때문에 나는 청량리역이 친근했다. 내 사랑 클레오는 조용하고 깊고 강하고 아름다운 사람. 나는 깊지 않고 강하지 않고 아름답지 않지만 사랑을 하는 사람. 클레오는 말했네.

하지만 외로움은 어떤 신비와도 무관한 거예요. 쓸쓸함은 언제나 직접적이고 사실적인 것이죠. 아무런 종교도 믿음도 나에게는 없지만 오후 다섯시의 영원과 저녁 일곱시의 기도는 있어요.

클레오는 사랑을 하고 좋아하는 것이 많았다. 어디에서나 신비를 발견해내는 놀라운 재능이 클레오에게는 있었다. 가령 오후 다섯시의 재래시장. 시끄럽고 흥겨운 거래들. 저녁 일곱시의 황혼. 미세먼지 속의 황혼. 눈을 감고 듣는 가수의 목소리. 한국인 가수와 프랑스인 가수와 수많은 국적의 가수들의 목소리.

경춘선을 타기 위해 승강장 계단을 오르다가 나는 휴대전화를 떨어뜨렸다. 휴대전화는 액정이 깨졌고 블루투스 이어폰에 흐르다 멈춘 노래는 일레인.

오늘은 휴대전화를 떨어뜨리고 내일은 거울이 깨지고 모레는 내 얼굴이 산산조각 날 거예요. 창밖의 모든 것이 사라지겠죠.

클레오는 어두운 얼굴로 말했지만 오늘에게는 오늘의 창밖이 있다는 것. 내일에게는 내일의 창밖이 있다는 것.

클레오의 창밖은 나의 창밖과 다르고, 사람들의 창밖은 각자가 다 다르지만 그 모든 창밖들이 실은 하나의 바깥이라는 것. 모든 바깥이 하나의 허공으로 이어져 있다는 것.

전철 창밖의 강물 위로 윤슬이 반짝여. 반짝이는 윤슬이 점점이 번져가는 풍경. 그 풍경을 바라보는 사람들의 마음은 창문처럼 모각이 들었다. 불길하다는 말은 클레오가 자주 사용하던 단어라는 것도 떠올랐다. 클레오가 우울한 표정으로 그 단어를 썼기 때문에 K는 불길하다는 말에 약간의 호감을 느꼈다. 불길하다. 불길하다. 그렇게 중얼거리다가 K는 조금 웃었다.

K는 전철을 기다렸다. 자동차가 있으면 좋을 텐데 하고 K는 생각했다. K는 면허증이 없었고 앞으로도 면허증을 딸 계획이 없었고 클레오와 기차를 타고 춘천에 갔던 기억이 났다. 그날 선글라스를 쓴 클레오를 처음 보았는데 선글라스는 클레오에게 잘 어울렸다. 선글라스를 쓰면 세상이 어둡게 보이고 선글라스를 벗으면 세상이 환하게 보여요. 삶이 그렇게 단순하면 좋겠다고 클레오는 말했는데 그것은 대단히 멋진 말이라고 K는 생각했다.

K가 용기를 내어 그것은 대단히 멋진 말이라고 말했을 때 클레오는 뭐 뻔한 얘기인데 하고 힘없이 웃었다. 클레오의 힘없는 미소를 K는 바라보았는데 저 미소를 위해서라면 무엇이라도 하고 싶다고 K는 생각했다.

하지만 클레오는 지상에 없고 K는 혼자였고 플랫폼에 전철이 들어왔기 때문에 전철에 탔다. 자리가 많았기 때문에 K는 빈자리에 앉았다. 앉자마자 사람들이 더 들어와서 전철 안에는 빈자리가 남지 않게 되었다. 열명 정도의 사람이 아쉬운 표정으로 손잡이를 잡고 서 있었다. 기차나 버스에서 멍하니 창밖을 바라보는 것을 K는 좋아했는데 클레오도 그런 것을 좋아했고 클레오가 그런 것을 좋아해서 K는 또 좋았다. 하지만 클레오가 기차나 버스에 탔을 때 그냥 멍하니 창밖을 바라보지는 않을 것이라고 K는 생각했으며 그것

두 다르네. 하지만 마음들은 하나의 허공으로 이어져 서로 다른 물결로 빛난다. 빛나면서 흘러가고 결국 자취 없이 사라진다.

나는 청량리에서 춘천으로 가는 전철에 앉아 있네. 춘천으로 가는 길은 언제나 햇빛이 환하다네. 햇빛이 환한 날에는 모든 게 단순해지지.

나는 자리에 앉아 있고 내 앞에는 사람이 서 있었다. 늙었다고 하기에는 젊고 젊었다고 하기에는 늙은 사람이 서 있었다. 죽음을 생각하지 않을 나이지만 죽음을 생각하지 않을 수도 없는 나이의 사람. 그런데 그런 사람은 대체 몇살일까. 아마도 예순네살? 아마도 일흔여섯살? 아마도 스물아홉살?

나는 클레오의 집으로 가고 있었다. 나는 클레오의 집으로 가고 있었을 뿐인데, 내 마음은 마치 전철 안으로 난입한 새와 같네. 전철 실내로 날아 들어온 새와 같은 마음. 하늘을 잃고 인간의 실내에 갇힌 새와 같은 마음. 정말이지 비둘기 한마리가 전철 안으로 날아든 것이었다. 승객들은 수십명이고 그들은 앉아 있거나 서 있는데.

수십명의 승객은 수십개의 시간을 살아왔기 때문에 그 시간들은 한번도 겹치지 않고 무한한 기억을 만드네. 무한한 기억들 사이를 비둘기 한마리가 구구구 걸어다니는 풍경. 다다다 날아다니는 풍경. 다시 구구구 걸어다니는 풍경. 수십개의 시간과 무한한 기억은 전철 안에 갇힌 새 한마리에게 일제히 집중을 한다.

클레오는 새를 무서워하지만 먼 곳으로 떠난 연인을 그리워하는 사람. 나는 질투를 하지 않고 새를 무서워하지 않고 클레오를 사랑은 사실이었다.

클레오는 파리로 떠난 연인이 보고 싶지만 이제는 상관이 없어졌다고 말했다. 클레오는 사랑을 잃은 것이 아니라 사랑을 하지 않게 되었다고 말했다. K는 질투를 하지 않았다. K는 자신이 아무것도 아니고 세상에는 클레오가 사랑할 사람이 많다는 것을 알고 있었다. K는 한때 회사원이었지만 회사를 그만두고 지금은 놀고 있으며 실업수당을 받고 있다는 것을 떠올렸다. 실업수당은 적었지만 K에게 많은 힘이 되었다. K는 혼자 거리를 걷다가 사랑해, 하고 소리를 내어 혼잣말을 하기까지 했다.

K는 전철에 앉아 있었는데 바로 앞에 나이 든 사람이 손잡이를 잡고 서 있었다. 노인이라고 하기에는 젊었고 중년이라고 하기에는 늙어 보였다. 그가 몹시 피곤한 표정이었기 때문에 K는 일어설까 말까 망설였다. 경춘선에는 대부분 서울에서 춘천까지 가는 승객들이 타고 있었고 장거리 전철에서는 자리 양보를 하기 어려웠다. 하지만 K는 결국 자리를 양보했다. 중년이라고 하기에는 늙었고 노인이라고 하기에는 젊은 사람이 K의 자리에 앉았다. 털썩 소리가 났지만 그 사람은 고맙다는 말을 하지 않았다. 고맙다는 말을 하기에는 뭔가 겸연쩍었을 것이라고 생각하며 K는 주위를 둘러보았는데 그 순간 이상한 것이 눈에 띄었다.

그것은 새였다. 전철 안에 새가 날아 들어와 있었다. 제법 커다란 비둘기였고 전철에 날아 들어온 비둘기는 처음 보았기 때문에 K는 깜짝 놀랐다.

서 있는 승객은 K를 포함해서 열 사람 정도였다. 여자도 있고 남하는 사람. 클레오에게는 내가 아니라 클레오가 사랑했던 연인이 어울려. 프랑스 파리는 나에게 아무것도 아니지만 클레오가 사랑하는 사람이 사는 곳. 나는 클레오가 그곳으로 떠나기를 바랐다.

클레오의 연인은 클레오에게 한국어를 배우다가 프랑스에서 가수로 활동하다가 다시 서울에서 현대정치학과 21세기 유럽의 혁명들에 대해 논문을 쓰다가 다시 파리로 돌아갔네. 그런 것이 어떻게 가능한지 나로서는 상상조차 할 수 없는 것. 나는 노래도 못 부르고 프랑스어도 모르고 혁명과 정치의 일은 더더욱 모르지만 마음이 아픈 것은 알았지.

클레오도 마음이 아팠다. 클레오는 가수를 알고 음악을 알고 유럽의 혁명사를 알게 된 이후에도 마음이 아팠다. 클레오가 사랑하는 누군가가 클레오가 모르는 무엇에 몰입하는 순간들을 클레오는 사랑했다. 사랑을 하면 마음이 아파지지.

나는 신비를 모르지만 세상이 신비로운 것들로 가득 차 있다는 건 알고 있네. 클레오는 말했다. 그 사람은 아름다운 사람이고 노래를 불렀고 노래를 부르다가 정치와 혁명에 관심을 갖게 되었어요. 한국어를 공부하다가 논문을 준비하다가 모든 것을 포기하고 결국 구슬픈 노래를 부르기 위해 파리로 돌아갔는데 그 사람에겐 그게 자연스러운 일.

기차가 남춘천역에 정차하고 전철에 갇혔던 비둘기가 밖으로 날아갔다. 남춘천역은 바람이 부는 역이었으므로 비둘기는 자신의 하늘을 되찾았을 것이다. 비둘기의 비 그친 하늘은 물고기의 물속이나 사슴의 벌판이나 개구리의 지하와 같은 것. 또는 혼자 걷는 자도 있고 여자도 남자도 아닌 사람도 있을 것이었다. 비둘기는 초조한 듯 사람들 사이를 걷다가 날다가 걷다가 날다가 가만히 정지했다. 그리고 사람들을 까만 눈으로 뻔뻔하게 쳐다보았다. 놀라거나 비명을 지를 법도 한데 사람들은 놀라지 않았고 비명을 지르지도 않았으며 비둘기를 물끄러미 바라볼 뿐이었다. 그것은 다행스러운 일이었지만 어쩐지 무서운 일이었고 비둘기가 나갈 곳이 없었기 때문에 K는 초조해졌다.

클레오는 새, 폭풍, 승강기, 바늘을 무서워했는데 그중에 새는 히치콕의 영화 때문에 무서워하게 되었다고 했다. 그럼 좀비라든가 구미호라든가 사다코 같은 것은 무섭지 않아요? 하고 K가 물었다. 클레오는 그런 것은 무섭지 않다고 대답했다. 나는 귀신이나 혼령과 친하고 싶어요. 나의 장래희망은 귀신이나 혼령이니까. 클레오는 명랑하게 말했지만 어딘지 우울해 보인다고 K는 생각했다.

비둘기는 여전히 전철 안을 걸어다니다가 멈추어 섰다가 다시 걸어다니다가 멈추어 서서 사람들을 바라보았다. K는 그 새가 히치콕의 무서운 새가 아니라 사랑을 하는 새일 것이라고 생각했다. 사랑을 하는 새를 찍은 영화는 생각나지 않았다. 전철 안에서 길을 잃은 새는 다행히 유리창을 향해 달려들지 않았다. 다행히 사람들을 향해 날아들지 않았다. 다행히 전철이 남춘천역에 정차하자마자 열린 문을 통해 새는 밖으로 날아갔다. K도 남춘천역에서 내려서 비둘기가 사라진 쪽을 멍하니 바라보았다. 비둘기는 보이지 않았고 비둘기의 하늘만이 펼쳐져 있었다.

클레오의 집은 춘천역이 아니라 남춘천역에서 더 가까웠다. K는 먼 길. 나도 남춘천역에서 내렸다.

카페인을 섭취하면 뇌가 활성화되고 뇌가 활성화되면 세계가 민감하게 느껴지지. 그건 쓸쓸한 일. 내 감정과 욕망과 생각이 카페인에 좌우되다니. 뇌의 화학적 기전에 좌우되다니. 도파민과 세로토닌과 아드레날린 같은 것에.

나는 춘천의 황혼을 바라보았다. 뇌의 화학이나 호르몬 비율과 무관하게 춘천의 황혼을 바라보았다. 나는 커피를 마시기 위해 카페로. 남춘천역 안에 있는 작은 카페로.

나는 도처에서 클레오를 보았고 클레오와 비슷한 사람을 보았는데 지금은 카페에서 알바를 하는 이가 클레오와 닮아 있었다. 클레오는 왜 여기서 일을 하고 있지. 나는 있는 것을 있는 그대로 보고 싶은 사람입니다. 사람이 있는 것을 있는 그대로 보는 것은 불가능하다는 것은 잘 알고 있지만, 있는 것을 있는 그대로 보려고 노력하는 사람이 되는 것은 가능하지 않나.

클레오는 내가 붙인 이름이고 클레오의 본명은 은희인데 카페에 은희가 있었다. 은희라는 이름은 흔한 이름이지만 생김새와 이름까지 동시에 닮은 은희는 흔하지 않겠지.

나는 카페에서 주문을 받는 알바생의 명찰을 보았는데 거기 이은희라고 쓰여 있었다. 이 사람은 거의 클레오에 가까운 은희인데 나는 나의 감각을 신뢰할 수 없었다. 처음 만나는 사람과 손끝이 스쳐 정전기가 일어나면 그건 불쾌한가. 신기한가. 아니, 실은 아무것도 아닌 것. 양전하와 음전하의 균형이 무너진 것. 피부가 건조하기 때문인 것. 나는 에스프레소 더블을 들고 빈자리에 가서 앉았다.

어디든 카페에 들어가 커피를 한잔 마시기로 했다. 카페는 남춘천 역 안에 있었는데 내부는 대합실처럼 생겼고 커피나인이라고 쓰인 간판이 서 있었다.

커피나인에는 사람들이 별로 없었고 알바생으로 보이는 여자가 혼자 주문을 받고 있었다. 여자가 클레오와 아주 많이 닮았기 때문에 K는 놀랐다. 심장에서 쿵 소리가 났고 그래서 옆 사람이 깜짝 놀란 표정으로 K를 바라보았다.

클레오가 왜 여기 있지. K는 그렇게 중얼거리며 그녀의 가슴에 달린 명찰을 바라보았다. 명찰에는 이은희라고 쓰여 있었다. K는 마음이 무너지는 것을 느꼈지만 은희라는 이름은 흔한 이름이지. 그래도 성까지 같을 이유는 없잖아. K는 생각했다.

알바생 이은희씨는 K를 알은체도 하지 않았다. 에스프레소 더블 맞으시죠. K의 신한카드를 돌려주면서 친절하게 물었을 뿐이었다. 이은희씨에게 카드를 받는 순간 손끝이 살짝 스쳤고 그 순간 정전기가 일었다. K는 깜짝 놀라며 손을 뺐고 이은희씨도 깜짝 놀라 손을 빼면서 말했다. 어머, 전기가 통했네요.

이은희씨는 그렇게 말하면서 웃었는데 말하고 나서 멋쩍었기 때문인지 시선을 금방 다른 곳으로 돌렸다. K는 앗, 네, 그렇군요, 죄송합니다 하고 더듬거리며 말했다. K는 커피 잔을 들고 황급히 그 자리를 떠났다. 혹시 당신은 클레오가 아닌가요? 그렇게 물어보고 싶었지만 그것은 실례였기 때문에 그렇게 하지 않았다.

에스프레소 더블을 마시면서 K는 슬픔을 느꼈는데 어째서 세상은 클레오로 가득한 것일까. K는 클레오를 보러 왔으므로 눈물을 춘천은 참 좋은 곳이구나. 나는 남춘천역을 나오며 그렇게 생각했다. 퇴계동을 지나서 홈플러스를 지나서 가로수가 많은 길을 지나서 클레오의 집까지 걸어가기로 했다. 걸어가는 동안 새와 폭풍과 승강기와 바늘에 대해서 상상하기로 했다. 바늘을 물고 날아가는 새라든가 승강기 안에 갇힌 사람이라든가 수많은 새들을 소용돌이처럼 빨아들이는 폭풍에 대해서. 클레오가 무서워하는 것들에 대해서. 나는 상상을.

그래도 춘천은 아름다워. 아름답지. 아름답다. 새들은 전철 안에서 길을 잃지만 결국 남춘천역에 도착하네. 전철 밖으로 날아가네.

새들은 새들의 하늘을 날아가고 날아가는 새들 중에 어떤 새는 슬프겠지. 새에게도 슬픈 일이 있겠지. 슬픈 일은 새에게뿐 아니라 개구리에게도 있겠지.

나는 개구리를 먹는 사람을 만난 적이 있다. 오늘 전철 안에서였다. 개구리를 입에 넣고 우물우물 씹는 사람을.

클레오는 개구리가 아니라 개구리를 먹는 사람을 무서워하고 개구리를 먹는 사람을 싫어하겠지만 춘천으로 오는 전철 안에서 개구리를 먹은 사람은 나를 바라보며 웃었다.

내 삶은 어쩌면 개구리의 꿈일지도 몰라. 우물우물 씹히는 개구리의 삶일지도 몰라. 또는 클레오의 꿈. 지상에서 사라진 클레오의 꿈. 5시부터 7시까지의 꿈. 이런 생각을 하면 나는 좋았다. 좋았지. 나는 이미 클레오의 집에 도착했네.

클레오의 집이었기 때문에 나는 마음이 편안해졌다. 클레오가 여기 없는데도 여기 있다고 생각하니 마음이 편안해졌다. 클레오

보이면 안 된다고 속으로 다짐했다. K는 회사를 다니다가 어느 날 출근하지 않고 여행을 간 적이 있는데 그때도 마음에는 알 수 없는 감정이 차올랐던 것을 기억해냈다. 클레오는 우울증에 시달리는 사람이었다가 잠시 사랑을 했다가 사랑을 하지 않다가 다시 우울증에 시달리다가 사라졌다.

춘천은 참 좋은 곳이구나. K는 남춘천역을 나오며 중얼거렸다. K는 클레오의 집까지 걸어서 가기로 했다. 네이버 지도를 켜고 퇴계동을 거쳐 홈플러스를 지나서 클레오의 집에 도착하는 길을 살펴보았다. 도보로도 한시간이 채 걸리지 않는 거리였다. 휴대전화는 계단에서 떨어져 망가졌는데 왜 작동이 되나. 이상한 일이라고 K는 생각했다.

길을 걸어가는 동안 비둘기 몇마리가 K 쪽으로 날아왔는데 그중 한마리가 K의 앞에 내려앉아서 날아가지 않았다. K는 이 비둘기가 아까 전철 안에 들어와 날아다니던 그 비둘기라는 것을 알았다. 그렇게 생각할 근거는 없었지만 그렇지 않다고 생각할 근거도 없었기 때문에 K는 그렇게 생각하기로 했다.

K는 비둘기와 대화를 나눌 생각이 없었다. K는 비둘기를 지나쳐서 계속 걸어갔다. 비둘기는 구구구 울면서 K를 바라보았지만 따라오지는 않았다. 한적한 길을 자동차들이 달려갔다.

K는 또 이상한 소리를 들었는데 그 소리는 비둘기가 아니라 개구리의 울음소리였다. 지금은 가을인데 가을에도 개구리가 우나. 겨울이 아니니까 개구리가 우나. K가 그런 생각을 할 때 길가의 덤불에서 정말 개구리 몇마리가 튀어나왔다. 개구리들은 K의 발 앞

의 집은 아가페성당인데 아가페성당은 춘천에 있고 조용하고 아름다운 곳. 왜냐하면 이곳에서는 아무도 사람처럼 사랑하지 않기 때문에. 영원한 사랑은 개별적인 사람의 사랑이 아니기 때문에. 지지고 볶는 사람의 사랑이 아니기 때문에. 괴롭거나 우울하거나 즐겁거나 행복한 사랑이 아니기 때문에.

클레오가 무서워한 것은 새, 폭풍, 승강기, 바늘. 새를 자유와 비상의 은유로 쓰는 건 안이하잖아요. 물고기는 하늘을 날지 못하고 새는 물에 들어가지 못하잖아요. 하지만 아파트촌의 비둘기가 태평양의 물고기보다 자유로운가……

클레오는 그렇게 말했는데 나는 금방 이해하지 못했다. 한참을 곱씹은 후에야 나는 중얼거렸지. 과연 물고기에게는 물고기의 자유가 개구리에게는 개구리의 자유가 새에게는 새의 자유가 있을 것이다. 색소폰을 부는 존 콜트레인에게는 존 콜트레인의 자유가 있을 것이다. 존 콜트레인은 41세에 요절했지. 일생의 자유와 일생의 음악 속에서. 포름알데히드의 향기 속에서.

나는 아가페성당의 현관으로 들어가서 2층으로 올라가려고 했다. 사무실에 앉아 있던 늙은 남자가 유리창 너머에서 나를 바라보았다.

나는 그 순간 그의 일생을 보아버린 느낌. 그 느낌이 낯익었기 때문에 나는 고개를 흔들었다. 생각을 털어냈다. 그는 아가페성당의 관리인인 모양이지. 몸집이 크고 차분하고 조용한 사람이 틀림없다.

이 사람을 어디서 보았더라. 분명히 닮은 사람이 있는데 떠오르지 않네. 떠오르지 않는 것은 계속 떠오르지 않고 떠오르지 않으면에 멈추어 서서 움직이지 않았다. 개구리들 중 한마리는 아까 전철 안에서 상인이 입에 넣은 그 개구리인 것 같았다. 그렇게 생각할 근거는 없었지만 그렇지 않다고 생각할 근거도 없었기 때문에 K는 그렇게 생각하기로 했다.

개구리들이 일제히 K를 바라보았고 K도 개구리들을 노려보았다. 개구리들이 많아서 일일이 노려보기가 어려웠다. 개구리들이 더이상 움직이지 않았기 때문에 K는 개구리들을 피해서 그대로 걸어갔다. 그 순간 개구리들이 일제히 볼을 볼록하게 만들었지만 K는 그것을 보지 못했다. 개구리들의 그 볼록한 볼을 본 사람은 아무도 없었고 K는 볼록한 볼이 신기하다고 생각하지 않았다.

K는 클레오의 집에 도착했다. 한시간도 채 걸리지 않았지만 K는 자신이 좀 지쳤다는 것을 알았다. 클레오의 집 입구에는 아가페 성당이라는 표지판이 붙어 있었고 추모관이라는 작은 글씨도 보였다. K는 낮은 언덕을 올라갔다. 언덕 위에 자리 잡은 아가페성당 추모관에는 인적이 없었고 3층짜리 건물이 조용히 서 있을 뿐이었다. 건물 앞에 천사상이 있고 주차장이 있고 촛불들이 촘촘하게 켜진 작은 기도실이 있었다.

K는 건물 현관으로 들어가서 계단을 올라갔다. 사무실에 늙은 남자가 혼자 앉아 있다가 K가 들어오는 것을 보고 K를 바라보았다. 늙은 남자는 이 시간에 조문객을 받아도 되나 하고 생각하는 것 같았다. 늙은 남자가 자리에서 일어나 사무실 문을 열고 K를 향해 다가왔다. 남자가 다리를 절었기 때문에 K는 미용사를 떠올렸는데 우연찮게도 둘 다 안소니 홉킨스를 닮았다는 것을 K는 깨달

어쩔 수 없다고 생각하는 순간 떠오르는 것. 관리인은 가볍게 다리를 절었는데 그 순간 떠오르는 사람.

미용실에서도 아가페성당의 관리실에서도 안소니 홉킨스와 브루노 간츠를 닮은 한국 남자가 일을 하고 있었다. 그것이 5시부터 7시까지의 세계였다. 오늘의 세계였다. 서울과 춘천의 하늘에서. 천사들의 시와 함께. 악마들의 시와 함께.

나는 2층으로 올라갔다. 2층에는 도자기함들이 정갈하게 도열해 있다. 도자기함에는 뼈의 가루가 들어 있다. 뼈의 가루를 보관하는 것은 이상하지. 육체가 타고 남은 뼈를 갈아서 가루로 만드는 것도 이상하지. 이것은 참으로 이상한데 결국에는 이상하다고 생각하지 않게 되는 것이 사람의 삶.

나는 사실 클레오의 뼈의 가루를 조금 훔쳐서 집에 보관하고 싶었다. 그것을 조금씩 집어서 입에 넣고 가만히 삼키고 싶었다. 클레오의 뼈가 놓여 있는 방으로 나는 들어갔다.

어쩐지 나는 그곳에서 클레오를 닮은 사람을 만날 것 같았는데. 그런 예감이 들었는데. 클레오를 닮은 사람은 아마도 희미한 햇빛 속에서 희미한 햇빛을 닮은 채로 서 있을지도 모르지.

나의 예감은 정확한 예감이었는데 정말 어떤 사람이 안치실에 서 있었다. 그이는 맨 위 칸을 올려다보며 서 있었고 나는 그것이 클레오라는 것을 깨달았다. 클레오가 클레오를 바라보며 서 있었다.

이 사람은 자신의 뼛가루를 바라보고 있는 사람.

이 사람은 클레오의 혼령이 틀림없는 사람.

클레오의 혼령을 만나는 일은 나에게는 아주 드물고 반가운 일.

았다. 안소니 홉킨스는 K에게 가볍게 목례를 하더니 별말 없이 다시 사무실로 돌아갔다. 뭔가 할 말이 있었지만 하지 않기로 결심한 것 같았는데 그것이 일생일대의 결심이라면 좋을 것이라고 K는 생각했다. 하지만 남자는 추모관 문을 닫으려면 아직 시간이 남아 있다고 판단했을 뿐이었다.

K는 2층으로 올라갔다. 2층에는 안치실들이 있었는데 마태오방이 있고 토마방이 있고 야고보방이 있고 또 여러 방들이 있었다. 방 안에는 유골함을 넣어두는 칸들이 격자형으로 배치돼 있었다. 유골함이 들어 있는 칸도 있고 비어 있는 칸도 있고 예약이 되어 있는 칸도 있었다. 예약된 칸에는 예약자의 이름이 적힌 스티커가 붙어 있었다. K는 사람들이 죽기 전에 이렇게 죽음을 예약해놓는 것은 좋은 일이라고 생각했지만 어떤 사람들은 예약도 하지 못한 채 죽는다는 것을 떠올렸다. 클레오는 사랑을 했고 사랑을 하면서 조금 행복했지만 우울증을 앓고 있었고 조금씩 불행했을 뿐이었다. 그런데 어째서 이곳에 와 있게 되었는지 알 수 없었다.

K는 클레오가 있는 야고보방에 들어섰다. 야고보방에 들어서자마자 K는 조금 놀랐다. 클레오를 발견했기 때문이었다. 클레오는 나였고 나는 안치실에 서 있었는데 K가 나를 볼 수 있다는 사실이 놀랍지는 않았다. 왜냐하면 나는 기도를 하고 있었기 때문이다. 나는 유골함 안에 뼈의 가루로 있었지만 동시에 유골함 앞에 클레오로서 서 있었다.

K는 내가 사람이 아니라 클레오의 귀신이거나 혼령이라고 생각했지만 단지 클레오를 닮은 사람일 뿐일지도 모른다고 생각했다.

나는 그이에게 다가가서 인사를.

반가워요. 여기서 만날 줄 알았어요. 나는 언젠가 당신을 사랑하지 않으리라고 생각했어요. 사랑하지 않을 수 있으리라고 생각했어요. 하지만 당신이 사라져서 영원이 되어버린 이후에는 모든 게 달라졌어요. 그럴 수 없다는 것을 깨달았으니까. 영원은 사람의 사랑이 아니고 지지고 볶는 마음이 아니고 괴롭거나 우울하거나 즐겁거나 행복한 사랑이 아니니까. 나는 그것이 좋았지만 계속 슬프고 슬퍼서 아무것도 알 수가 없게 되었어요. 그런데 당신은…… 당신은 지금 왜 이곳에 있어요.

나는 읊조리듯 조용히 물었는데 클레오의 혼령은 두 손을 모으고 기도를 하고 있을 뿐. 내가 있다는 것을 의식하지 못하고 생각하지 못하고 기도를 하고 있을 뿐.

나는 그이 곁에 나란히 섰다. 어쩐지 그렇게 해야 할 것 같아서. 어쩐지 그렇게 하는 것 외에는 아무것도 할 수 없을 것 같아서.

클레오의 혼령이 클레오를 바라보며 클레오의 사랑을 위해 기도하고 있었다. 클레오의 혼령이 기도하듯 나도 기도를 했다. 나는 안치실의 맨 위 칸을 올려다보며 두 손을 모아 기도를 했다.

클레오의 기도를 나는 알 것 같았다. 사람의 사랑을 벗어나서 영원의 사랑 속으로 들어간 클레오의 기도를 알 것 같았다. 그런 것은 질문하지 않고 생각하지 않고 떠올리지 않아도 알게 되는 것. 클레오의 옆쪽에서 저녁의 희미한 별이 스며들고 나는 클레오의 뼈가 그 희미한 별 안에 있기라도 한 듯,

두 손을 천천히 내어 뻗었다.

나는 클레오의 귀신이거나 혼령이거나 클레오를 닮은 사람으로서 두 손을 앞으로 모은 채 기도를 하고 있었다. 나의 기도는 1인칭의 기도였지만 동시에 3인칭의 기도이기도 했다.

K는 혼란을 느꼈다. K는 유골함 안에 담겨 있는 클레오의 뼈를 생각했다. 클레오의 뼈는 클레오를 전혀 닮지 않았지만 클레오가 살아 있는 동안 한순간도 빼지 않고 클레오의 몸 안에 있었다. 그것이 K에게 알 수 없는 감정을 불러일으켰는데 그 순간 클레오의 혼령, 그러니까 나의 눈에서 눈물이 흘러내렸다. K는 내가 눈물을 흘리는 모습을 물끄러미 바라보았다. K는 읊조리듯 조용히 말을 했다. 나에게 말을 했다.

반가워요. 나는 언젠가 당신을 사랑하지 않을 수 있으리라고 생각했어요. 하지만 당신이 사라져 영원이 된 이후에는 그럴 수 없었어요. 그것이 슬픈 것인지 기쁜 것인지 알 수가 없어요. 그런데 당신은,

당신은 지금 왜 이곳에 있어요.

대답할 수 없는 질문이어서 나는 침묵했다. 하지만 K가 그렇게 말을 걸어주었기 때문에 내가 이곳에 있다는 것을 나는 알고 있었다. 안치실의 창을 통해 저녁의 햇살이 희미하게 스며들었다. K는 그 희미한 햇살 안에 클레오의 뼈가 있기라도 한 듯 두 손을 천천히 내어 뻗었다. 나는 K가 내어 뻗은 그 손을 마주 잡지는 못했지만 더 깊이 그 손을 느낄 수 있었으므로 저녁 햇살의 일부가 되어 가만히,

그곳에 스며들었다.

코끼리 고구마
그리고
오조의 발목을 잡은 손들

1

코끼리였어요. 고개를 들자 제 눈에 보인 것은. 거대한 발로 하늘을 밟으며 걸어가는 코끼리였어요.

어, 그거 광고 아녜요? 무슨 은행 광고 아니었나? 맥주 광고였나?

아녜요, 광고 아녜요. 광고에서는 고래가 하늘을 날아가잖아요. 빌딩 사이를 유유히 헤엄치잖아요. 제가 본 건 고래가 아니라 코끼리라니까요. 코끼리가 아니라 코뿔소여도 좋고 하마여도 좋지만 광고는 아녜요. 코끼리는 코를 들어 물을 뿜죠. 하늘을 천천히 걸어가면서.

그렇구나. 코끼리가 하늘을 천천히 걸어가는구나. 물을 뿜는구나. 저도 그런 거 좋아해요. 구름이란 내가 보고 싶은 것을 보여주니까.

보고 싶은 걸 보여주는 게 무슨 소용이에요. 사람들은 자꾸 보고 싶은 것만 보려고 하잖아요. 구름은 꿈보다 못해요. 꿈은 보고 싶지 않은 것도 보여주죠. 피하고 싶고 끔찍한 것까지 보여주죠.

그런가요. 그렇군요. 꿈이란. 구름이란.

그런데 코끼리는 꿈이 아네요. 코끼리를 보았어요. 커다란 발로 하늘을 밟으며 유유히 걸어가는 코끼리를.

그녀는 여기까지 말하고 입을 다물었다.

김수도 입을 다물었다. 아메리카노 잔을 내려놓고 김수는 창밖을 물끄러미 바라보았다.

2층 카페였다. 카페 창밖으로 광장이 내려다보였다. 오후의 광장을 사람들이 메우고 있었다. 사람들은 피켓과 깃발을 들고 천천히 걷고 있었다. 시위를 하는 모양이었다. 참가자들은 대개 나이가 많아 보였다.

김수가 바라보고 있는 광장의 공식 명칭은 N광장이었다. 김수가 살고 있는 소도시의 이름을 붙인 것이다. 하지만 사람들은 N광장이라고 부르지 않았다. 분수대 광장이라고 부르거나 민주 광장이라고 불렀다. 분수대 광장이라는 건 광장 한가운데 분수대가 있기 때문이고, 민주 광장이라는 건 10여년 전에 커다란 시위가 있었기 때문이다. 전횡을 일삼던 전임 시장을 시민들이 몰아냈는데, 그 사건을 기념하는 이름이었다.

광장은 N시의 한복판에 자리 잡고 있었다. 시청이나 법원도 이곳에 있었다. N시의 유일한 멀티플렉스 영화관과 유명 백화점도 이곳에 있었다. 하지만 김수는 자리에서 일어나고 싶었다. 그녀의 말을 충분히 이해할 수 없었기 때문이다.

그녀는 시인이라고 했다. 김수가 갖고 있는 시인에 대한 고정관념과 완전히 일치하는 사람이었다. 잘 이해가 안 되는 말을 잘하는 사람. 어딘지 딴 세상에 사는 사람. 정말이지 그녀는 김수의 상상이 잠깐 육체를 얻어서 지금 김수와 커피를 마시고 있는 것인지도 몰랐다. 그리고 그건 사실이었다. 김수의 앞에는 아무도 앉아 있지 않았다.

방금 김수는 구름을 바라보다가 저건 코끼리구나 하고 중얼거렸다. 그럴 때 그는 자신의 중얼거림을 다른 사람이 하는 말로 상상하곤 했다. 다른 사람? 오늘은 시인과 대화를 하는 상상을 했다. 시인은 하늘을 걸어가는 코끼리가 어떻고 코뿔소가 어떻고 하는 얘기를 했지만, 김수의 앞에는 아무도 앉아 있지 않았다.

김수는 사회학을 전공 중이었고 석사과정을 밟고 있었지만 전혀 사회적인 인간이 아니었다. 그는 사회적인 공간, 가령 학교라든가 광장이라든가 놀이공원 같은 곳을 좋아하지 않았다. 사람이 많은 곳보다는 혼자 있는 방을 좋아했다. 방과 창문과 옥상을 좋아했다. 방이나 옥상에서 혼자 사람을 구경하는 일을 좋아했다. 사람을 구경하는 일보다 사람에 대해 상상하는 일을 더 좋아했다.

김수는 지금 광장에 면한 2층 카페에 노트북을 펴놓고 혼자 앉아 있었다. 카페 창밖을 바라보고 있었다. 구름 위를 유유히 걸어가는 코끼리를 바라보고 있었다. 광장에는 사람이 많았고 날씨가 좋았고 시위가 있었다.

김수가 준비 중인 석사학위 논문은 광장에 대한 것이었다. 논문은 고대 그리스의 아고라와 로마의 포럼에서 시작된다. 이슬람의 술탄 아흐메드 광장, 프랑스혁명의 발생지 바스티유 광장, 러시아 혁명의 열기를 간직한 궁전광장을 거쳐 중국 천안문 광장에 이른다. 김수의 논문은 광장의 정치학이라 할 만한 내용을 담고 있었다.

니가 광장을 연구한다니 개가 웃겠다.

친구들은 김수를 놀렸다. 김수는 별다른 반응 없이 희미한 미소를 지었다. 김수도 자신이 광장을 연구하다니 개가 웃을 일이라고 생각했다. 김수는 개가 웃는 모습을 가만히 떠올렸다. 마음이 편안해졌다. 개가 웃는 일은 자주 있는 일이라는 생각도 들었다.

김수는 광장을 바라보며 이탈리아 토리노의 카를로 알베르토 광장에 대해 쓰고 있었다. 니체가 발작을 일으킨 광장이었다. 니체는 그 발작 이후 다시 일어나지 못하고 정신병원에서 생을 마감했다고 한다. 그곳이 바로 광장이었기 때문에 니체는 발작을 일으킨 것이다. 김수는 그렇게 확신하고 있었다. 니체는 죽었고, 코끼리는 광장의 하늘을 유유히 걷고 있었다. 니체도 하늘을 걷는 코끼리를 보았으리라고 김수는 생각했다.

시위대는 광장을 가로질러 시청 쪽으로 향하고 있었다. 광장에서는 매일이다시피 시위가 열렸다. 요즘에는 공항 이전을 반대하는 시위와 공항 이전을 요구하는 시위가 번갈아가며 열렸다. 지금은 공항 이전 반대파의 시위인 모양이었다.

김수는 시위대의 뒤쪽에서 걷고 있는 사람을 바라보았다. 그 사람은 완연한 노인이었다. 흰 머리에 몸피가 왜소해 보였다. 사람들은 피켓을 들고 구호를 외쳤다. 그런데 노인은 식물을 손에 들고 있었다. 구호를 외치지도 않았다.

식물로도 시위가 되나.

김수는 중얼거렸다.

시위가 식물로도 되나.

김수는 다시 중얼거렸다.

식물이라고 했지만 꽃다발 같은 것은 아니었다. 작은 나무 같았다. 초록 잎이 매달린 작은 나무. 확실히 노인은 두 손으로 나무를 든 채 걷고 있었다. 소중한 것을 옮기는 듯 신중했다.

작은 식물은 카카오.

김수의 머릿속에 그런 문장이 떠올랐다. 바보 같은 문장이라고 김수는 생각했다. 하지만 왜 그런 문장이 떠올랐는지 이내 깨달았다. 김수는 휴대전화를 꺼내 들었다.

카톡방에 사진 한장이 올라와 있었다. 법원 판결문을 찍은 사진이었다. 사진을 업로드한 사람은 '프라자맨션 입주민 대표'였다. 이렇게 적혀 있었다.

법원 판결이 오늘입니다. 승소가 100퍼센트 확실합니다. 이제 우리 것이 될 토지를 어떻게 사용할지 논의해봅시다. 차후 주차장으로 쓰려고 합니다. 화단 철거 비용은 우리가 아니라 광장맨션 측에서 부담합니다. 프라자맨션 입주민 대표 백.

승소가 확실하니 토지를 어떻게 사용할지 논의해보자는 내용이었다. 하지만 이미 주차장으로 쓰겠다고 결정해둔 것 같았다. 논의는 잘 안 될 것 같았다.

김수는 카톡창을 닫고 다시 광장을 바라보았다.

법원. 판결. 승소. 토지. 승소. 법원.

김수는 이 어휘들이 광장에 잘 어울린다고 생각했다. 광장에 어울리지 않는 것은 무엇일까. 김수는 창밖을 바라보았다. 하늘에 코끼리가 떠 있었다. 코끼리는 천천히 움직이고 있었다.

2

명은 시위대 뒤쪽에서 걷고 있었다. 명은 문득 멈추어 섰다. 누군가 자신을 바라보는 느낌이 들었다. 주위를 둘러보았다. 광장에는 사람들이 많았다. 사람들은 열을 지어 한쪽 방향으로 걷고 있었다. 광장 주변에서 모여 서서 시위대를 구경하는 사람들도 있었다.

손에 들고 있는 제라늄 포트에서 흙이 떨어졌다. 명은 바닥에 떨어진 흙을 바라보았다. 그러다 문득 몸을 뒤로 돌려 시위대와는 반대편 방향으로 걷기 시작했다.

명은 시위를 하고 있었던 것이 아니었다. 어쩌다보니 길이 같았을 뿐이었다. 공항이 이전하거나 이전하지 않거나 명의 삶에는 별다른 영향이 없었다.

공항이 다른 곳으로 이전하면 도시 경제에 손해가 된다. 도시가 위축된다. 인구가 줄어든다. 이건 공항 이전을 반대하는 쪽의 주장이었다. 이전을 찬성하는 쪽의 주장은 달랐다. 원래 경제성이 떨어지는 공항이다. 활용되지 않는 공항은 도시에 부담이 된다. 공항을 이전하면 고속철도를 놓아준다지 않느냐.

어제는 공항을 이전해야 한다는 사람들이 시위에 나왔다. 오늘은 공항을 이전하지 말아야 한다는 사람들이 시위에 나왔다. 사람들은 구호를 외쳤고 화가 나 있었다.

명은 그런 사람들을 물끄러미 바라보기를 좋아했다. 그들의 표정에서 무언가 재미있는 것이 느껴졌기 때문이다. 하지만 정확하게 뭐가 재미있는 것인지는 알 수 없었다.

연우는 말했다. 할아버지, 그건 재미가 아니에요. 심각한 문제라고요. 재미로 시위를 하는 사람은 없어요.

명은 물끄러미 손녀딸의 얼굴을 바라보았다. 재미가 있다는 건 좋은 것인데. 재미가 있는 삶은 쉬운 것이 아닌데. 재미는 정말 소중한 것인데.

명은 연우에게 그렇게 말하지는 않았다. 사람의 생각은 자기도 모르게 비에 젖는 옷과 같다. 비는 하늘에서 내린다. 하늘에서 비가 내려서 사람의 생각이 젖는다. 연우는 생각이 젖은 사람 같았다. 명은 자신도 생각이 비에 젖은 사람이라는 것을 알았다. 명은 입을 다물었다.

광장은 그리 크지 않았지만 중앙에 분수대가 있었다. 분수대가 있는 광장은 석양이 드리우는 시간이 되면 고즈넉해졌다. 명은 그 시간을 좋아했다. 고즈넉해진 광장은 아름답다.

'아름답다'는 단어가 떠오른 것은 좀 이상하다는 생각이 들었다. 나는 평소에 그런 단어를 써본 적이 없는데……라고 명은 중얼거렸다. 하지만 광장은 사실 아름답고 고즈넉했다. 명은 시위대의 목소리를 지우고 진공 상태의 마음으로 하늘을 올려다보았다.

어두침침한 느낌이 드는 하늘이었다. 비는 내리지 않았다. 커다란 고구마 하나가 유유히 하늘을 떠가고 있을 뿐이었다. 하늘의 고구마는 고구마가 확실했다. 껍질을 거의 다 벗겨놓은 고구마였다. 고구마는 멀리 동북쪽 하늘에서 서남 방향으로 이동하고 있었다.

고구마를 바라보며 명은 분수대를 향해 천천히 걸어갔다. 광장 중앙의 분수대를 지나면 영화관이 나온다. 영화관 뒤로 한 블록만 더 가면 명이 살고 있는 광장맨션이 나온다. 광장맨션은 촌스러운 이름만큼이나 오래되고 낡은 건물이었다. 그래서 마음에 든다고 명은 생각하고 있었다.

명은 여든이 넘도록 누군가를 해코지해본 적이 없었다. 법 없이도 살 사람이라는 말을 듣고 살아왔다. 그때마다 명은 웃었다. 말도 안 되는 말이라고 생각했기 때문이다. 법이 없어도 부처님은 있다. 부처님의 세계가 있고 법은 그곳에서 사는 사람들이 잠시 정해놓은 교차로 신호등 같은 것이다. 착하건 악하건 사람은 거기서 거기고 결국 부처님 손바닥 안이다. 명은 그런 얘기를 했다. 부동산 김노인은 지청구를 놓았다. 또 시들시들 병든 병아리 같은 소리를 한다는 것이었다.

부동산 김노인은 주장했다. 사람은 거기서 거기가 아니다, 나는 평생 사람을 대하는 직업을 갖고 살았기 때문에 어떤 사람이 착한 사람인지 어떤 사람이 나쁜 사람인지 잘 안다, 예를 들면……

하고 김노인이 사례를 나열하기 시작하면 끝이 없었다. 결론은 늘 같았다. 나쁜 사람은 딱! 보면 안다는 것이었다.

딱…… 보면 안다는 말이지……

명은 혼자 김노인의 말을 반복했다. 그리고 침울한 표정을 지었다. 사람을 딱 보면 안다는 것은 어쩐지 슬픈 일이라는 생각이 들어서였다.

명과 부동산 김노인은 바둑과 장기의 맞수였다. 하지만 작년부터는 바둑도 장기도 두지 않았다. 대장암이 재발해서 명은 이제 여생이 얼마 남지 않았다. 의사는 항암치료를 권했다. 명은 고개를 저었다. 이것으로 됐다고 말했다.

80대를 지나도 한참 지난 나이다. 병이 도져 전이까지 되었다. 아픈 것은 무섭지만 죽는 것은 두렵지 않다. 가만히 사라지면 된다. 명은 그렇게 생각하고 있었다. 누구나 그렇게 생각하리라고 생각했다.

명은 평생 노동만을 해왔다. 서울에 올라가 이런저런 날품팔이를 전전한 끝에 도배 일을 배워 번듯한 가게를 차린 적도 있었다. 하지만 새로 들어온 젊은이들이 인테리어니 뭐니 하면서 등을 밀어냈다. 명이 고향 도시로 내려온 지도 벌써 20년이 넘었다. 처음 내려왔을 때는 얼마간 도배 일을 계속했다. 힘에 부쳐 그만둔 뒤에는 집 옆 공터에 화단을 만들어 식물들을 키웠다.

식물을 가꾸면서 인생을 보낼 수 있다면 좋을 텐데.

젊을 때 정원사 일 같은 것을 배웠어야 했다고 명은 생각했다. 하지만 정원사 일에는 인연이 없었고 기회도 닿지 않았다. 한번 선이 닿으면 그것으로 인생이 결정된다. 그렇다는 것을 그때도 알았더라면. 인생이 그렇게 흘러가버릴 만큼 잠깐이라는 걸 그때도 알았더라면. 명은 생각했다.

식물들이란 얼마나 조용하고 품위가 있는 존재인가. 명은 또 생각했다. 이런 생각이 아무런 의미가 없다는 것은 명도 알고 있었다. 하늘을 떠가는 노란 고구마만큼이나 의미가 없다. 하지만 식물들은 의미 같은 것을 상관하지 않겠지……

명은 광장맨션 반지하층 입주민이었다. 맨션 옆에 방치돼 있던 작은 화단을 가꾼 것도 명이었다. 그게 유일한 소일거리였다. 화단은 폭이 1.5미터에 길이가 7~8미터 정도 되었다. 배롱나무, 작약, 철쭉, 장미 같은 식물들을 키웠다. 가을에 구근을 묻으면 초봄에는 튤립과 히아신스에 수선화가 올라왔다.

화단은 명이 광장맨션에 입주하던 때부터 그 자리에 있었다. 처음 건축될 당시에 조성된 것이라고 했다. 30년이 넘은 건물이니 화단도 30년이 넘은 것이다. 화단에서 보아 왼쪽으로는 명이 사는 광장맨션이 있었다. 오른쪽으로는 프라자맨션이 있었다. 둘 사이에는 울타리 같은 것이 없고 그냥 화단이 있었다. 행인들이 지나가다가 화단의 식물을 구경하려고 쭈그리고 앉아 있기도 했다. 그들은 금방 일어나서 제 갈 길을 갔다.

명은 부동산 김노인에게서 들은 말을 떠올렸다. 화단이 분쟁 토지라고 했다. 프라자맨션 쪽에서 이 화단이 자기네 소유라고 주장한다는 것이다. 땅을 용도 변경하겠다, 소송을 걸어서 그간의 사용료를 청구하겠다, 그런 얘기를 한다고 했다. 그래서 광장맨션에서도 주민들이 여러차례 회의를 열었다고 했다. 명은 광장맨션에 살지만 회의에는 가본 적이 없었다.

명은 화단 근처에 서서 하늘을 바라보았다. 하늘의 고구마는 크기가 더 커진 것 같았다. 커다랗고 노랗고 발그스름했다. 고구마는 법원 쪽 하늘에서 흘러와 분수대와 영화관을 지나 먼 산 쪽으로 움직이고 있었다.

고구마는 고구마. 고구마는 잘 익은 고구마. 잘 익은 고구마는 하늘을 흘러가지.

명은 중얼거렸다. 명이 그렇게 오래 하늘을 바라보고 서 있자 길을 지나던 행인이 멈추어 섰다. 행인은 명을 따라서 하늘을 바라보았다. 하늘에 뭐가 있나 하는 표정으로 유심히 바라보았다. 다른 행인이 곁을 지나다가 또 저기 뭐가 있나 하고 고개를 들어 하늘을 바라보았다. 또다른 행인도 길을 가다가 멈추어 서서 뭐가 있나 하고 하늘을 바라보았다. 사람들은 자꾸 불어났다.

10여명의 행인들이 명과 함께 하늘을 멍하니 바라보았다. 약간의 시간이 지나자 행인들은 내가 지금 뭐하는 거지 하는 표정이 되어 다시 제 갈 길을 갔다.

행인들이 떠난 뒤에 명은 화단 곁에 쪼그리고 앉았다. 고무나무는 죽었다고 생각했는데 고무나무 곁에서 다시 새것이 올라오고 있었다. 꼬물꼬물 자라는 그것을 명은 물끄러미 바라보았다.

명이 고개를 들었을 때 프라자맨션의 현관이 보였다. 현관을 나와 검은색 세단에 올라타는 남자가 보였다. 남자는 키가 작고 체구도 왜소했지만 양복을 단정하게 입고 있었다. 저렇게 좋은 옷을 입고 좋은 차를 타는 남자가 저렇게 낡은 맨션에 사나. 명은 생각했다. 남자가 탄 세단이 떠나고 명은 다시 하늘을 바라보았다. 커다랗고 노란 고구마는 석양에 물든 채 움직이지 않았다.

3

오조는 프라자맨션을 나와 차에 올라탔다. 오늘은 최종 판결이 나오는 날이었다. 아무리 사소한 판결이라도 현장에 출석해서 확인하는 것이 오조의 오랜 원칙이었다.

오조가 자신의 재능을 깨달은 것은 공무원 시험에 두번이나 떨어지고 나서였다. 사지선다 오지선다의 답을 맞히는 것은 세상살이에 별 도움이 되지 않는다. 고정된 답보다는 세상의 흐름을 읽는 것이 더 중요하다. 세상의 흐름을 읽고 그 흐름보다 아주 조금 앞서는 것이 중요하다. 많이도 아니고 '조금'이어야 한다. 오조는 그런 것을 스스로 터득했다.

시험에는 재능이 없었지만 돈의 흐름에 관한 한 오조에게는 남다른 감각이 있었다. 경제신문의 도표들을 물끄러미 보고 있으면 돈이 어디로 흘러가는지 느낌이 왔다. 뉴스 기사나 전문가 해설은 도움이 되지 않는다. 표로 된 통계 자료만이 유의미하다. 이렇게 뻔히 보이는 돈의 흐름을 다른 사람들이 보지 못한다는 것을 깨달았을 때, 오조는 공무원 수험서를 다 팔아버렸다.

오조는 적극적으로 대출을 활용했다. 빚이 곧 자산이라는 것은 경제활동의 기본이다. 빚을 내어 주식 선물거래와 단타 매매에 활용했다. 마침 우상향 시기여서 오조는 기대했던 수준의 자산 축적에 성공했다. 어느 정도 시간이 지난 뒤에는 부동산과 경매 쪽으로 눈을 돌렸다.

부동산과 경매에 눈을 뜬 뒤에는 고소를 당하거나 고소를 제기하는 일이 많았다. 잠시 법무사 사무실에서 보조로 일했던 경력이 오조의 밑천이었다. 법과 연결하면 자산 운용이 더욱 쉬워진다. 오조는 그것을 잘 알고 있었다.

돈을 부르는 것은 성실성도 아니고 능력도 아니다. 돈은 정확하게 돈을 따라 모인다. 예나 지금이나 거부할 수 없는 진실이었다. 오조는 갭 투자를 적극적으로 활용해서 다소 무리다 싶을 정도로 부동산을 늘려나갔다.

정치권과 법조계 쪽 지인들에게서 흘러나오는 정보를 지침 삼아서 구매하고 되팔기를 반복했다. 오조는 발전 가능성이 있는 수도권 외곽의 도시로 시선을 돌렸다. N시도 시야에 포함돼 있었다. 중심가와 가까운 저가 주택들을 노렸다.

프라자맨션에만 오조는 4채의 집을 갖고 있었다. 총 8세대 중 5세대가 되면 곧바로 맨션 전체를 재건축할 생각이었다. 알고 지내는 국회의원에게서 얻은 정보도 있었다. 신규 고속철도 노선에 포함될 가능성이 높다는 얘기였다. 그러면 게임은 끝난 것이다. 고속철이 실제로 지나가든 아니든 그건 중요하지 않다. 발표가 나고 가격이 급등하면 바로 처분하면 된다.

걸리는 게 없는 건 아니었다. 고속철에 대한 정보를 준 국회의원은 그때 술이 좀 들어간 상태였다. 오조가 마련한 자리가 마음에 든 모양이었다. 개발 사업이 황금알을 낳는 거위라는 말을 반복하면서 과음을 하고 있었다. 했던 말을 자꾸 반복하는 사람을 피하라. 업데이트가 안 되는 사람이다. 정보의 신뢰도도 떨어지게 되어 있다. 오조는 그런 신조를 갖고 있었다. 어디까지 신뢰해야 할지 판단이 서지 않았다. 국회의원은 개발 호재에 대해 떠들다가 고속철 얘기를 하다가 지하철 얘기로 말을 돌렸다. 둘을 헷갈리는 건 아닌지 의심스러웠다. 국회의원은 점점 횡설수설하기 시작했다.

그 지하철이란 게 말이야, 지하를 이케 저케 뚫고 내려가는 거잖아, 근데 이케 저케 뚫고 내려가면 뚫고 올라오는 게 있더라고. 요즘에는 그냥 걷기만 해도 지하에서 불쑥불쑥 손이 올라온다니까. 시커먼 손이 올라와서 내 발목을 잡는 거야. 대낮이고 야밤이고 구분을 안 해. 무섭냐고? 무서우면 이 일을 어떻게 하나? 하하.

아무 말 대잔치였다. 의원은 취해 있었다. 오조는 그렇죠, 그렇죠, 하며 의원의 말에 장단을 맞추었다. 이 양반이 요즘 스티븐 킹 소설을 애독하나. 하긴 요즘 한국 경제는 호러에 가깝지. 오조는 생각했다.

향후 적절한 타이밍에 깨끗이 손을 털고 동남아 쪽으로 모든 자산을 옮길 생각이었다. 시세차익은 역시 개발도상국이지. 이민은 노후 대책이고.

오조는 프라자맨션을 떠나면서 광장맨션 쪽을 흘끗 바라보았다. 노인 하나가 화단에 쭈그리고 앉아 있었다. 왜소한 몸에 생기가 느껴지지 않았다. 일생 동안 쓸 에너지를 이미 다 소모한 사람이라는 생각이 들었다.

하지만 저런 체형의 노인들이 오히려 더 오래 산다. 오조의 아버지도 오조의 어머니도 마찬가지였다. 실은 오조 자신도 자신의 작은 체구에 대해 그런 믿음을 갖고 있었다. 나는 오래 산다. 누구보다도 오래 산다. 나를 공격하고 나를 미워하고 나를 고소했던 그

누구들보다도 나는 오래 산다. 그게 이기는 것이다.

오조는 학창시절에 두어번 싸움을 한 적이 있다. 몸이 왜소해 번번이 나가떨어졌다. 몸싸움으로는 안 된다는 것을 오조는 깨달았다. 힘이 센 친구들을 돈과 말과 수완으로 구슬러 곁에 두는 방법을 택했다. 그건 성공적이었다. 강남에 거주하면서 서울과 수도권 인근에 수십채의 빌라와 아파트를 소유하게 된 지금도 마찬가지였다.

오조는 화단에 쭈그리고 앉은 노인이 자신을 바라보고 있다는 것을 깨달았다. 저 노인이구나. 오조는 직감으로 깨달았다. 광장맨션에 사는 노인 하나가 오랫동안 화단을 가꾸어왔다고 했다. 그 노인 때문에 점유 취득 시효 문제가 불거진 것이다. 그게 바로 저 노인이 틀림없다. 오조는 중얼거렸다.

치매기가 있나…… 자기 땅도 아닌 곳에 왜 꽃이니 나무니 그런 걸 키우나.

오조는 중얼거렸다. 소일 삼아 한다는 것은 알고 있지만 세상에는 법과 질서라는 것이 있다. 그것을 알려줘야 한다.

광장맨션과 프라자맨션은 같은 건설사에서 같은 시기에 지었기 때문에 쌍둥이처럼 닮아 있었다. 경계가 애매하게 설정되어 있었다. 화단 쪽 토지소유권도 마찬가지였다.

법적 효력을 인정받기 위해서는 실측이 필요했다. 프라자맨션 입주민 대표가 되어 그걸 진행한 게 오조였다. 오조는 토지 인도 및 부당 사용 금지를 위한 소송을 제기했다. 오조가 프라자맨션에만 네채의 집을 갖고 있었기 때문에 나머지 사람들은 오조의 주장을 따를 수밖에 없었다. 우선 화단을 주차장으로 쓰다가 조만간 그

공간을 포함해서 재건축을 진행할 생각이었다.

광장맨션 사람들이 피고소인이었다. 노인들이 많았다. 말이 통하지 않았다. 무조건 모르쇠로 나왔다. 대화가 안 되니 법으로 갈 수밖에 없었다. 화단이 있는 공터는 프라자맨션 소유로 결정 날 것이었다.

하지만 간단히 끝날 줄 알았던 재판은 뜻밖에 복잡해졌다. 광장맨션 측에서 변호사를 선임했는데, 그 변호사가 점유 취득 시효를 들고 나왔기 때문이다. 오랫동안 공터와 화단을 점유해온 것이 광장맨션 사람들이라는 얘기였다. 대체 화단 따위가 뭐라고…… 오조는 어이가 없었다.

판결이 오늘이었다. 오조는 법원 쪽으로 차를 몰았다. 법원은 광장 북쪽에 있었다. 프라자맨션에서 도보로 10분이면 갈 수 있었지만 오조는 차를 몰았다.

사실 재판 결과는 컴퓨터를 켜고 법원 사이트에 들어가 사건 번호를 입력하면 확인할 수 있다. 오조는 그것을 잘 알고 있었지만 굳이 볼보를 끌고 직접 법원에 출석했다. 볼보를 끌고 직접 법원에 출석하는 것이 오조의 루틴이었다.

오조는 도시 한가운데 위치한 광장을 우회하는 길을 택해 차를 몰았다. 광장은 공항 이전 반대파의 시위로 복잡할 것이다. 저녁에는 지역 택시기사들의 시위가 예정돼 있다고 했다.

오조는 세계가 합리적이 되면 좋겠다고 생각했다. 논리가 안 되는 자들이 꼭 시위를 한다. 시시비비는 법정에서 가려지면 되는 것이다. 그걸 꼭 집단으로 모여서 피켓을 흔들고 구호를 외치고 행진을 해야 한다고 생각하는 것은 후진국스러운 행태일 뿐이다.

모든 게 제도화돼 있으면 시위가 필요 없다. 제도가 미비하면 소송을 통해 보완을 요구하면 된다. 그걸 안 하고 저렇게 악다구니들을 쓴다. 정치가 사람들에게 영향을 많이 미치는 사회는 후진사회다. 모두가 정치에 무관심해도 좋은 사회가 선진사회다. 정치는 시장의 자유를 보호만 하면 된다. 자유민주주의란 그런 것이다. 그게 오조의 신념이었다.

오조는 법원 특유의 공기와 분위기를 좋아했다. 법원 입구에는 변호사 사무실들이 몰려 있고 온갖 현수막들이 붙어 있다. 광고성 현수막들 가운데는 모 법무법인을 공격하거나 억울함을 호소하는 현수막도 있다. 그것들은 몇주씩 걸려 있다가 미화원들에 의해 철거될 것이다.

법원에 가면 오조는 사람들의 직책과 지위를 단숨에 알아챌 수 있었다. 사복을 입고 있어도 법관과 변호사는 옷 입는 스타일이 다르다. 일반 방청객들은 아무리 양복을 차려 입어도 금방 티가 난다. 검은 법복을 입은 법관들은 대개 나른하고 피곤한 표정이다. 변호사들은 특유의 깔끔하고 단정한 패션에 검은색 서류가방을 들고 다닌다. 그들은 최대한 샤프해 보이기 위해 눈을 빛내고 있다.

오조는 법정에 들어서자마자 방청석 중간쯤에 자리를 잡고 앉았다. 법정에는 방청객들이 별로 없었다. 소액 소송들을 한꺼번에 처리하는 재판이었기 때문이다.

앞자리에 앉아 있던 젊은 여자가 흘낏 뒤를 돌아보았다. 그녀와 눈이 마주쳤을 때 이 여자, 어디서 본 것 같은데…… 하는 생각이 오조의 머리에 떠올랐다. 어디서 보았더라. 어디서 보았더라. 하지만 데자뷰란 그저 착시효과에 불과하다는 것을 오조는 알고 있었다.

법원 직원이 좌석을 돌며 휴대전화를 끄라고 외쳤다. 오조는 휴대전화를 끄지 않았다. 대신 녹음 기능을 켰다. 모든 것을 녹음하고 모든 것을 증거 자료로 확보한다. 소송을 밥 먹듯 하는 오조의 생활 습관이었다.

판사가 법정에 들어와 청중석을 흘끗 바라보았다. 갓 부임한 듯한 젊은 판사였다. 하지만 얼굴에는 벌써 나른함과 피로의 흔적이 덕지덕지 붙어 있었다. 권력을 가진 자만이 지을 수 있는 표정이었다.

대여섯명이 앉아 있는 청중석을 향해 판사는 나른한 목소리로 주문을 낭독했다. 7건의 사건에 대한 판결이 내려졌다. 광장맨션과 프라자맨션의 토지분쟁 건도 있었다. 프라자맨션의 승소였다.

광장맨션은 프라자맨션의 토지소유권을 확인하고 얼마얼마를 지급할 것이며 얼마얼마의 소송비용을 부담하라는 판결이었다.

자주점유나 공공용지 같은 논리를 끌어온 광장맨션 측 변호사의 주장은 인정되지 않았다. 당연한 판결이었다. 오조는 얼굴에 웃음이 피어오르는 것을 감추지 않았다.

4

연우는 법정 풍경을 둘레둘레 구경하다가 뒤를 돌아보았다. 뒤에 앉아 있던 남자가 연우를 빤히 바라보고 있었다. 이 남자, 어디선가

본 적이 있는데. 그런 생각이 들었지만 깊이 생각하지는 않았다.

세상은 어디선가 본 듯한 사람들로 가득하다. 인간의 얼굴은 눈, 코, 입, 귀로 구성돼 있어서 다 거기서 거기인데, 우리는 누가 누구인지를 금방 알아낸다. 연우는 그게 신기해서 그런 느낌으로 시를 쓴 적도 있었다.

연우는 광장맨션에 살고 키가 크고 스물아홉이었고 시인이었다. 아직 발표한 작품은 많지 않았다. 자신이 시인이라는 것에 특별한 감흥도 없었다.

연우에게는 친구가 많았다. 그리 사교적인 성격은 아닌데 왜? 연우는 스스로도 이상하다고 생각했다. 친구들은 내밀한 이야기를 할 상대로 자주 연우를 꼽았다. 연우는 친구들의 이야기를 듣고 진심으로 동조해주었다. 친구들이 한 이야기를 누구에게도 하지 않음으로써 신의를 지켰다. 그리 어려운 일은 아니었다. 입이 무거운 편인 것도 있지만, 친구들의 이야기를 듣고 금방 잊기 때문이었다.

인간이란 모두 각자의 몫을 살아가고 있을 뿐이다, 결국 스스로 삶을 개척해야 한다, 누구의 도움을 받을 필요도 도울 필요도 없다. 연우는 그런 차갑고 냉정한 인생관을 갖고 있었다. 하지만 실제로는 그렇지 않았다. 일단 누군가를 돕기 시작하면 멈출 수 없었다. 상대의 입장이 되어 최선을 다하게 되었다. 그렇다는 것을 연우 자신은 인지하지 못하고 있었다.

친구들은 내내 자기 얘기를 하다가 문득 연우에게 뭐든 네 얘기를 해보라고 채근하곤 했다. 자기 얘기만 하니 좀 민망했기 때문이었다. 그러면 연우는 창밖을 바라보며 이렇게 중얼거렸다.

저건 코끼리인가. 거대한 발로 하늘을 밟으며 걸어가는 저것은. 그런데 저 코끼리는 어디로 가는 거지?

창밖의 빌딩들 위로 거대한 코끼리가 지나가고 있었다. 코끼리는 커다랗고 뭉툭한 발로 빌딩들을 밟으며 지나갔다. 하지만 코끼리가 짓밟고 지나간 도시는 여전했고 그 풍경 그대로였다. 오히려 더 나른하게 보였다. 연우는 창밖의 코끼리에서 찻잔 쪽으로 시선을 돌리며, 실은 말이야, 하고 이야기를 시작했다.

연우는 프라자맨션이 광장맨션을 고소한 사건에 대해 말했다. 연우는 광장맨션에 살고 있었다. 처음에는 아무런 관심이 없었는데, 고소 내용이 화단이라는 사실을 알고는 방관만 하고 있을 수 없었다. 연우의 할아버지가 화단을 가꾸고 있었다.

입주자 회의에 한번 참석한 뒤에는 모든 일을 연우가 맡게 되었다. 대부분 나이가 많았고 바쁘다고들 했다. 연우도 바쁘기는 마찬가지였지만 다른 방법이 없었다. 빌라 공금으로 변호사를 위촉하고 법정에 나가고 결과를 알리는 일을 모두 연우가 하게 되었다.

연우가 위촉한 변호사는 화단이 애초부터 공유지였다고 주장했다. 건축회사에서 그렇게 설계했다는 증거 자료를 법원에 제출했다. 20년이 넘는 동안 공공용지로 사용되었으므로 자주점유 시효가 완성되었다는 주장을 폈다. 하지만 결과는 패소였다.

연우는 법원을 나와 광장 쪽으로 걸어갔다. 걸어가면서 하늘을 바라보았다. 코끼리 한마리가 하늘 저편으로 유유히 이동하고 있었다. 하늘에 시선을 둔 채 연우는 중얼거렸다. 이런 맑은 날에 웬 코끼리가……

저렇게 하늘을 걷는 코끼리가 창밖에 보인다고 누군가와 대화를 나눈 적이 있는데…… 그게 최근이었는데…… 누구였더라. 그때 상대는 말했다. 그거 광고 아녜요? 무슨 은행 광고 아니었나? 맥주 광고였나?

연우는 대꾸했다. 광고에서는 고래가 하늘을 날아가잖아요. 빌딩 사이를 유유히 헤엄치잖아요. 이건 고래가 아니라 코끼리라니까요.

상대가 연우의 말을 듣고 말했다. 아, 코끼리. 코끼리구나. 그런 영화도 있었는데. 커다란 귀를 날개처럼 펴고 펄럭펄럭 날아가는 코끼리 있잖아요. 이름이 뭐였더라. 점보였나. 덤보였나. 맞다, 덤보.

연우는 덤보가 나오는 만화영화를 본 적이 없었다. 게다가 지금 저 하늘의 코끼리는 펄럭펄럭 날아가는 것이 아니라 그저 걸어가고 있는데. 연우가 말했다.

보고 싶은 걸 보여주는 게 무슨 소용이에요. 사람들은 자꾸 보고 싶은 것만 보려고 하잖아요. 구름은 꿈보다 못해요. 꿈은 보고 싶지 않은 걸 보여주죠. 피하고 싶고 끔찍한 것까지 보여주죠.

연우는 창밖으로 시선을 돌리며 그렇게 중얼거렸다. 상대도 연우를 따라 창밖을 바라보았다. 두 사람이 가만히 창밖을 바라보는 느낌이 연우의 마음에 오래 남았다.

연우는 법원을 나와 광장 쪽으로 향했다. 오후에는 공항 이전 반대 측의 시위가 있다고 했다. 내일 오후에는 공항 이전 찬성 측의 집회가 있을 것이다. 월남전 참전용사들의 집회 후 저녁에는 이주노동자들의 집회와 여성연대 시위가 이어질 것이다. 이 시위들이 모두 같은 광장에서 이루어진다는 것을 연우는 믿을 수 없었다.

내일 저녁에는 연우도 광장에 나가볼 생각이었다. 연우의 친구들도 참여할 것이었다. 연우는 친구들을 만나 같은 구호를 외치며 팔짱을 끼고 걷게 될 것이었다. 연우는 약간의 설렘을 느꼈다. 연우는 다시 하늘을 바라보았다. 코끼리 한마리가 유유히 걸어가고 있었다.

5

코끼리 한마리가 유유히 걸어가고 있었다. 1791년 여름의 어느 날이었고 프랑스 샹 드 마르스 광장의 상공이었다.

코끼리가 하늘을 걸어가고 있는데도 사람들의 관심은 코끼리가 아니었다. 광장은 흥분한 군중들로 가득했다. 군중들의 시선은 하늘이 아니라 단상 쪽을 향해 있었다. 누군가는 단상을 향해 돌을 던졌고 누군가는 야유를 퍼부었다. 단상에 올라가 있는 사람은 혁명 공신 라파예트 후작이었다.

라파예트 후작은 군인으로 평생을 살았다. 바다 건너 미국 독립전쟁에 참전할 정도로 자유주의 사상에 투철한 인물이었다. 그는 군인으로서 혁명에 기여한 공으로 프랑스 국민군 사령관을 맡고 있었다.

사령관 라파예트는 시민들의 요구를 잠재우려 애썼다. 시민들은 군주제를 즉각 폐지하고 완전한 공화정을 실시할 것을 요구했다. 리퍼블릭. 공화정. 라파예트는 고개를 저었다. 혁명 초기에 자유주의자였던 사령관 라파예트는 이제 보수파가 되어 있었다. 라파예트는 왕을 완전히 폐위시키려면 시간이 더 필요하다는 생각을 갖고 있었다. 이렇게 급격하게 모든 걸 바꾸다가는 자기 자신까지도 바뀌리라는 걸 그는 알고 있었다.

날은 더웠고 시민들은 점점 과격해지고 있었다. 그는 혁명 내내 자신을 지지했던 사람들이 이제 자신을 공격하는 상황에 당혹스러워하고 있었다. 이걸 어떻게 이해해야 할지 알 수 없었다. 국민군 사령관 라파예트의 머리 위를 걸어가던 코끼리가 코를 들어 올렸다. 그리고 어디선가 총성이 울렸다. 총탄은 지붕 쪽으로 날아간 듯했다. 그 총탄은 군중 속 어디선가 날아왔는데 그것이 라파예트를 겨눈 것인지 아니면 하늘을 유유히 걷고 있는 코끼리를 향한 것인지 알 수 없었다. 그도 아니면 단지 공포탄이었는지도 모른다.

하지만 라파예트의 안색은 이미 흙빛으로 변해 있었다. 이럴 수가. 나는 한때 혁명의 선봉에 서 있었는데. 그때 나를 따르던 시민들이 이제 나를 위협하고 있다니. 나를 향해 돌을 던지고 급기야 총까지 쏘고 있다니. 아아, 저들은 프랑스 시민들이 아니다. 저들은 자코뱅이고 급진파고 폭도들일 뿐이다.

라파예트의 생각이 질주했다. 코끼리가 다시 코를 들어 올렸다. 병사 하나가 주춤주춤 라파예트에게 다가와 귓속말을 전했다. 파리 시장 장 실뱅 바이가 계엄령을 선포했다는 소식이었다. 드디어 계엄령이 떨어졌다. 이제 발포가 가능하다. 라파예트는 호전적인 마음이 되었다.

라파예트는 우선 공포탄을 쏘도록 명령했다. 격렬한 소음이 광장을 메웠다. 시민들은 동요했다. 기대한 대로였다. 하지만 잠시 후 그들은 다시 성난 파도로 돌변했다.

라파예트가 우리를 향해 총을 겨누었다!

라파예트가 우리를 쏘았다!

군중들은 분노했다. 라파예트를 향해 돌이 날아들었다. 라파예트는 가까스로 돌을 피한 후 겁에 질린 근위병에게 귓속말로 명령했다.

쏴버려!

김수는 거기까지 읽다가 책을 덮고 창밖을 바라보았다. 창밖의 분위기가 다르게 느껴졌다. 어디선가 사이렌 소리가 들려왔다. 사이렌 소리는 점점 요란해지고 광장의 사람들은 웅성거리고 있었다. 이제 곧 공항 이전 반대파에서 시위를 할 시간인데…… 사이렌 소리는 뭐지. 김수는 생각했다. 광장 저편에서 솟아오르는 연기가 보였다. 소방차들이 연기가 솟아오르는 방향을 향해 질주하고 있었다.

김수는 자리에서 일어났다. 연기가 솟아오른 곳이 어딘지 알 것 같았다. 불길한 직감이 김수의 몸을 감쌌다. 김수는 급하게 가방을 챙겨들고 카페를 뛰쳐나갔다.

연우는 광장맨션으로 돌아가는 길에 하늘을 올려다보았다. 코끼리도 보이지 않았고 코뿔소도 없었고 하마도 없었다. 대신 검은 연기가 하늘로 번져가고 있었다. 위치로 보아 광장맨션 쪽이었다.

설마 우리 집은 아닐 거야. 하지만 그럼 어디?

연우는 답할 수 없었다. 불안이 연우의 걸음을 채근했다. 광장맨션으로, 광장맨션으로 돌아가야 한다. 연우는 직감했다.

그때 카페에서 뛰쳐나온 김수가 연우와 어깨를 부딪쳤다. 김수는 연우에게 급하게 사과하고 사이렌 소리를 따라 뛰었다. 연우도 김수에게 급하게 사과하고 사이렌 소리를 따라 뛰었다.

이미 오랫동안 둘은 서로의 상상 속에서 만나고 있었다. 하지만 그게 상대방이라는 것은 알지 못했다. 김수는 프라자맨션에서 살았고 연우는 광장맨션에서 살았다. 광장맨션과 프라자맨션은 서로 마주 보고 있었다.

6

법원에서 나온 오조도 검은 연기가 치솟는 곳을 바라보았다. 프라자맨션 쪽이었다. 이건 무슨 일인가. 서울로 돌아갈 시간인데. 당분간 이 도시에는 올 일이 없는데. 화단을 철거하고 임시 주차장을 만들 때 와서 지시만 하면 되는데. 이미 건설사 쪽과 날짜까지 잡았는데……

오조는 연기가 솟아오르는 쪽으로 차를 돌렸다. 프라자맨션에 가까이 갈수록 사이렌 소리가 커졌다. 검은 연기의 발원지가 가까워졌다. 그것이 오조를 불안하게 했다. 소방차들이 오조의 차를 추월해 질주했다.

광장 주변은 혼잡했다. 발화 지점으로 진입하기가 쉽지 않았다. 좁은 이면 도로에는 불법 주차된 차량이 많았다. 소방차들은 일차

선 도로 입구에서 앵앵거리고 있었다. 도로에서 나오는 차들과 엉켜 진입 자체가 불가능했다. 오조는 차를 멀찌감치 세워두고 달리기 시작했다.

달리기에는 나름 자신이 있었다. 초등학생 때부터 달리기에는 자신이 있었다. 달리기에는 내내 자신이 있었는데…… 달리기에는 자신이……

어느 순간 오조는 자신의 뜀박질이 느려지고 있다는 것을 깨달았다. 오조는 자신의 다리를 바라보았다. 시커먼 손이 땅에서 솟아올라 오조의 발목을 잡고 있었다. 뿌리치고 발을 옮기면 다른 손이 솟아올라 또 발목을 붙잡았다.

이게 뭐지. 이게 뭐람. 이게 뭐야.

오조는 속으로 비명을 질렀다. 이 와중에도 이건 어딘가 낯익은 손이라는 생각이 들었다. 하지만 데자뷰란 그저 착시효과에 불과하지 않은가. 게다가 지금은 그게 문제가 아니지 않은가. 오조는 지하에서 솟아오르는 손들을 발로 마구 밟고 차면서 달렸다.

타오르는 것은 프라자맨션이 아니었다.

프라자맨션과 광장맨션 사이에 있는 화단이었다.

화단과 화단 주위의 나무들이 맹렬하게 불타오르고 있었다.

프라자맨션은 연기 속에 멀쩡하게 서 있었다.

아아, 다행이다. 다행이다. 하지만 지금 타오르는 저 화단도 내 건데. 오늘 판결이 났는데. 저쪽은 항소도 못할 텐데……

그나저나 이건 그냥 불이 아니다. 누군가 휘발유를 뿌리고 불을 붙인 것이 틀림없다. 그렇지 않으면 불길이 이렇게 맹렬하게 치솟을 수가 없다. 오조는 직감했다.

인파가 모여들고 막 도착한 소방관들이 정신없이 뛰어다니고 있었다. 중요한 것은 불길이 프라자맨션으로 옮겨붙지 못하게 하는 것이었다. 오조는 소방관들 쪽으로 달려갔다. 책임자를 만나야 한다. 내가 누군지 알리고 프라자맨션 대부분이 내 소유이며 지금 불이 난 이 화단도 내 소유라는 것을 알려야 한다. 불이 방화로 일어난 게 틀림없다는 것을 알려야 한다. 그 순간 오조는 무언가를 보았다. 불과 가까운 곳에 사람의 그림자가 보였다. 타오르는 화단 곁에 사람이 서 있었다.

저건 노인이 아닌가. 노인이 틀림없다. 노인이다. 바로 그 노인이……

불길 옆에 멍하니 선 채로 하늘을 바라보고 있었다. 하늘에 뭐가 있나 하고 살피는 자세였다. 노인의 시선을 따라 오조도 하늘에 뭐가 있나 하고 고개를 들었다. 하늘은 검붉은 연기로 가득할 뿐이었다. 하지만 가득한 연기 사이로 더 검붉은 빛깔의 무언가가 오조의 눈에 들어왔다.

거대한 물체가 하늘에 떠 있었다.

저건…… 뭔가. 저건…… 대체 뭔가. 저 물체는…… 저 거대한 물체는……

오조는 손차양을 만들어 눈 위에 갖다 댔다.

유선형에 다소 거친 표면을 갖고 있고 저공비행을 하는 저것은…… 우주선인가. 그런데 저건 마치…… 고구마처럼 생기지 않았나. 거대한 고구마처럼 생긴 것이 지상을 향해 점점 내려오고 있지 않은가.

오조는 벌린 입을 다물지 못했다.

명은 화단 곁에 서서 하늘의 고구마를 바라보았다. 고구마는 검고 붉은 고구마였다. 고구마는 노랗지 않았다. 검은 것은 화단에서 피어오른 검은 연기 때문일 것이고 붉은 것은 석양 때문일 거라고 명은 생각했다. 고구마는 여전히 노란빛일 것이라고 명은 생각했다.

명은 또 중얼거렸다. 어째서 고구마는 하늘에 떠 있는가. 어째서 화단의 무성한 식물들은 자라나고 자라나는가. 그러다 결국 시들어버리고 이렇게 불타오르고 마침내 또 돋아나는가. 마침내 또 돋아나서 미친 듯이 자라나 결국 하늘을 뒤덮는가.

아 이 사람 참 답답하네. 주차장을 만들어야 주차를 하고 주차를 할 수 있어야 차를 만들고 차를 만들어야 일자리가 생기지. 부동산 김노인은 그렇게 말하고 웃었는데 어째서 김노인은 그렇게 바른 말만 하는가. 이것은 배롱나무고 이것은 작약이고 이것은 철쭉인데…… 하늘에는 어째서 고구마 같은 이상한 것이 떠다니는가.

명은 화단의 불타는 식물들을 바라보다가 다시 하늘 쪽으로 두 손을 뻗으며 중얼거렸다. 거대하고 무겁고 천천히 움직이는 고구마가…… 이제 곧 폭탄처럼 터지리라는 것을 명은 알았다.

연우와 김수는 헐레벌떡 현장에 도착했다. 불길이 치솟는 하늘 쪽으로 시선을 돌렸다. 연우와 김수는 코끼리들이 하늘을 뒤덮고 있는 것을 보았다. 코끼리들은 광장맨션과 프라자맨션 위에 머물러 있었다. 코끼리들은 무겁고 긴 코를 흔들며 서서히 하강하고 있었다.

코끼리들은 이윽고 천천히 코를 들어 올렸다. 수많은 코끼리들이 천천히 코를 들어 올렸다. 코끼리들은 일제히 물을 뿜기 시작했다. 코끼리들이 뿜어낸 물이 지상으로 쏟아지기 시작했다.

물줄기가 연우의 머리 위로 김수의 머리 위로 쏟아졌다. 물줄기가 명의 머리 위로 오조의 머리 위로 소방관들의 머리 위로 행인들의 머리 위로 쏟아졌다. 광장의 하늘로 솟아오르던 검은 연기가 급격하게 사그라들기 시작했다.

코끼리가 쏟아낸 물은 광장맨션과 프라자맨션과 화단과 주차장과 거리와 광장과 분수대와 법원과 영화관을 구분하지 않고 뒤덮었다. 광장에서 행진을 하던 사람들은 쏟아지는 물줄기를 피해 손을 머리에 얹고 여기저기로 흩어지기 시작했다.

연우와 김수는 바로 곁에 선 사람이 상상 속에서 오래 대화를 나누던 사람이라는 것을 알지 못했다. 연우와 김수는 이제 곧 바로 곁에 선 사람을 실제로 만나 오래 대화를 나누게 되리라는 것을 알지 못했다. 물방울이 그들의 얼굴에 떨어졌다가 격렬하게 흩어졌다. 그 순간에도 오조의 발목을 잡고 있는 것은 지하에서 올라온 무수한 손들이었다.

노보 아모르

"행복해지는 건 아주 쉬워."

주인 남자가 말했다. 마른 수건으로 잔을 닦으면서였다. 주인 남자의 등 뒤로 소주잔과 맥주잔이 진열된 선반이 보였다.

나는 소도시 P의 퓨전 주점에 앉아 화요를 마시고 있었다. 작고 소박한 주점이었다. 단골이라면 단골인지라 주인 남자와도 안면을 트고 지내는 사이였다.

주인 남자는 자코메티 조각처럼 마른 체형에 크고 둥근 뿔테안경을 쓴 중년으로, 나보다 열살이나 열다섯살 정도는 많아 보였다. 어쩐지 별자리나 타로 카드 같은 것에 관심이 많게 생긴 인상이었지만, 내 사주를 봐주겠다고 제안하거나 생년 생시를 물어보지는 않았다. 다행이라고 생각한다.

"행복해지는 건 아주 쉬워."

주인 남자가 반복했다.

"농담이 아니야."

나는 얼음을 넣은 화요를 한모금 마시고 그의 손을 물끄러미 바라보았다. 습기라고는 전혀 없는 듯 메마른 손가락이었다. 정말 자코메티 같네. 나는 생각했다. 자코메티는 그 손으로 신중하게 유리잔의 물기를 닦아내면서 말을 이었다.

"행복해지려면 일단 상상력이 필요하지. 아니, 상상력이 아니라 끈기라고 해야 하나. 끈기가 아니면 체력이라고 해야 하나."

상상력? 끈기? 체력? 행복해지는 데 그런 게 왜 필요한가. 나는 그가 무슨 말을 하려는가 싶어 햄스터처럼 귀를 기울였다. 내 귀는 정말이지 햄스터처럼 생겨서 사람의 말을 잘 듣는 편이다.

자코메티가 작은 입을 열어 말했다.

"자네가 암에 걸렸다고 상상해봐. 진심으로 상상을 하는 거야. 집요하게 상상을 하는 거지. 나는 곧 죽는다. 나는 곧 죽는다. 나는 시한부 인생을 살고 있다. 끈질기게 상상을 해. 정말 그런 마음이 될 때까지. 눈물이 흐를 때까지."

상상이라면 나도 자신이 있는 편이다. 혼자 상상을 하다가 상상과 현실을 헷갈리는 데는 일가견이 있으니까. 어디까지가 상상이고 어디까지가 현실인지 구분이 안 될 때가 많으니까. 눈앞에 펼쳐진 광경인 듯 상상을 하고 정말 그런 일이 벌어진 것처럼 리액션을 하는 바람에 주위 사람들이 놀랄 때가 많았다. 놀란 사람들은 이유를 알고는 곧 나를 놀리게 되지만.

선배, 지금 뭘 보고 있는 거야? 돌아와. 돌아오라고. 혼자 먼 데

가서 그러지 말고.

정혜는 내가 상상에 빠져 있을 때마다 혀를 차며 핀잔을 주었고, 나는 머쓱한 표정으로 사과를 했다. 미안, 내가 또 엉뚱한 상상을. 하하. 그러면 정혜는 허탈하게 웃으며 이렇게 덧붙이는 것이다. 하긴, 이래서 선배가 영화판을 못 떠나는 거겠지. 맨날 떠난다 떠난다 노래만 하고.

정혜의 말을 위로로 받아들여야 할지 한심하다는 뜻으로 받아들여야 할지 판단이 서지 않았다. 하지만 어느 쪽이든 상관없었다. 나는 정혜가 좋았으니까. 다른 건 몰라도 내가 정혜를 좋아한다는 건 공상이 아니고 몽상이 아니고 상상이 아니고 현실이니까. 나는 정혜가 좋았다. 정혜가 좋았지. 정혜가 좋아서…… 나는 현실의 주점으로 돌아왔다. 주점 주인의 이야기로.

행복해지는 거야 좋지만, 암에 걸렸다고 상상해보라니 너무한 거 아닌가. 내 생각을 듣기라도 한 듯 자코메티가 다시 입을 열었다. 장엄하게 낭독이라도 하는 어조였다.

"나는 세상을 떠난다. 이제 세상을 떠난다. 아름다운 이 세상을 나는 곧 떠나게 된다. 그런 생각을 하면서 산책을 하는 거야. 고개를 들어 신선한 하늘을 올려다보고, 그 아래서 웃음을 터뜨리는 아이들을 물끄러미 바라보는 거지. 바람에 흔들리는 나뭇가지들을 가만히 응시하고.

세상의 모든 게 다 기적처럼 보일 거야. 눈물겹도록 아름답지. 이윽고 눈물이 흘러. 삶에는 따로 고귀한 목적이나 의미 같은 것이 없으며, 단지 이런 사소한 순간들이 쌓여서 인생이 된다는 걸 깨닫는 거지. 마치 몰랐던 것처럼. 심오한 지혜라도 얻은 듯이.

천천히 눈물이 흘러. 알고 있는 것과 진심으로 깨닫는 것은 다르니까. 나는 이 모든 것을 두고 떠날 사람이니까. 곧 죽음을 맞이할 사람이니까. 하루, 이틀, 사흘, 그런 생각을 하면서 살아가. 생활하는 거지. 끈기 있게. 집요하게."

거기까지 말한 뒤 자코메티는 유리잔을 닦던 손을 멈추고 나를 바라보았다. 빤히 바라보았다. 뭔가 중요한 얘기를 하려는 사람처럼 뜸을 들였다.

"며칠 동안 집요하게 죽음에 사로잡혀 있다가 문득, 암이 없어졌다! 그렇게 생각하는 거야. 결정하는 거지. 그 순간부터 갑자기 건강한 사람이 됐다고 생각해봐. 암이 없어졌다! 나는 살아 있다! 살아 있다! 살아 있는 것이다! 자기도 모르게 환희에 차서 그렇게 외치게 될 거야."

나는 어이없는 표정으로 자코메티를 바라보았다. 그가 빙긋 웃으며 덧붙였다.

"그때부터는 행복을 느끼기만 하면 돼. 불행을 잠깐 빌려와서 행복해지는 훈련이라고 할 수 있지."

뺄테안경을 밀어 올리며 웃는 꼴이 꼴사나웠다. 나는 따라 웃지 않고 잔을 들어 마셨다. 문득 그에게 욕을 퍼붓고 싶어졌다.

미친. 이봐, 이봐요. 그런 농담은 재미없어. 불쾌하다고. 정말 암 환자인 사람이 이 얘기를 들으면 어떻겠어? 기분이 좋겠어? 이야기를 지어내도 정도가 있는 거야. 예의가 있는 거고. 이 정도는 그냥 기본이잖아. 디폴트라고.

물론 대놓고 그렇게 말하지는 않았다. 내가 예의 바른 사람이어서는 아니다. 오히려 반대였다. 예의 같은 건 개나 줘버리라지. 그게 내 신조라면 신조였으니까.

예의란 교양 있는 중산층 소시민들의 애티튜드에 불과하며, 예술이란 바로 그런 태도를 조롱하고 비판하고 전복하기 위해 존재하는 것이라고 나는 배웠다. 예의니 예절이니 교양이니 지성이니 하는 단어들에 스며 있는 과시적이고 체제순응적인 태도를 깨부수지 않으면 예술이 무슨 소용인가. 문화적인 척, 윤리적인 척, 피씨한 척하면서 자신의 삶에 자족하는 고학력 중산층 소부르주아들이야말로 반문화적인 존재들이다……라고 나는 배웠다……

배웠지만……

배웠기 때문에……

그런 얘기를 들으면 이제 하품이 나온다. 심지어 한심하게 느껴진다. 20세기 아방가르드 누벨바그 고다르 스타일에 예술과 혁명을 깃발처럼 휘날리며 앙드레 브르통에 체 게바라 코스프레를 하고 싶은 자들의 구닥다리 예술관일 뿐이다……라고 나는 단정 지었다. 21세기니까 그런 것도 좀 졸업하자……라고 나는 졸음에 겨워 눈을 껌뻑이며 웅얼거렸다. 그럴 때의 나는 대개 만취한 상태였고, 블랙아웃 직전이었으며, 정혜는 내 앞자리에 팔짱을 끼고 앉아 또 시작이군, 또 시작이야, 쯧쯧, 혀를 차곤 했다.

주인 남자에게 대놓고 불쾌감을 표하지 않은 데는 다른 이유가 있었다. 내가 정말 환자였기 때문이다. 종양은 아니지만 제법 심각한 질병이 있었다. 사실대로 말하자면 몸에 3분의 1, 정신에 3분의 1.

병명은 적지 않겠다. 프라이버시라는 게 있으니까. 나머지 3분의 1은…… 마음의 병이다. 몸도 정신도 아니고 마음의 병.

나는 사랑을 잃었다. 국정교과서에 실어도 좋을 만큼 상투적인 실연이었다. 아, 오늘은 날씨가 좋네, 그렇게 말하는 사람의 표정과 어조로 정혜는 통보했다.

선배. 우리 이제 그만 만나는 게 좋겠어.

정혜가 너무 자연스럽게 말했기 때문에, 정혜답지 않게 상투적인 문장으로 말했기 때문에, 나는 하마터면 고개를 끄덕일 뻔했다. 그래, 잘됐네. 아무래도 오늘은 날씨가 좋으니까……라고 말하려다가 나는 입을 다물었다. 정혜가 한 말의 뜻을 이해한 뒤에는 말을 하려고 해도 말이 나오지 않았다. 말 그대로 말문이 막힌 것이다.

우리, 헤어지는 거야. 드디어.

정혜는 못을 박듯 그렇게 선언했다. 그리고 차근차근 이유를 설명하기 시작했다. 선배가 싫어서는 아니다, 사실 나는 연애나 사랑 같은 것에 별다른 흥미를 느끼지 못하는 유형이다, 굳이 누굴 만나서 연애를 해야 할 필요를 못 느낀다, 평생 다양한 유형에 다양한 스타일의 인간들과 놀고 자고 사귀고 해봤지만 감정노동에도 섹스에도 흥미를 느끼지 못하겠다, 사람들이 연애감정이니 스킨십이니 섹스니 하는 걸 그토록 중요하게 생각하는 게 신기하게 느껴질 정도다, 정서적으로 육체적으로 자신은 굳이 연애를 안 해도 되는 사람이라는 것을 깨달았다, 늦은 감은 있지만 이제 수긍하고 받아들일 때가 된 것이다. 그러니까 이건…… 불가피한 결정이다.

이유를 설명하는 정혜는 마치 최근의 날씨 변화를 설명하는 기상 캐스터 같았다. 내일은 소나기가 예상되니 우산을 지참하시고 헤어지는 게 좋겠네요, 이상 날씨 예보였습니다…… 정혜는 그렇게 말하고 화면에서 사라지는 기상 캐스터처럼, 나를 떠났다.

선배한테는 선배한테 맞는 사람이 있겠지.

그게 정혜의 마지막 멘트였다. 끝까지 이렇게 성의 없기냐, 너무 의례적인 거 아니냐, 클리셰도 이런 클리셰는 호소력이 없지 않겠냐…… 그런 생각이 들었지만, 나 같은 게 뭐 어쩌겠나. 멍하니 암전 상태의 화면을 바라볼 수밖에.

나는 겨우 단편영화 서너편을 찍었을 뿐인 감독 지망생이고, 정혜는 장편 데뷔작을 무려 CGV에 건 촉망받는 신인 감독이었다. 나는 엉뚱한 상상을 하면서 자기도 모르게 엉뚱한 말이나 내뱉는 인간이었고, 정혜는 GV 같은 데 가서 부드럽고 유머러스하게 선배 감독의 영화에 오마주를 바칠 줄 아는 능력자였다. 물론 이런 건 내 자격지심일 뿐이겠지. 정혜는 그냥, 연애에 관심이 없었던 것이다. 애초부터.

그날 이후 날씨는 급격히 나빠졌다. 내 마음에는 우기가 시작되었다. 하루도 비가 내리지 않는 날이 없었다. 뇌 속이 다 질척거리는 느낌이었다. 나는 텔레비전도 보지 않았고 외출도 하지 않았다. 정혜 때문만은 아니라는 게 또 문제라면 문제였다.

그때 내가 모 영화제에 출품한 25분짜리 단편영화는 독립영화판에서조차 욕을 먹고 있었다. 일가족 살인 사건을 다룬 작품으로 단편영화로서는 드물게 액션스릴러물이었다. 처음에는 나름 신선한 작품이라는 일부의 평도 있었지만, 신선하다는 바로 그 점이 문제라는 식으로 비난하는 사람들이 점점 늘어났다. 플랫폼에 업로드된 후에는 게시판에 비판적인 의견이 올라오더니 나중에는 비난을 넘어 상스러운 욕설이 섞인 메일을 받기까지 했다. 나에게는 우산도 우비도 일기예보도 없었다. 그러니 쏟아지는 비를 다 맞을 수밖에.

정혜가 나를 떠난 것은 바로 그 시점이었다. 선배한테는 선배한테 맞는 사람이 있겠지. 그런 성의 없는 멘트를 남긴 것도 그 무렵이었다. 나는 정혜가 나를 떠났다는 사실보다 하필이면 그 시점에 그런 멘트를 남기고 떠났다는 사실 때문에 더 상처받았다. 상처는 아물라고 있는 게 아니라 덧나라고 있는 것 같았다. 나는 덧난 곳을 긁고 긁고 또 긁었다.

의사는 요양을 권했다. 새 작품 시나리오고 뭐고 간에 일단 몸 건강 마음 건강을 회복하는 게 급선무라는 얘기였다. 특정 신체 기관에 대한 치료가 아니기 때문에 주위 환경과 생활 패턴과 사고방식을 전면적으로 바꾸는 게 중요해요……라고 그는 덧붙였다. 여하튼 어디 조용하고 먼 곳에서 요양을 하는 것이 가장 효과적이라면서 장소까지 추천했던 것이다.

햄스터 같은 귀를 가진 사람답게, 나는 요양을 떠나기로 결심했다. '요양을 떠난다'는 말이 왠지 식민지시대 풍으로 매력적이었다거나, 황해도 백천온천 같은 데서 요양했다던 시인 이상이 떠올랐기 때문은 아니었다. 의사의 권유가 아니더라도 어디 조용한 곳에 가서 서너달 겨울잠이나 잤으면 좋겠다고 생각할 즈음이었다. 나는 곧바로 실행에 옮겼다. 프리랜서로 일하던 영화사에는 메일을 보내놓았다. 빡빡하게 잡혀 있던 회의에 다 불참하게 됐다고 적었다. 실은 내가 없어도 별반 상관없는 미팅이었지만, 약속은 약속이니까.

그리고 다음 날, 주위 환경과 생활 패턴과 사고방식을 바꾸기 위해 나는 서울에서 먼 곳으로 요양을 떠났다. 즉 내가 지금 머물고 있는 이 소도시를 임시 거주지로 삼은 것이다. 실행하고 보니 그리 어려운 일도 아니었다. 월 단위로 임차가 가능한 숙소를 예약한다. 필수적인 짐을 캐리어에 넣는다. 캐리어를 차 트렁크에 싣는다. 차를 몰고 오후의 고속도로를 하염없이 달린다. 노보 아모르의 음악을 크게 틀어놓은 채 달리고 또 달린다. 목적지에 도착해 짐을 푼다. 휑한 방에 놓인 침대에 눕는다. 멍하니 천장을 바라본다. 그러면 되는 것이다.

길을 걷다가 파도 소리를 들을 정도는 아니지만, 어쨌든 항구에 면해 있는 도시였다. 가까운 곳에 제법 높은 산을 끼고 있어서 공식 허가를 받은 수렵구역까지 있다고 했다. 인구밀도도 낮고 거리도 깨끗했다. 그렇다고 유명 관광지는 아니어서 도시 전체가 한적한 편이었고 유흥가도 그리 발달해 있지 않았다. 내가 이 퓨전 주점의 단골이 된 데는 이유가 있는 셈이다. 숙소 인근에 혼자 술을 마실 만한 곳이 이곳뿐이었다. 선택의 여지가 없었다.

목요일 밤이었고, 손님은 많지 않았다. 주방에 면한 바 쪽에는 주인 남자와 나뿐이었고, 홀 쪽에 세명의 손님이 더 있었다. 여자 둘에 남자 하나…… 아닌가. 여자 하나에 남자 둘. 모르겠네. 어쨌든 세 사람이 조용히 맥주를 마시고 있었다.

홀은 열두어명 정도가 앉으면 가득 찰 만한 크기였고, 인테리어는 복고풍이라는 느낌을 주었다. 복고풍? 이건 좀 애매했다. 한때는 복고풍이었지만 시간이 흘러 정말 올드패션이 된 경우랄까. 문제는 어떤 게 의도된 레트로인지, 어떤 게 시간이 흘러 구식이 된 것인지 구분이 가지 않는다는 점이었다. 내 결론은 이런 것이다. 아무렴 어떤가.

홀 중앙에는 당구대가 놓여 있었다. 실제로 당구를 치기 위해서라기보다는 장식용인 것 같았다. 영 어울리지 않는 서양식 아이템이었지만 어울리지 않는 건 그뿐이 아니었다. 벽에는 어디 서부 영화에나 나올 법한 사막 사진이 걸려 있었다. 사막의 지평선 너머에서 권총을 찬 존 웨인이라도 나타날 것 같은 분위기였다. 반대편 벽에는 바로크풍의 화려한 장식이 달린 대형 거울이 걸려 있었다. 아무리 퓨전이라고 해도…… 이런 주점에 사막 사진이나 대형 거울이 어울린다고 생각하는 건가…… 조명도 붉은빛이 도는 할로겐등으로 되어 있어서 희미하게 정육점 분위기가 났다. 이건 뭐, 퓨전이 아니라 포스트모던 키치라고 해야 하나. 나는 생각했다.

하지만 어디나 반전은 있는 법이다. 처음 왔을 때는 퓨전도 키치도 아니고 그냥 촌스러운 거라고 결론을 내렸지만, 몇번 방문한 뒤에는 좀 다른 기분이 되었다. 묘하게 친근감이랄까 애착이랄까 그런 느낌이 든 것이다. 촌스럽다고 향수를 느끼다니 나도 참…… 누가 촌 출신 아니랄까봐…… 어쨌든 좋은 일 아닌가. 촌스러운 거야 촌의 권리니까. 이놈의 나라에서는 서울 집중이 문제고 정치가들이 문제니까.

더 묘한 점도 있었다. 바에 앉아 술을 홀짝이다가 얼근히 취해 돌아보면, 주점 분위기가 영 다르게 느껴지는 것이다. 촌스럽다고 생각했던 것들이 문득 이국적으로 느껴졌다. 지방 소도시 술집이 아니라 뉴올리언스나 멕시코시티의 뒷골목 펍에 앉아 있는 기분이었다. 뉴올리언스나 멕시코시티의 뒷골목 펍에 가본 적은 없지만, 아무튼 그런 느낌이었다. 이 집에서 유일하게 마음에 드는 아이템, 천장 쪽에 가깝게 설치된 탄노이 스피커에서 흘러나오는 음악 때문이겠지. 아니면 홀 쪽에 앉아 있는 손님들 때문인지도 모르고.

당구대 옆의 벽을 따라 탁자 세개가 줄지어 배치돼 있고, 그중 한 탁자에만 손님들이 앉아 있었다. 비만 체형의 백인 중년 사내가 하나, 동남아계로 보이는 30대 여자가 하나, 20대 초반으로 보이는 젊은 친구가 하나였다. 목요일 밤이었고, 손님은 그들 셋이 전부였다. 가족이라기에는 연령대도 맞지 않았고 인종 구성도 특이했다. 어느 모로 보나 이런 주점에 어울리는 커뮤니티는 아닌데……

결정적으로 내 시선을 끈 것은 총이었다. 총? 총이라니. 홀에 앉은 백인 사내 곁에 구식 다연발 엽총이 세워져 있었다. 엽총이라니, 저건 또 뭔가. 허가 받은 수렵구역이 가까운 산에 있다더니 그래서인가. 하긴 거리에 엽사들이 간간이 보이기는 했지만……

몸집 큰 백인 사내는 *Giants*라고 적힌 야구 모자를 쓰고 있었는데, 그 자이언츠가 샌프란시스코 자이언츠인지 요미우리 자이언츠인지 아니면 롯데 자이언츠인지는 알 수 없었다. 그의 아랫배가 늘어진 채 흔들리는 것이 인상적이었다. 말을 할 때마다 리듬을 타듯 출렁거렸다. 미국 중서부 시골 펍에서 볼 수 있을 법한, 전형적인 백인 조연 캐릭터였다.

그의 앞에 앉아 있는 동남아계 여자는 사내의 말에 발작적인 웃음을 터뜨렸다가 다시 우울한 표정을 짓곤 했다. 얼굴에서 웃음이 발생했다가 사라지는 시간이 너무 빨라서 기묘한 느낌이었다. 그럴 때마다 풍성한 머리카락이 화려하게 흔들리다가 문득 정지 상태로 돌아갔다. 마치 온라인 게임 캐릭터처럼 복원력이 좋은 머리카락이었다.

여자 옆에는 가느다란 팔뚝에 타투를 한 청년이 앉아 있었다. 왜소한 체형에 안경을 걸친 얼굴은 전형적인 아시아계 수재 느낌이었지만, 솔직히 말하면 국적을 가늠하기가 어려웠다. 한국인 같기도 했고 중국인이나 일본인이라고 해도 믿을 것 같았는데, 실은 여자인지 남자인지도 헷갈렸다. 여자라고 생각하고 보면 여자 같고…… 남자라고 생각하고 보면 남자 같고…… 그런데 그게 중요한가?

청년은 다소 냉소적인 미소를 띤 채 두 사람의 대화를 듣고 있었다. 그러다 간헐적으로 기침을 했는데, 그때마다 백인 사내가 얼굴을 찡그리면서 청년을 바라보았다. 청년의 폐를 염려해서인지 아니면 자신이 바이러스에 감염될까 우려해서인지는 알 수 없었다.

그들이 어떤 종류의 커뮤니티인지는 확인할 길이 없었다. 실은 확인하고 싶은 생각도 없었다. 내 호기심이 우스꽝스럽기도 했고, 때마침 스피커에서 예람의 「바다 넘어」가 흘러나왔기 때문이다. 예람의 목소리가 청아하게 허공을 메웠다. 나는 생각했다. 이것으로 오늘 저녁은 괜찮은 것이다…… 음악만이 삶에 행복을 제공하는 것이니까…… 나는 잔을 들어 마셨다.

사실 주인 남자의 음악 취향은 종잡을 수 없었다. 예람이나 생각의 여름이 나오다가 핑크 플로이드나 스파클호스가 나오기도 했고, 바흐의 칸타타가 흐르다가 난데없이 에픽하이의 랩이 튀어나오는 식이었다. 그러다 나이트오프의 신곡이나 하덕규의 옛 노래가 나올 때쯤이면 누구나 중얼거리게 되는 것이다. 퓨전 주점이라서 음악도 퓨전인가. 나는 그렇게 중얼거렸지만 항의하지는 않았다. 왜냐하면 모든 음악이…… 내 마음에 들었기 때문에.

"행복해지는 건 아주 쉬워."

자코메티가 아까 한 말을 반복했다. 구석 벽장에 진열된 레코드판을 하나하나 꺼내 닦으면서였다. 음악은 다 유튜브로 재생하면서 레코드판은 참 정성스럽게 닦는구나. 나는 생각했다.

"농담이 아니야."

다 돌아간 레코드판을 다시 돌리는 느낌이었다. 아니면 이 밤의 분위기 때문에 시간이 잠시 5분 전으로 돌아갔거나.

내가 자코메티의 말을 끊었다.

"그렇죠. 행복도 연습이니까."

그렇게 말하면서 나는 속으로 웃었다. 행복이 연습이라고? 연습을 하면 행복해진다고? ㅋㅋㅋ

내가 햄스터처럼 웃은 데는 이유가 있었다. 나는 사실 연습이나 훈련 같은 것으로 행복을 얻을 수 있다고 말하는 작자들의 이빨을 하나씩 뽑고 싶은 사람이다. 이럴 때는 치아나 이가 아니라 이빨이어야 한다. 나는 경험으로 알고 있다. 아무리 행복을 연습해도 불행한 기분은 사라지지 않는다는 것을. 메멘토 모리니 카르페 디엠이니 아무리 떠들어도 유효기간은 하루 이틀 정도라는 것을. 행복을 연습한답시고 미소를 지으며 거울을 보면, 일그러진 표정의 웬 미친놈 하나가 보인다는 것을.

행복해지려고 연습을 하다니, 차라리 물고기가 돼서 뻐끔거리는 편이 낫지. 산소가 부족한 물속을 헤엄치는 긴꼬리가오리나 가능하겠지. 연습을 해서 행복해진다면 갈라파고스에 홀로 남은 마지막 거북도 행복해질 수 있을걸? 나는 잔을 들어 입에 털어넣었다. 주점의 허공으로 긴꼬리가오리 한마리가 유유히 헤엄쳐 갔다. 긴꼬리가오리 뒤를 갈라파고스의 거북이 따라서 헤엄쳤다. 나는 가오리와 거북을 물끄러미 바라보다가 그들을 따라 헤엄을 치기 시작했다. 주점이 심해가 되고 술잔과 술병과 탁자들이 심해의 물빛 사이로 서서히 떠오르기 시작했다. 음악이 흘렀다.

아니 그런데 구조와 환경은 그대로 두고 개인한테 행복 연습이나 하라고? 그런 걸로 정신승리나 하라고? 가오리와 거북이가 웃을 노릇이 아닌가. 정혜는 떠났지만 세상은 넓고 사람은 넘치니 이제 다른 이를 사랑하면 된다는 헛소리와 뭐가 다른가. 자코메티가 대답이라도 하듯 입을 열었다.

"나는 아침마다 공기가 가볍다고 느끼거든."

그는 점점 뻔뻔스러워지고 있었다.

"침대에서 내려오면 어제보다 몸이 가볍다고 생각해. 생각을, 생각을 하는 거야. 두 손을 모으고 눈을 감고 있으면 확실히 그렇게 느껴져. 몸이 가벼워졌으니 조금씩 떠오르는 거야. 중력의 원칙이지. 1센티미터, 2센티미터…… 매일매일 조금씩 가벼워지면 그런 게 가능하다고. 여기서 포인트는 매일매일 조금씩이라는 거야. 인생을 만드는 건 아무래도 매일매일 하는 일이고 루틴이니까."

낙관적인 사람인가. 그런 인상은 아닌데. 별자리나 사주나 타로 카드가 어울리는 인상인데. 자꾸 운명을 생각하느라 운명이 꼬일 인상인데. 심플하게 사는 사람들만이 인생의 주인이 된다는 걸 평생 모르고 살다가 죽을…… 그런 인상인데.

자코메티는 다른 레코드판을 꺼내며 말을 이었다.

"아침마다 산책을 해. 어디서? 집에서. 조용한 집 안에서 산책을 하는 거지. 두개의 방과 작은 거실과 베란다를 왕복하는 거야. 조금씩 몸이 떠오르는 기분으로. 무중력 공간을 걷듯이. 그러면 정말 몸이 허공으로 떠오르지."

그는 자문자답하듯 중얼거리더니 들고 있던 레코드판을 턴테이블에 올렸다. 노보 아모르의 노래가 조용히 허공을 떠돌기 시작했다. 내가 신청한 곡이었다. 물론 음악은 턴테이블이 아니라 유튜브에서 재생되고 있었다.

"만일 당신이 내 삶을 다시 써줄 수 있다면, 나는 괜찮아질 거예요"

노보 아모르의 가사가 머릿속에서 자동번역되어 흘러갔다. 자코메티가 다시 끼어들었다.

"조금이라도 몸이 허공으로 떠오르면 행복하다는 느낌이 들거든. 마치 새로운 삶이 시작되는 것처럼."

잠시 후에 그는 덧붙였다.

"농담이 아니야."

자코메티는 자기가 시인이라고 말한 적이 있는데, 정말 시인인 모양이었다. 나로서는 이해도 동의도 안 되는 말들을 저렇게 구구절절 떠드는 것을 보면 말이다. 무중력 상태가 된다는 둥, 공중으로 떠오른다는 둥, 방에서 허공을 밟고 산책을 한다는 둥, 말 그대로 붕 뜬 문장을 남발하는 사람. 20대라면 이해할 수도 있겠지만 쉰이 다 돼서 저렇게 시적인 정신승리나 하고 있다면 심각하다고 봐야지……

확실히 자코메티는 나와 취향이 맞는 사람은 아니었다. 영화감독들 중에는 시를 좋아하는 사람도 있는 모양이지만 나는 그쪽 체질이 아니다. 나로 말하자면 타란티노 풍으로 일단 총질을 해대야 직성이 풀리는 사람이다. 살인 사건이 일어나고 악마가 나오고 미치광이 같은 캐릭터가 나와야 얘기가 되는 사람이다. 내 생각을 읽기라도 한 것처럼, 자코메티가 입을 열었다.

"맨날 총질 난도질 하는 영화만 만들지 말고 몸이 조금씩 떠오르는 사람의 이야기를 써보라구. 자네는 시나리오를 쓰고 영화를 만들지 않나."

나는 희미한 적의를 느꼈다. 내 결론은 하나다. 한국은 학연에서 벗어나지 않으면 안 된다. 나는 그것을 다시 한번 절감했다. 맨날 총질 난도질 하는 영화만 만들지 말라는 식으로 막말을 할 수 있는 것도 내가 주인 남자의 대학 후배였기 때문이다. 단골이 돼서 이런 저런 얘기를 나누다보니 내가 같은 대학을 나온 영화과 후배라는 것을 알게 된 것이다. 그후로 자코메티는 갑자기 말을 놓더니 10년은 알고 지낸 사람처럼 굴었다. 전형적인 남한 스타일이었다.

어쨌든 이 대목에서 굳이 영화 이야기를 할 필요는 없지 않은가. 내가 세상의 끝에 도착한 사람의 포즈로 혼자 술을 마시고 있는 것도 다 영화 때문인데. 총질 난도질 하는 영화 때문인데. 게다가 몸이 허공으로 떠오르는 사람에 대한 영화라면 이미 수십편은 나와 있다고. 어젯밤에 넷플릭스에서 본 것만 해도 제목이 「중력을 거스르는 남자」였다니까. 당신 머리에 떠오를 정도의 아이디어라면 이미 수많은 사람이 작품으로 만들었을 게 뻔하다고.

나는 그렇게 설교하고 싶었지만 입 밖으로 뱉지는 않았다. 내가 예의 바른 사람이어서는 아니다. 이제 슬슬 자리를 정리하고 숙소로 돌아갈 시간이었기 때문이다.

하지만 자코메티는 다음과 같이 말함으로써 결정적으로 나를 주저앉혔다. 그는 사람의 약한 고리를 건드릴 줄 알았다.

"그러니까, 지난번 영화는 잊고."

나는 소주병으로 자코메티의 머리통을 내려치는 대신, 화요 한 병을 추가로 주문했다. 어쩌면 나는 내가 생각하는 것보다 훨씬 예의 바른 사람인지도 모른다.

"지난번 영화요? 그걸 아십니까?"

나는 그렇게 물었다. 지난번 영화에 대해서는 자코메티에게 말한 적이 없었다. 초보 감독의 단편영화였으니 극장에서 개봉한 것도 아니고 몇군데 영화제에 출품되었을 뿐이다.

"알지. 알다마다. 지금은 좋은 세상 아닌가. OTT든 IPTV든 플랫폼에 들어가면 후배들 졸업 작품들까지 볼 수 있는 세상인데. 나는 생각보다 자네한테 관심이 많다니까. 게다가 나는 남는 시간도 많거든."

자코메티는 의기양양하게 말하고 자못 진지한 표정으로 덧붙였다.

"우울한 과거의 기억에 사로잡혀 있는 건 바보 같은 짓이야. 과거는 과거일 뿐이라네. 게다가 지금은 밖에 비가 내리고 있지 않은가."

자코메티는 요령부득의 화법을 갖고 있었다. 우울한 과거의 기억에 사로잡히지 말라고? 과거는 과거일 뿐이라고? 그게 지난 영화에 사로잡히지 말라는 뜻인지, 떠난 정혜는 그만 잊으라는 뜻인지, 또는 그 둘을 한꺼번에 말하는 것인지 애매했다. 물론 밖에 비가 내리고 있는 것은 명백한 사실이었지만.

출입구 옆의 하나뿐인 쪽창을 통해 거리 풍경이 보였다. 거리에는 인적이 없었고 비가 내리고 있었다. 빗방울들은 아스팔트 바닥에 속절없이 떨어져 산산이 부서졌다. 가로등 불빛이 반사되어 빗방울 하나하나가 반짝이는 느낌이었다. 나는 우울한 감상에 빠져들었다. 정혜의 목소리가 머릿속에 울려퍼졌다.

선배 영화는 내 취향이 아니야. 너무 노골적이라고.

정혜는 얼굴색 하나 변하지 않고 그렇게 말했다. 나는 항의했다. 와, 그거 너무 스트레이트한 코멘트 아니냐? 정혜가 무표정한 얼굴로 말을 받았다. 스트레이트하다고? 스트레이트 같은 건 내가 아니라 선배가 좋아하는 거라니까. 머릿속으로 생각한 걸 입 밖으로 다

내뱉지 말라고. 그건 솔직한 게 아니야, 노골적인 거지. 구분 좀 하고 살자고.

정혜가 내 얼굴 앞에 검지를 들어 좌우로 흔들었다. 내 눈동자가 정혜의 손가락을 따라 좌우로 움직였다.

정혜가 그런 말을 한다고 해서 기분이 나빠지지는 않았다. 정혜는 정혜니까. 그런 식으로 악담을 퍼부어도 미워지지 않는 기이한 능력의 소유자니까. 나는 정혜가 좋았고, 정혜가 그렇다면 그런 것이고, 설령 정혜가 내 영화를 욕한다고 해도 마찬가지였다. 왜 그런가 하고 누가 묻는다면 순환논법으로 답할 수밖에 없다. 그렇게 말하는 게 정혜였기 때문에…… 나는 정혜가 좋았기 때문에……

내가 감상에 빠져 있을 때 홀 쪽에서 갑자기 큰 목소리가 울렸다. 실내의 데시벨이 한꺼번에 올라갔다. 홀에 앉아 있던 손님이 언성을 높인 것이다. 나는 창밖의 비 내리는 풍경, 말하자면 서정적인 미장센을 감상하며 쓸쓸한 사랑의 추억에 잠겨 있다가, 홀 쪽에서 벌어지는 액션누아르 시퀀스 속으로 빨려 들어갔다.

몸집이 큰 백인 사내가 청년에게 화를 내고 있었다. 자이언츠의 성적 때문은 아닌 듯했다. 머니라든가 섹스라든가 드럭, 갬블링 같은 단어들이 반복적으로 튀어나왔다. 청년은 침묵으로 일관하고 있었다.

저 백인 남자는 이런 곳에서 왜 저렇게 떠들고 있나. 그것도 영어로. 슬랭 잘 쓴다고 자랑하는 건가. 마피아라도 되는 건가. 돈과 섹스와 약물과 도박이라니. 인생의 쾌락과 욕망은 다 모아놓을 기세가 아닌가. 그런데 아무리 봐도 한국 조폭이나 미국 갱스터 같지는 않은데. 갱스터라기에는 아랫배가 너무…… 아닌가. 갱스터니까 아랫배가 저렇게……?

그때 남자의 앞에 앉아 있던 동남아계 여자가 F로 시작하는 욕설을 내뱉었다. 짧고 낮고 간결하지만 강력한 욕설이었다. 나의 햄스터 같은 귀는 정확하게 그것을 포착했는데, 그 순간 갑자기 액션누아르 화면이 음소거 정지화면으로 바뀌었다.

백인 사내가 말을 멈추고 여자를 노려보았다. 여자 역시 할 테면 해보라는 눈빛으로 남자를 노려보았다. 분위기가 험악해지고 있었다. 무엇보다도 자이언츠 모자를 쓴 남자 곁에는 사냥용 엽총이 세워져 있었다. 무대에 총이 걸려 있으면 결국 쏘아져야 한다. 이건 체호프식 드라마투르기지만 사실 오늘날의 영화에는 구태의연하게 느껴진다. 20세기식 인과론과 기승전결은 무시할 줄 알아야 한다. 지금은 21세기니까. 관습과 기대는 배반하라고 있는 것이니까.

그래서일까? 세명의 손님들은 서로를 노려볼 뿐 별다른 액션을 취하지는 않았다. 대화도 칼로 자른 듯이 끊어졌다. 백인 사내가 자기 앞에 놓인 맥주잔을 들어 천천히 마셨다. 여자의 욕설 한마디에 갑자기 맥이 풀린 모양이었다. 여자도 잔을 들어 마셨다. 청년은 팔짱을 낀 채 침묵을 유지하고 있었다. 소강 상태였다.

나는 잔을 든 채 그 광경을 지켜보다가 주인 남자 쪽을 바라보았다. 아무래도 홀에 나가 상황을 살펴야 하는 것 아닌가. 그런 생각이 들었다. 하지만 자코메티는 유리잔을 닦는 데 열중할 뿐 홀의 분위기나 손님들에 대해서는 신경을 끄고 있는 눈치였다. 홀과 바 사이에 유리막이라든가 스크린 같은 것이라도 있는 것처럼. 내가 자코메티에게 궁금한 건 이런 것이다. 손님도 없는 술집에서 대체 왜 저렇게 하염없이 잔을 닦고 있는 건가. 이것도 영화 속 바텐더의 전형적이고 관습적인 액션을 따라 하는 건가.

"그런 영화라면,"

자코메티가 작은 입을 빼끔거리며 말했다.

"나도 제법 관심이 있는데."

"그런 영화라니요?"

"자네가 만든 영화 말이야."

나는 자코메티의 입을 바라보았다. 또 무슨 빻은 말을 하려나 싶어서였다. 내 생각을 듣기라도 한 듯 자코메티가 유리잔 닦기를 멈추더니, 주방에서 식칼과 도마와 야채 바구니를 가져왔다. 그러고는 파, 양파, 홍당무를 순서대로 썰어 작은 바구니에 담기 시작했다. 손님도 없고 문 닫을 시간도 다가오는데 뭘 만들려고 저러시나. 자코메티가 식칼을 허공에 치켜든 채 말했다.

"내가 존 웨인 나오는 서부 영화를 좋아하거든."

"존 웨인이라고요?"

"왜 있잖은가. 말 타고 달리면서 인디언들에게 총을 난사하는."

존 웨인이라니, 이 아저씨가. 나는 인상을 찌푸렸다. 내가 만든 작품은 그런 종류가 아니다. 존 웨인 같은 반공 보수주의자가 아파치들을 소탕하는 영화와는 차원이 다르다. 굳이 서부극에 갖다 댄다면 샘 페킨파나 세르지오 레오네와 비교해달라. 아니, 샘 페킨파고 세르지오 레오네고 간에 지금은 21세기가 아닌가. 주류 백인의 관점을 넘어선 총질, 선악의 구분을 넘어선 총질, 인간의 심연에 가

닿는 총질, 리얼한 총질, 진짜 총질, 21세기식 총질……이 필요할 뿐이다.

나는 항의하듯 자코메티에게 말했다. 예의를 갖춰서. 정중하게. 하지만 구체적으로.

"「역마차」 같은 영화는 취급 안 합니다. 「하이 눈」이라든가 「관계의 종말」이라면 또 몰라도."

그래? 정말? 하는 표정으로 자코메티가 내 말을 받았다. 자코메티의 칼질이 빨라졌다. 잘린 파, 양파, 홍당무가 바구니에 쌓여갔다. 파, 양파, 홍당무, 파, 양파, 홍당무……

"아니, 「역마차」가 뭐 어때서. 「하이 눈」이나 「역마차」나 마찬가지 아닌가? 「관계의 종말」은 또 어떻고? 그래서 자네 영화에 「노킹 온 헤븐스 도어」 같은 노래가 나오는 건가?"

나는 자코메티의 말을 금방 이해하지 못했다. 어딘지 아크로바틱한 논리 전개였다. 여기까지 와서 이런 귀신 씻나락 까먹는 대화를 해야 하다니. 나는 잠자코 들어줄 수가 없었다.

"아니, 그건 그렇게 생각할 게 아니라……"

자코메티가 흥미롭다는 듯 내 쪽으로 상체를 숙였다. 그럼 뭐, 이번엔 타란티노나 김지운 얘기라도 하려고? 그런 표정이었다. 내가 서부극의 역사에 대해 말하기 위해 입을 벌리는 순간,

쾅! 쾅!

격렬한 총성이 내 말을 지워버렸다. 홀 쪽에서 고성이 오간다 싶더니 총성 두발이 연달아 울린 것이다. 화약이 폭발하는 소리가 실내를 박살 낼 듯 강렬하게 울려퍼졌다. 선반에 세워진 유리잔들이

흐드드드 흔들리다가 서서히 정지했다.

나는 본능적으로 몸을 움츠리며 홀 쪽을 바라보았다. 대체 무슨 일이 벌어지고 있는 건가. 총소리라니. 여기는 19세기 미국 서부가 아니다. 동아시아, 동아시아 중에서도 대한민국, 대한민국 중에서도 지방 소도시다. 평생을 살아도 총소리 같은 건 들을 일이 없는 곳이라는 뜻이다. 대체 왜 이런 어이없는 상황이……

홀에는 정지화면이 펼쳐져 있었다. 엽총을 들고 서 있는 것은 뜻밖에 백인 사내가 아니었다. 그의 앞에 앉아 있던 여자였다. 여자가 들고 있는 엽총의 총구에서 느리게 연기가 피어올랐다. 총구는 천장을 향하고 있었고, 천장에서는 시멘트 조각이 푸스스 떨어져 내렸다.

아아, 그렇지. 근처에 허가받은 수렵구역이 있다고 했지. 아니, 그렇다고 주점에서 총기 난사라니. 여기가 아메리카인가. 텍사스인가. 지금이 서부개척시대인가.

백인 사내는 총을 든 여자 앞에 얼어붙은 듯 서 있었다. 몇초의 시간이 흐른 뒤에 사내는 다리가 풀린 듯 제자리에 주저앉았다. 그의 아랫배가 리드미컬하게 출렁이는 모습이 눈에 들어왔다. 여자는 총을 든 채 서 있고, 청년은 꼼짝도 않고 자리에 앉아 있었다. 여전히 냉정한 얼굴이었는데, 다르게 보면 부드럽게 미소를 짓고 있는 것 같기도 했다.

그때 자코메티가 입을 열었다.

"나도 한때는 고다르 빠였거든. 트뤼포랑 고다르가 싸울 때도 나는 고다르 편이었으니까. 트뤼포는 영화를 찍는 거고 고다르는 세계를 찍는 거라고 생각했지. 트뤼포는 영화를 사랑하고 고다르는 세계를 사랑하고……"

그는 홀에서 벌어지고 있는 일에는 관심 없다는 듯 추억에 잠긴 표정으로 말했다. 파, 양파, 홍당무. 파, 양파, 홍당무. 그는 계속 야채를 썰고 있었다. 그가 식칼을 들고 말했다.

"그런데 알고 있나? 그 고다르가 젊은 대학생 상황주의자들한테는 또 퇴물이었거든. 적폐였지. 꼰대였고. 아메리카 자본에 찌들어 아티스트연하는 가짜라고 욕을 먹었잖나. 코카콜라나 마시고 꺼지라는 식으로."

트뤼포와 고다르가 싸울 때 옆에 있기라도 한 듯한 말투였지만, 그의 말은 내 귀에 들어오지 않았다. 아니, 지금 고다르니 상황주의자니 하고 떠들 때인가? 빨리 경찰에 신고를 해야 하는 것 아닌가? 홀에 나가 말리든지 몸을 피하든지 하는 게 자연스럽지 않은가? 아니면 권총이라도 꺼내 대응 사격을 하든가.

물론 홀의 여자는 천장에 두어발을 쏘았을 뿐이다. 사람을 쏜 것도 아니다. 진짜 총알인지 공포탄인지도 알 수 없다. 나는 냉정을 되찾고 다시 홀 쪽을 주시했다. 백인 사내의 얼굴이 한껏 일그러져 있었다. 엽총을 쏜 여자는 그 표정을 보고 맥이 풀린 듯 피식, 웃음을 흘렸다. 여자는 바에 앉아 있는 나와 주인 남자 쪽으로 시선을 돌리더니, 아무 일 아니라는 듯 미소를 지으며 고개를 저어 보였다. 소동을 피워서 미안. 천장은 변상할게. 됐지? 그렇게 말하는 표정이었다.

하지만 상황은 종료된 게 아니었다. 여자가 엽총을 탁자에 내려놓고 자리에 앉으려는 순간, 이번에는 청년이 벌떡 일어나 총을 집어 들더니 다짜고짜 백인 남자를 겨눴다. 화가 나거나 뚜껑이 열린 표정은 아니었다. 차가운 무표정 그대로였다. 하지만 그랬기 때문에 오히려 격렬한 감정이 이쪽까지 전달되었다. 저런 표정으로 사람을 죽이면 아무런 죄책감도 느낄 수 없을 텐데…… 그런 엉뚱한 걱정이 들 정도였다.

그때 여자가 다급하게 소리를 질렀다. 명료한 한국어였다.

그만둬!

청년은 움찔, 하더니 그 자세 그대로 정지했다. 백인을 향해 총을 겨눈 채였다. 백인 사내는 여전히 일그러진 표정으로 청년을 노려보고 있었다. 그는 손을 올려 항복을 표시하지도 않았고 살려달라고 애걸하지도 않았다. 여차하면 달려들어서 엽총을 빼앗을 자세도 아니었다. 될 대로 되라는 것인지, 자포자기한 것인지, 네 마음대로 해보라는 것인지 알 수 없었다. 적막한 긴장이 주점을 지배했지만, 이쯤에서 다시 소강 상태로 돌아갈 듯한 타이밍이었다.

하지만 청년은 내 예상 따위는 단숨에 박살 냈다. 청년의 손가락이 방아쇠를 당기는 모습이 슬로모션 화면처럼 내 눈에 들어왔다.

총구에서 느리게 불꽃이 튀어 올랐다.

총소리가 주점을 가득 채우는 데는 긴 시간이 필요하지 않았다.

총알이 천천히 허공을 날아가는 게 보였다.

한발, 두발, 세발.

총알은 백인 사내의 머리와 가슴과 뱃살을 관통했다. 사내의 머리와 가슴과 뱃살에서 붉은 핏방울들이 튀어나와 허공에 떠올랐다. 핏방울들은 허공에 잠시 멈추었다가 순식간에 날아가 주점 벽을 붉은색으로 물들였다.

청년은 총질을 멈추지 않았다. 총소리가 아주 느리게…… 천천히…… 연속으로…… 주점의 작은 홀을 가득 메웠다. 벽면의 붉은 핏자국 위로 백인 사내의 살점이 날아가 붙었다가 서서히 미끄러져 내렸다. 사내의 배에서 내장이 흘러나와 바닥으로 쏟아지는 모습이 보였다. 청년이 든 다연발 엽총의 총구에서 연기가 느리게 피어올랐다.

여자는 자리에 앉은 채 이 하드고어한 광경을 표정 없이 바라보고 있었다.

이윽고…… 고요가 찾아왔다. 긴 시간이 흐른 느낌이었다. 나는 눈을 깜빡이지도 못한 채 장면을 주시했다. 자코메티가 양파 썰던 손을 멈췄다. 그는 나를 바라보고 있었다. 그러더니 천천히 입을 열어 말했다. 그의 말이 폭탄처럼 내 귓속으로 날아들었다.

"이봐, 지금 뭘 보고 있는 거야? 왜 또 혼자서 드라마틱한 표정을 짓고 있나? 돌아와. 돌아오라고. 혼자 먼 데 가서 그러지 말고."

나는 문득 정신을 차렸다. 아, 이런…… 나는 불현듯 몸을 펴고 시선을 들어 홀 쪽을 바라보았다.

홀에는 백인 남자와 동남아계 여자와 청년이 앉아 있었다. 그들은 조용히 맥주를 마시며 대화를 나누고 있었다. 차분한 표정들이었다. 무슨 얘기를 하는 것인지는 들리지 않았다. 자코메티가 다시 입을 열었다.

"자네, 저 엽총 보고 그러는 건가? 저거 모조품이야. 장식이라고.

비비탄도 못 쏴. 못이 빠져서 잠깐 내려놓은 것뿐이야."

자코메티는 어이없는 표정을 짓고 있었다. 내가 여전히 얼이 빠져 있자 그는 식칼을 내려놓고 허리춤에 손을 얹은 채 진지한 어조로 말을 이었다.

"미친 듯이 총을 난사하니까 좋은가? 스트레스 해소는 잘 되던가? 쏘려면 더 신나게 쏴야 하는 거 아닌가? 괜히 윤리적인 척 도덕적인 척 하지 말고 말이야. 그냥 다 박살을 내라고. 박살을."

거의 설교조였다. 재수가 없었다. 나는 항변이라도 하려다가 왠지 의욕이 완전히 사라진 느낌이 들어 입을 닫았다.

자코메티는 멍하니 앉아 있는 나를 바라보다가 다시 칼질을 시작했다. 파, 양파, 홍당무. 파, 양파, 홍당무…… 잘게 썰린 야채들이 바구니에 차곡차곡 담기고 있었다.

노보 아모르. 내 영화 제목이었다. 일가족 살인 사건의 범인을 찾아내 잔혹하게 보복 살인하는 내용으로, 피가 튀고 살점이 날아다니는 하드고어 장르물이었다. 문제는 그게 당시 벌어졌던 실제 사건의 인물 구성과 닮았다는 데 있었다. 자극적인 이미지로 비극을 소비했다, 피해 유가족이 있는데 대체 뭐하는 짓이냐, 실제 살인 사건을 스타일리시하게 다루다니 말이 되느냐, 인물과 상황 설정을 조금 바꾼다고 해서 면죄부 받을 수 있는 게 아니다 등등.

인디영화 게시판에서 논란이 되고 비판이 쏟아졌을 때 나는 적극적으로 반론을 폈다. 이 영화는 애도의 표현으로 대중의 복수심을 대리 표현한 것이다, 눈에는 눈, 이에는 이 전략을 통해 살인자의 잔혹함을 부각시키려는 의도였다, 타란티노도 실화를 바탕으로 이런 영화를 찍었다, 이건 하나의 장르일 뿐이다, 당신들 장르가 뭔지는 아느냐, 백보 양보해서 내 영화가 수준 미달이라고 해도 이런 식으로 미학을 윤리에 끼워 맞추는 건 문화적 퇴행 아니냐…… 라고.

사람들은 혀를 찼다. 아니 지금 이것도 논리라고 들이대는 것인가…… 어디서 타란티노 형님을 끌어와서…… 장르니까 폭력적으로 실제를 소비해도 된다는 말인가…… 자기 영화가 수준 미달이라는 걸 이런 식으로 자백하는 건가…… 그런 분위기였다.

시간이 흘러 논란은 유야무야됐지만, 나는 진이 다 빠진 상태였다.

혼잣말인 듯 아닌 듯 나는 중얼거렸다.

"이래서는…… 요양이고 뭐고…… 다 틀린 것 같군."

자코메티가 나를 바라보았다. 무슨 귀신 씻나락 까먹는 말을 혼자 중얼거리고 있느냐는 표정이었다. 생각의 여름이 스피커에서 흘러나왔다.

너는 내가
너를 사랑하는 나를 사랑하게 하네.
너는 내가
나를
사랑하게 하네.

"참, 내일부터는 여기 나오지 말라고."

자코메티가 말했다. 나는 생각의 여름에 빠져들었다가 주인 남자의 얼굴을 바라보았다.

"내가 며칠 동안 서울 가거든. 2차 항암이야. 이번만 끝내면 좀 나아지겠지."

자코메티는 칼질을 멈추고 나를 바라보았다. 그리고 훈계조로 또 한마디를 날렸다. 하지 않아도 될 말이었다.

"이봐. 행복하게 살라고. 그건 연습이 필요한 거야. 농담이 아니라고."

아아, 이 사람은 끝까지 귀신 씻나락 까먹는 소리만 하는구나. 귀신 씻나락 까먹는 소리를 이렇게…… 그런데 귀신이 씻나락을 까먹는다는 건 무슨 뜻일까. 귀신은 왜 굳이 씻나락을 까먹는 걸까. 옛날 사람들은 참 이상한 말을 잘도 만들지. 어쨌든…… 항암 치료가 잘돼야 할 텐데. 잘되겠지. 요즘엔 의학이 발달했으니까……

나는 잔을 들어 단번에 목구멍에 털어넣었다. 창밖에는 비가 내리고 있었고, 빗방울들은 점점이 바닥에 부서지고 있었으며, 행인은 아무 데도 보이지 않았다. 가로등 빛이 포도에 드리워져 적막하고 외로운 풍경을 완성하고 있었다. 「노킹 온 헤븐스 도어」가 흐르는 19세기 서부에 도착한 기분이었다. 아, 근데 타란티노가 시를 좋아하는 건 아닐까? 타란티노도 시를…… 아니 타란티노니까 시를……?

홀에 있던 세 사람이 자리에서 주섬주섬 일어났다. 어색하지만 유창한 한국어로 백인 사내가 소리쳤다. 사장님, 잘 마셨어요! 여자와 청년이 부드러운 미소로 동조했다. 그들은 화기애애한 표정으로 대화를 나누며 주점을 나갔다.

나도 자리에서 일어났다. 서부 영화식으로 지폐를 내려놓고 쿨하게 주점을 나서지는 않았다. 신용카드로 계산했다. 자코메티는 영수증 줄까? 하고 묻지도 않았다. 왜 벌써 일어나려고? 한잔 더 하고 가지? 그런 말도 꺼내지 않았다. 나는…… 서운했다. 자코메티의 표정이 쓸쓸해 보였다. 나는 뭔가 말을 하려고 하다가 입을 닫았다. 대신 고개를 깊이 숙여 인사를 하고는 말없이 몸을 돌렸다.

주점을 나서기 전에 뒤를 돌아보니 묘한 광경이 펼쳐져 있었다. 자코메티가 아주 미세하게 공중으로 떠오르고 있었던 것이다. 그의 발이 지상에서 5센티미터…… 아니 10센티미터…… 정도 떠올라 있었다. 틀림없이 저 사람은…… 저런 자세로 산책을 하겠구나. 주점에서도 집에서도…… 저렇게 산책을 하겠구나. 나는 생각했다. 며칠 후에 다시 들러서 치료 경과를 물어봐야지.

어느새 비가 그쳐 있었다. 찬바람이 황량한 밤거리를 돌아다니고 있었다.

주점에 있던 세 사람은 이미 흩어졌는지 보이지 않았다. 입간판 위로 빗방울 떨어지는 소리가 적막했다. 텍사스 어디쯤, 사막 끝에 외따로 떨어져 있는 19세기 펍을 나온 기분이었다. 고독한 총잡이는 어디에도 없고, 세상의 끝인 듯 밤의 빗줄기만이 허공에 가득했다.

나는 숙소까지 걸어가기로 했다. 버스도 끊겨서 다른 방법이 없었다. 남은 화요를 가져올걸 하는 생각이 들어서 나는 걸음을 멈추었다. 한잔 더 해야 하는데. 가는 길에는 편의점도 없는데. 화요는 비싼 술인데. 내 주제에 큰맘 먹고 주문한 건데. 그것도 두병씩이나.

“여기 자주 오시나봅니다.”

그때 등 뒤에서 목소리가 들렸다. 나는 뒤를 돌아보았다.

홀에 앉아 있던 청년이었다. 1미터 정도 떨어진 가까운 곳에서 나는 그이를 멍하니 쳐다보았다. 가까이서 보는데도, 이 사람이 여자인지 남자인지 분간이 되지 않았다. 여자인지 남자인지 꼭 알아야 하는 것은 아니지만, 구분을 할 수 없다는 것 자체가 나를 괴롭게 했다. 대상이 개념에 들어맞지 않으면 사람은 고통을 느끼는 법이니까.

“괜찮으시다면, 어디 가서 한잔 더 하지 않겠습니까? 듣자 하니 영화를 만드신다고 하던데.”

그이는 매력적인 눈빛으로 나를 바라보며 말했다. 부드럽고 깊은 시선이었다. 다연발 엽총을 들고 난사하던 사람이라고는 믿을 수 없는 표정이었다.

두가지 버전의 엔딩이 내 머릿속을 지나갔다. 하나는 가볍게 고개를 저으며 “다음 기회에”라고 말하는 버전이었고, 다른 하나는 부드러운 미소를 지으며 “당연히”라고 말하는 버전이었다. 그렇게 생각하는 순간에도 나는 내가 뭐라고 답할지 이미 알고 있었다.

| 작가의 말 |

플래너리 오코너의 소설에 대략 이런 문장이 있었습니다.

'세상에는 살아 있는 사람보다 죽은 사람이 훨씬 더 많다.'

너무 당연해서 할 말을 잃게 만드는 문장이지만, 어쩐지 자꾸 곱씹게 됩니다. 사람만 그럴까요. 세상에는 살아 있는 사람의 책보다 죽은 사람의 책이 더 많고, 살아 있는 사람의 소설보다 죽은 사람의 소설이 더 많겠지요. 그뿐이 아닙니다. 살아 있는 사람의 사랑과 기억과 분노보다 죽은 사람의 사랑과 기억과 분노가…… 세상에는 더 많이 떠돌고 있을 듯합니다.

그러니까 바로크 시대에 유행했다는 경구 '메멘토 모리'는 죽음을 기억하라는 뜻만은 아닌지도 모릅니다. 그것은 죽음을 곁에 두고 살아가라는 뜻이면서 동시에, 죽은 사람들과 함께 살아가라는 뜻인지도 모릅니다. 저에게는 소설을 쓰는 일이 그와 비슷한 느낌을 줍니다. 어쩐지 죽은 사람들과 함께 소설을 쓰는 기분이랄까. 그래서 좋다거나 싫다거나 하는 것은 아니고, 아 그렇구나 하고 생각하는 정도입니다만…… 어느 밤에는 제 곁에 물끄러미 앉아 있는 죽은 이들을, 곰곰 보듬어보게 됩니다.

*

「잠수종과 독」을 쓸 때는 다음의 자료들을 참조했습니다. 김형돈 『의대생과 관련 전공자를 위한 신경과 신경외과학』(군자출판사 2010), 김향희 『신경언어장애』(시그마프레스 2012), 프로마 P. 로스 『언어재활사를 위한 임상 가이드』(김수형 외 옮김, 박학사 2019). 무엇보다도 자문에 응해준 의사 현민님께 감사드립니다.

「귀 이야기」의 주인공들은 사실 이승복 소년에 대해 잘 모르고, 저도 잘 모릅니다. 알려져 있는 사실들도 사실이라고 확신할 수 없으니까요. 이제 세월이 많이 흐르기도 했으니 소년에게 덧씌워져 있는 영혼의 갑옷을 좀 벗겨주면 어떨까 생각해봅니다. 소년이 더 편안한 옷을 입었으면 좋겠군요. 소년의 명복을 빕니다.

「트로츠키와 야생란」의 마지막 부분에 나오는 장면 — 얼어붙은 밤의 호수를 걸어서 건너는 장면 — 은 실제로 겪은 일입니다. 시베리아의 겨울이었고, 밤이었고, 바이칼 호수였어요. 영하 30도의 추위와 어둠 속에서 언제 꺼질지 모르는 얼음 위를 걸어야 했는데, 그때 느낀 것은…… 아주 단순한 공포였습니다. 저는 공포를 (마치 미국 영화의 주인공처럼) 농담과 유머로 무마하려 했지만, 얼마 가지 못해서 금방 시베리아의 밤에 압도되었습니다. 저와 동행은 순식간에 겸허해져서 얼음 위를 성실하게 걸어갔습니다.

「●●」은 뭐라고 읽어야 할지 모르겠습니다. 혼자서는 땡땡이라고도 부르고 쩜쩜이라고도 부르고 콩콩이라고도 부릅니다만, 어떻게 읽어도 괜찮을 거라고 생각합니다. 처음 쓸 때의 제목은 이런 픽토그램이 아니라 '앙겔루스 노부스'(새로운 천사)였습니다. 파울 클레의 그림 제목이기도 하고요. 소설을 다 쓰고 나서, 아무래도 천사보다는 고양이지……라는 생각에 제목을 바꾸었습니다.

「유명한 정희」를 쓰면서는 힘이 들었습니다. 심리적으로 힘들지 않은 작품은 없지만, 이 소설을 쓰면서는 정희를 떠올리는 일 자체가 쉽지 않았습니다. 소설을 다 쓰고 나서야 이런 생각이 들었습니다. 화자는 정희를 사랑할 수 없었고…… 정희도 화자를 사랑하지 못했구나…… 그런 것은 언제나 쓸쓸한 느낌을 주지만, 때로는 그렇게 지나가는 게 인생이라는 생각도 듭니다.

「혹자가 말하길」은 전시문화공간 '피크닉'이 주관한 낭독공연에서 전문을 낭독한 적이 있습니다. 연습을 좀 하고 갔는데도 민망한 기분은 어쩔 수 없더군요. 그래도 경청해주신 독자 여러분과 스태프분들 덕에 좋은 기억이 되었습니다. 혹자는 세상의 어느 곳에도 존재하지 않는 캐릭터입니다만, 동시에 어디에나 존재하는 사람인 듯도 합니다. 이 글을 쓰는 지금도 혹자는 제 곁에서 뭐라 뭐라 중얼거리고 있군요.

「5시부터 7시까지의 클레오」라는 제목은 아녜스 바르다의 1962년 동명 영화에서 따온 것입니다. 소설 속에 영화 얘기가 나오지만 영화를 보지 않고 읽어도 물론 상관은 없습니다. 형식이 조금 낯설기는 한데, 1인칭의 슬픔과 3인칭의 슬픔이 이렇게 만나면 어떨까, 궁금하고 외로운 마음으로 썼다고 적어둡니다.

「코끼리 고구마 그리고 오조의 발목을 잡은 손들」은 『광장』이라는 앤솔로지 소설집에 실렸던 단편입니다. 앤솔로지에서는 여러 작가의 단편이 모두 '광장'이라는 제목으로 통일되었는데, 이 책에 실으면서 원래 생각했던 제목을 되살렸습니다. 오래전에 쓴 시 「판교」의 장면 일부가 소설에 포함돼 있다는 점도 덧붙여둡니다. 하늘에 떠 있는 고구마가 나오는 시였는데, 쓰면서 마음이 쓰라렸던 기억이 있습니다.

「노보 아모르」는 예전에 쓰다 만 단편을 다시 손질한 것입니다. 오래전인데 너무 오래 되어서 시간을 잃어버렸다는 느낌이 들 정도입니다. 대체 어떤 느낌이었지? 생각하다가 아 이런 거였어, 하고 느낌을 불러오고 그러다가 다시 어리둥절해지고…… 그런 과정이 반복되었습니다. 어쨌든 마무리를 해서 이렇게 책에 실었으니 감회가 새롭습니다. 이 단편에는 노래 가사 두편이 짧게 인용돼 있는데, 생각의 여름 박종현님의 곡 「너는 내가」의 일부, 그리고 영국의 싱어송라이터 노보 아모르의 「Decimal」 일부입니다. 감사드립니다.

*

'트로츠키와 야생란'은 미국의 자유주의 철학자 리처드 로티가

1992년에 쓴 자전적 에세이 제목입니다. 자전적 에세이답게 로티는 이 글에서 듀이주의자로서 자신의 개인적 삶과 지적 여정을 열심히 옹호하고 있습니다. 그의 대표적 저작인 『우연성, 아이러니, 연대성』의 지적 배경에 대한 설명도 포함되어 있고요.

이 소설집은 제목을 빌려온 것 외에는 로티의 에세이와 아무런 관련이 없습니다만, 그 글에 나오는 밀란 쿤데라의 문장은 여기에 적어두고 싶습니다. 쿤데라는 '소설'을 이렇게 정의했다고 합니다. "아무도 진실을 소유하지 않지만 모두가 이해받을 권리가 있는, 매혹적인 상상력의 영토."

*

그렇겠습니다. 세상에는 살아 있는 사람보다 죽은 사람이 훨씬 더 많다…… 그런 마음으로 살아가다보면 일상사에 바쁘다가도 어이없이 한가해지고, 차가운 마음이다가도 세상 모든 것이 문득 사랑스럽게 느껴지기도 하겠습니다.

소설의 꼴을 만들어준 편집자 이해인님과 창비에 감사드립니다. 소설은 혼자 쓰지만 책은 혼자 만드는 게 아니라는 것을 다시 실감합니다.

2022년 봄

이장욱

| 수록작품 발표지면 |

잠수종과 독 …… 『릿터』 2021년 1/2월호

귀 이야기 …… 『문학과사회』 2021년 가을호

트로츠키와 야생란 …… 『자음과모음』 2020년 가을호

●● …… 『에픽』 2021년 4/5/6월호

유명한 정희 …… 『창작과비평』 2020년 봄호

혹자가 말하길 …… 『한국문학』 2022년 상반기호

5시부터 7시까지의 클레오 …… 『쓺』 2020년 상권

코끼리 고구마 그리고 오조의 발목을 잡은 손들 …… 『광장』(워크룸프레스 2019)

노보 아모르 …… 『현대문학』 2021년 5월호

트로츠키와 야생란

초판 1쇄 발행 • 2022년 5월 20일

지은이 / 이장욱
펴낸이 / 강일우
책임편집 / 이해인
조판 / 박아경
펴낸곳 / (주)창비
등록 / 1986년 8월 5일 제85호
주소 / 10881 경기도 파주시 회동길 184
전화 / 031-955-3333
팩시밀리 / 영업 031-955-3399 · 편집 031-955-3400
홈페이지 / www.changbi.com
전자우편 / lit@changbi.com

ISBN 978-89-364-3876-0 03810